DE L'ÉTREINTE À L'ÉTERNITÉ

DU MÊME AUTEUR

philippe.camby@free.fr

Éditions

Les Dicts du druide Cadoc, Terre de Brume, 1998.
Les Prophéties de Paracelse, Le Rocher, 1985.
Poèmes de Taliesin (àparaître).

Essais

L'Erotisme et le sacré, Retz, 1977 ; Albin Michel, 1989.
Le Paradis et les naïfs, Vilo, 1983.
Metafisica del Eros, E.C.I.G., Genova, 1994.

Poèmes

Les Mémoires d'Orphée, Awac, 1980.
Poèmes du vent d'Ouest, Artus, 1982.
Peine perdue, Artus, 1986.
PaysSages™, Memoria, 1997.
Petites recettes choisies pour restaurer le chaos, Memoria, 1997.
Cantique d'Eleusis suivi de *Chants d'une Sulamite*, L'Arbre d'Or, 2001.

PHILIPPE CAMBY

DE L'ETREINTE A L'ETERNITE

LES LITURGIES DE L'EXTASE

LE GRAND LIVRE DU MOIS

A Hélène Renard

D'AMOUR ET D'ÉTERNITÉ

Nous tenons d'un diplomate arabe, Ibn Fadlan, le récit d'un étrange rituel funéraire viking, pratiqué par une communauté Rus, installée sur les bords de la Volga, dont il fut le témoin, en 922.

« Quand l'un de leurs chefs meurt, la famille de celui-ci demande à ses esclaves et à ses servantes : "Laquelle d'entre vous souhaite mourir avec lui ?"

Alors l'une d'entre elles dit : "Moi", et celle qui a dit cela est forcée de le faire, il ne lui est pas possible de se dédire. A partir de ce moment, celle qui a répondu oui est constamment sous la garde de deux autres servantes qui prennent soin d'elle au point de lui laver les pieds de leurs propres mains[1].

On commence alors à faire les préparatifs pour le mort, à tailler son costume, etc., tandis que la jeune femme boit et chante comme en prévision d'un événement joyeux. »

Suivons notre diplomate :

« Quand arriva le jour où le chef et son esclave devaient être brûlés, j'allai jusqu'à la rivière où son bateau était amarré. On l'avait hissé sur la berge [...]. Ils apportèrent alors un banc de bois, le placèrent sur le bateau, et le couvrirent de tapis et de coussins de soie peinte de Byzance. Arriva alors une vieille femme qu'ils appellent l'Ange de la Mort, et elle étala ces coussins sur le banc. C'était elle qui était chargée de toute la cérémonie, depuis l'habillage du cadavre jusqu'à l'exécution de l'esclave. Je remarquai que c'était une femme d'une taille gigantesque, massive et effrayante [...].

On apporta le cadavre et chacun se mit en devoir "de le vêtir de caleçons, de pantalons, de bottes, d'un habit et d'un manteau de soie orné de boutons en or. Ils le coiffèrent d'un chapeau de fourrure de zibeline" et sacrifièrent un chien, deux chevaux, deux vaches, un coq et une poule et en jetèrent la viande dans le bateau.

Pendant ce temps, l'esclave qui était volontaire pour être tuée allait et venait, rentrant dans chaque tente tour à tour, et le propriétaire de chaque tente avait des rapports sexuels avec elle, disant : "Dis à ton maître que j'ai fait cela par amour pour lui."

L'après-midi de ce vendredi était alors arrivé. Ils emmenèrent l'esclave jusqu'à un encadrement de porte. Alors, elle monta sur les paumes des hommes et atteignit une hauteur suffisante pour regarder pardessus l'encadrement.

[...]

La première fois qu'ils l'ont soulevée, elle a dit : "Regardez ! Je vois mon père et ma mère !"

La seconde fois : "Regardez ! Je vois tous mes parents morts assis à l'entour !"

La troisième fois : "Regardez ! Je vois mon maître en paradis. Le paradis est beau et vert. Il y a avec lui des hommes et des jeunes gens. Il m'appelle. Laissez-moi le rejoindre !"

Ils la conduisirent alors vers le bateau. Elle enleva deux bracelets qu'elle portait et les donna à la vieille femme, l'Ange de la Mort, celle qui allait la tuer. Ensuite, elle enleva deux anneaux de cheville qu'elle portait et les donna aux filles de cette femme.

[...].

Un grand nombre d'homme portant des boucliers de bois arriva et on lui donna une coupe d'*erfiöl* – la bière des funérailles. Elle chanta et la vida.

L'interprète me dit alors : "C'est ainsi qu'elle dit adieu à toutes ses amies."

Puis on lui donna une seconde coupe. Elle la prit puis chanta un chant fort long ; mais la vieille femme lui dit de se hâter, de vider la coupe et d'entrer dans la tente où se trouvait son maître.

Quand elles furent entrées dans la tente, les hommes commencèrent à battre leurs boucliers de bâtons de bois, "pour étouffer les cris de l'esclave, afin que les autres filles n'aient pas peur et refusent de mourir avec leurs maîtres".

Six hommes entrèrent dans la tente, et tous eurent des rapports sexuels avec elle. Sur ce, ils la couchèrent aux côtés de son maître mort. Deux lui tinrent les mains, deux les pieds, et la femme appelée Ange de la Mort lui passa une corde autour du cou, terminée par une boucle à chaque extrémité qu'elle remit aux mains de deux hommes, pour tirer. Elle s'avança alors, tenant une petite dague à large lame qu'elle commença à plonger entre les côtes de la fille tandis que les deux hommes l'étranglaient avec la corde, jusqu'à ce qu'elle fût morte.

On allongea enfin maître et servante sur le bateau.

Chacun apporta son brandon pour l'enflammer.
Et le maître et sa servante s'en furent en paradis. »

Une ouverture sur l'autre monde

Si nous avons choisi d'inaugurer cet ouvrage par l'effrayant exemple d'une liturgie funéraire dont la victime subit un rituel extatique, c'est que, dans l'univers que nous allons décrire et nous efforcer de comprendre, surgit, des profondeurs de l'être, un élan vers une révélation ou une vérité qui fait voler notre réalité en éclats.

Dans l'extase, une porte s'ouvre :

Regardez ! Je vois mon père et ma mère !
Regardez ! Je vois tous mes parents morts à l'entour !
Regardez ! Je vois mon maître en paradis
[...]. Il m'appelle...

La porte s'ouvre sur l'Autre Monde.

Elle ouvre, au cœur des mythes, sur l'intériorité.

Car aucun aspect de la ténèbre qui nous hante et de la clarté à quoi nous aspirons ne peut prendre sens, se comprendre ou se voir, sans l'éclairage de la geste des dieux, sans les *terreurs* et la *lumière de gloire* qui nimbe leurs apparitions sur la terre et leurs actions en nous.

Du « Connais-toi toi-même » qui était gravé sur le fronton du temple de l'Apollon delphique, à l'adage soufi : « Qui se connaît soi-même connaît son Dieu », c'est la même leçon. Les dieux édictent les destins, décident de nos amours, envoient les fléaux et les rêves.

Sans la médiation des extases qu'ils prodiguent à leurs suppliants, pas de salut !

Mais qui sait affronter ses terreurs et, celles-ci vaincues, consent à regarder le réel en face, à écouter, en lui, l'écho de la parole des dieux, le murmure rafraîchissant de leurs fontaines de sagesse, un jour, redevient libre.

Sicut erat in principio...

Et, dans un état édènique renouvelé – qui inspire aussi la quête de l'alchimiste –, *il sait.* C'est une vérité *expéri-mentale.*

Au cœur des mythes

Comment atteindre cette vérité ?

En restaurant les généalogies fabuleuses des dieux, les sacrifices et les jeux funèbres ? Impossible et idiot. A chaque époque ses voies de salut. Mais la première démarche consiste à se laisser porter par *cela* qui, dans le mythe, quête avenir.

Car le mythe fut, est et sera. Fut, est et sera vivant. « Je vis vivant », dit Elohim auquel l'Hébreu refuse le verbe être, tandis qu'au grec les dieux ne révèlent pas la Loi. Dès lors, la difficulté n'est pas d'essayer de subordonner l'inintelligible Vivant à l'intellectualité restreinte mais d'accrocher la raison au vestiaire pour essayer d'approcher, en lui rendant grâce et en la vénérant, la réalité stupéfiante de la vie, de l'amour, de l'Amour-Vie.

En aucune manière les conceptions de l'esprit moderne ne peuvent nous éclairer. Car rien ne permet d'appréhender, à travers elles, la gravité fondamentale et l'absence de finalité d'actes cultuels aussi singuliers que celui dont nous avons rendu compte ci-dessus ou que nous présenterons plus loin. S'impose seulement à nous, si nous voulons entendre quelque chose, la tâche de revivre, au cœur du mythe, l'objectivité de la manifestation divine et, dans le rite, l'actualisation de sa présence.

N'est-ce pas s'engager radicalement dans le passé le plus fécond que d'apprendre, dans un total abandon à la passion sacrée d'être, pour l'Être, expression et réponse, que d'apprendre d'abord à calquer humblement sa propre activité sur les formes et les mouvements des phénomènes de la terre et de l'univers : la respiration du soleil et la course du temps, le désir et l'amour ?

Une réalité plus haute initia à la fois ces formes et ces mouvements. Pourquoi refuser de prendre modèle et refuge en elle ?

Ce fut la sainte naïveté et la divine sagesse d'Yseult et de Tristan qui firent de l'Amour une prière. Le philtre est un alibi qui ne trompe personne, pas même les amants. Ils savent que le hanap dans lequel ils boivent le vin herbé est le Graal, le saint vessel de notre rédemption. La légende ne l'affirme pas clairement ? Il ne suffit pas de savoir lire. Il faut savoir vivre aussi, pour comprendre que leur première nuit d'amour en mer est une nuit d'amour-prière.

La nuit de l'amour-prière

Les événements psychiques et spirituels de ces nuits initiatiques ne se laissent rapporter ni décrire. Nous ne disposons, dans aucune langue, d'un vocabulaire assez subtil pour rendre compte du jeu divin des énergies auxquelles les époux participent, communient et s'identifient, « au confluent de deux lumières ».

C'est une vérité paradoxale, mais c'est une vérité : tout désir et toute sensualité sont exclues de cette célébration. Précisons : tout désir personnalisé et toute sensualité particularisée constituent des pièges insurmontables pour parfaire une union au cours de laquelle les personnalités s'estompent jusqu'à l'inexistence plénière du don total.

L'épouse est la déesse. L'époux est le dieu. Dans l'âme de l'époux, l'épouse jouit de l'époux. Dans l'âme de l'épouse, l'époux jouit de l'épouse. Étendue et durée s'abolissent.

L'instant est conscience-Un.

L'univers conscience-Une.

Une et un font Un.

Tel est l'Amour sublime.

C'est l'Autre, reçu et accepté comme une manifestation divine.

C'est l'amour du roi pour la prêtresse d'Ishtar, l'amour de Salomon pour la Sulamite, de Shakti pour Shiva, l'amour panique de Dionysos. Ce sont les amours des houris et des élus du paradis d'Allah, de Krishna et des bergères, d'Isis et d'Osiris, de Tristan et Yseult, d'Héloïse et Abélard. Ce sont le Kâma Sûtra, le Tao de la communion, le Yoga de la sexualité.

C'est l'amour que vous vivez, que vous pouvez vivre, si vous savez donner, si vous savez prier.

La voie n'est pas royale. Son essence est sacrifice.

Heureux pourtant, trois fois heureux – comme le

Trimégiste trois fois grand – qui sait sacrifier, se sacrifier, aux ascèses requises.

Dans un abandon, sans fin croissant, à l'Amour, vivent le prêtre, le poète et l'amant. Dans l'ascèse érotique, sont vérifiables et palpables : le surgissement des mondes et la profusion de la Grâce, l'intime jubilation, le sublime amour et la sauvagerie du Vivant.

Exerçons-nous à la naïveté. Exerçons-nous à la patience.

L'Œuvre est long. Il exige le temps.

L'*internité*, l'éternité, sont filles de la Grâce, de l'Amour et de la Providence.

RETROUVER L'UNITÉ PERDUE

Chapitre premier
Les dieux sont doubles

Asclépios interroge Hermès, son maître : « Tu dis que le Dieu possède les deux sexes, ô Trimégiste ? »

Et le Trois-Fois-Grand lui répond : « Oui, Asclépios et non pas Dieu seulement, mais tous les êtres animés et tous les végétaux... »

Jung s'accorde avec le Trimégiste : « [...] la majeure partie des dieux créateurs du monde sont bisexués ».

La divinité n'est ni mâle ni femelle. Elle est mâle et femelle.

Elle participe des deux genres à la fois, explique Jean Deshayes, à propos de la déesse Isis. Les hymnes en langue grecque qu'on lui a adressées expriment souvent cette ambivalence. « Certaines divinités, surtout sémitiques, présentaient à l'origine un aspect profondément indifférencié. Non seulement les déesses de la fécondité étaient à la fois vierges et mères, mais, dans un état primitif dont subsistent des traces à l'époque historique, leur sexe même était loin d'être bien défini [2]. »

Un cosmos androgyne

Selon certaines cosmogonies, le Cosmos lui-même est androgyne. Les observations ethnographiques contemporaines en fournissent de nombreux exemples.

Dans un cycle mythique nigérien, l'Œuf du monde, en explosant, a engendré les quatre éléments primordiaux et eux-mêmes, « en vertu d'une représentation particulière », contiennent « les sept parties qui composeront l'archétype humain, masculin pour quatre parties, féminin pour trois parties [3] ».

Ce cycle mythique est remarquable, souligne Viviane Pâques, parce qu'il pose l'Homme et le Monde, conjointement comme androgynes. « Dans une variante du mythe, c'est l'Arbre cosmique primordial – à la fois Principe et Axe du monde – qui est incontestablement androgyne. Par extension tous les arbres le sont aussi. Ces arbres sont sentis dans leur totalité comme masculins en ce qui concerne les arbres du haut, comme féminins pour les arbres du bas. Chacun d'entre eux, lorsqu'il est représenté par un trident, est senti comme masculin pour la branche médiane et féminin pour les branches latérales. Enfin chaque arbre porte dix-sept branches réparties par couples mâle-et-femelle suivant une ligne en chevron. »

L'univers est androgyne aussi dans la cosmogonie des Mahoris d'Océanie. « Il y a continuité entre le grand artisan et son œuvre. Deux principes sont issus du Dieu même et façonnent le Monde : l'un, âme, vie ou partie intelligente de la divinité, représenté sous le nom de Taaroa est mâle ; l'autre purement matériel et constituant comme le corps du même Dieu, femelle, est désigné sous le nom de Hina [4]. »

Tous deux composent, par leur union, tout ce qui existe dans l'Univers.

Dans les sociétés sans écriture, « il n'y a pas de frontière déterminée entre les dieux et le monde.

« D'une façon générale, il apparaît que les cycles mythiques cosmogoniques (y) sont apparentés [...] à des unions sexuelles sacrées, à des "hiérogamies" primordiales. La Terre et le Ciel sont souvent mis à contribution, émergeant parfois d'un même "complexe" bisexuel primitif [5]. »

Les mythes Tobriandais voient dans une femme-ancêtre l'origine de l'espèce humaine. Elle a été fécondée par la pluie, ou, selon une autre version, mordue par un poisson. Elle appartient à un type hermaphrodite qui produit des descendants à la fois mâles et femelles.

Chez les Indiens Cashihuana, le monde n'a pas été vraiment créé, il « consiste en une entité magique où la vie est diffuse ». L'alternance du Jour et de la Nuit qui règne sur toute vie y est considérée comme une union sexuelle.

Pour les Dogons du Mali, le dieu unique Amma a façonné la Terre à partir de la glaise ; puis il s'est uni à cette Femme chtonienne, non sans se heurter à l'élément phallique de la Femme. De cette union problématique est née la race des hommes.

De la même façon, le panthéon égyptien est riche en divinités ambiguës. Rê, le dieu solaire possède une puissance d'engendrement toute féminine. Il est venu de lui-même à l'existence et, de lui-même, il crée les couples Chou-Tphénis (l'air et l'eau) et Nout-Geb (le ciel et la terre).

Sa fille Maât possède également le pouvoir de se dédoubler. En Neïth, la vierge guerrière, les théologiens reconnaissaient une puissance « à la fois virile et féminine ».

Le dieu du Nil, Hâpy, porte les mamelles de la fécondité.

En Inde, le couple divin Shiva-Kâli est quelquefois assimilé à un être unique. L'iconographie amoureuse des temples fourmille d'images représentant le divin Shiva en train d'enlacer étroitement sa propre féminité : *shakti*, figurée par la toute-puissante Kâli. Sur les murs du temple d'Eléphanta (VIIe-VIIIe siècle), Shiva et son énergie féminine sont représentés en une seule personne. Shiva porte sur son propre flanc « le sein parfait de son épouse ».

Proclus affirme :

« Chez les dieux, les deux sexes se compénètrent si bien que le même peut être dit mâle et femelle, comme le Soleil, Hermès et d'autres encore... » Pour ce néo-platonicien, maître de l'école d'Athènes, toutes les formes d'être et de non-être sont des modalités ordonnées de l'Un. Pour lui comme pour Diogène Laërce : « Tout vient de l'un et se résout en lui. »

La leçon est déjà dans le Parménide de Platon, mais elle se voit renforcée, chez Proclus, par son incomparable culture du Corpus Hermeticum [6], des Oracles Chaldaïques et de l'Orphisme. Il s'accorde aussi avec Rufin pour soutenir qu'à l'origine, le chaos éternel, immense et incréé, « fit émaner de lui, à la manière d'un œuf gigantesque une forme double, androgyne (*masculofeminam*) composée par l'adjonction des contraires ».

Les théologies orphiques

L'antiquité nous a légué plusieurs versions et de nombreuses variantes des théogonies orphiques.

Deux d'entre elles [7] font état d'êtres originels bisexués et mentionnent l'inceste comme une condition nécessaire de l'acte créateur.

La première de celles qui nous intéressent ici a été conservée par Proclus dans son *Commentaire sur le Timée*, d'après *Les discours sacrés en vingt quatre rhapsodies*. Un texte très obscur mais qui établit sans conteste, grâce aussi à l'éclairage de Luc Brisson, que Phanès et Zeus, Eros et Dionysos, dans les temps de l'origine, sont doublement sexués :

« Phanès est le premier-né des dieux. Sur ses épaules prennent racine des ailes d'or. Il est bisexué. Lui qui porte la semence de tous les autres dieux, on l'appelle Phanès, Mètis, Protogonos, Eriképaios, Eros et même Dionysos. A Phanès, correspond une entité féminine, la Nuit, qui est à la fois sa mère, son épouse et sa fille et qui lui donne deux enfants : Ouranos et Gaïa (le Ciel et la Terre) [8]. »

« Sur les conseils de la Nuit, Zeus avale Phanès. Et, à partir de l'unité ainsi reconstituée en lui, qui, par son geste est devenu le commencement, le milieu et la fin de toutes choses, il crée l'univers. Tout comme Phanès, Zeus est bisexué ; et il a pour parèdre une divinité féminine qui est à la fois sa mère, sa sœur, sa fille et surtout son épouse sous les noms de Rhéa, Déméter et Corè. »

Dans une autre version des cosmogonies orphiques, la figure de Kronos anticipe celle de Phanès-Eros.

Nous suivons à nouveau Luc Brisson dans son analyse.

« Dans les précédentes versions, les différents êtres qui précèdent l'œuf primordial sont sexuellement neutres. Ils n'ont ni l'un ni l'autre sexe, parce qu'ils se situent en deçà de toute distinction en ce domaine[9]. »

Mais, quand vient à éclore l'Œuf primordial, c'est « un être double » qui en naît. Il a deux visages, deux paires d'yeux. Il est bisexué : « Phanès a deux organes sexuels dans la région des fesses [10]. »

Avant l'éclosion de l'œuf, la Nuit avait maintenu toutes choses dans une obscurité qui rendait impossible toute distinction ou toute détermination. Opposée au lumineux Phanès-Eros, la Nuit devient son complément, sa complémentaire, la fille-épouse et mère. Le monde, animé et inanimé, tous les dieux et tous les êtres vivants trouvent leur origine dans cet inceste primordial entre le premier dieu bisexué et sa part féminine qui est à la fois sa mère, sa sœur et sa fille.

Dynamique des générations divines selon Proclus :

« Phanès procède le premier, il est unique. Les hymnes le nomment Père et Mère. Il engendre les Nuits et, en qualité de Père, il s'unit à sa fille : car "il cueillit la fleur virginale de sa propre fille [11]". »

La bisexualité joue un rôle constant et déterminant dans l'orphisme. « Que ce soit avant l'Œuf, Chronos, conclut Luc Brisson, ou après l'Œuf, Phanès qui est à l'origine de tous les dieux, Zeus qui est à l'origine de toutes les choses sensibles et Dionysos qui est à l'origine de tous les hommes, tout principe réalise en lui-même cette coïncidence des contraires – et notamment celle des sexes –, à partir de laquelle s'amorce ce mouvement de scission de plus en plus élaborée en quoi consiste toute "création". »

Les dieux de l'Orphisme étaient doubles. Même le bouillant Zeus, si barbu et infidèle par ailleurs :

Zeus est né le premier, Zeus au brillant éclair est le dernier.
Zeus est la tête, Zeus est le milieu ; de Zeus toutes choses ont surgi.
Zeus est né mâle, Zeus est une jeune vierge immortelle[12].

Oserait-on supposer qu'il y eût également une Aphrodite barbue ? Il faut, hélas, en convenir. Macrobe est formel :

« A Chypre, Vénus a une statue où elle est représentée barbue, en costume féminin, avec un phallus et des parties viriles. On la suppose mâle et femelle. Aristophane l'appelle Aphroditos.

Laevius dit aussi : "Adorons Vénus le nourricier, qui est mâle et femelle, comme la Lune nourricière, Noctiluca". »

Philochore confirme, dans son *Attis* [13], que cette Vénus se confond avec la lune et que, pour lui offrir un sacrifice, les hommes revêtent des robes de femme et les femmes des vêtements d'homme, parce qu'elle est mâle et femelle à la fois...

La tradition judéo-chrétienne

La tradition monothéiste ne laisse suspecter aucune androgynie latente. Le Dieu de la révélation mosaïque est très clairement le dieu des Pères, le patriarche suprême. Mâle et sans parèdre.

Qu'est ce qui permet de parler de refoulement ?

C'est « la spectaculaire résurgence du principe féminin et du schème androgyne dans la tradition juive ésotérique postérieure ».

Le *Zohar* [14] l'affirme : « Les deux lumières de l'essence divine ont ceci de particulier que l'une, la lumière active, est mâle, et l'autre, la lumière passive, est femelle [15]. »

Dans l'esprit du kabbaliste, il ne s'agit pas de nommer analogiquement la double lumière divine à partir de la dualité des sexes, mais bien au contraire, d'expliquer cette dernière à partir de la bipolarité divine originelle.

L'androgyne refoulé dans la religion exotérique resurgit et s'affirme avec force dans la kabbale judaïque ou chrétienne et dans la gnose.

Dans la littérature talmudique et le judaïsme rabbinique non kabbalistique, le mot « Chekinah » ne désigne pas autre chose que la présence de Dieu dans le monde et notamment dans Israël. Il n'est pas question alors d'une hypostase [16] qui serait « détachable de Dieu ». Mais il n'en n'est plus de même dans le langage de la Kabbale. La Chekinah, explique G. Scholem, fait alors partie intégrante de Dieu, comme un élément féminin en lui. Elle est la dixième Sephirah. Les connotations maternelles et matrimoniales de son « être » sont indiscutables [17].

Cette « féminisation » de la Schekinah, affirme également Scholem, « prouve la grande popularité que les aspects mythiques de cette conception ont acquise dans les cercles les plus vastes du peuple juif » et montre aussi que « les kabbalistes ont suivi ici une impulsion religieuse fondamentale qui continue à agir dans le judaïsme. »

La présence de la Figure féminine est suffisamment prégnante pour que le Roi-Dieu s'adresse directement à Elle, selon un étrange dialogue, pour lui annoncer que l'homme a péché. La Schekinah est la « Mère d'en Haut » et les liens qui l'unissent au principe masculin sont l'équivalent d'un mariage sacré : issu de la « bouche » de l'Éternel, « le Verbe s'introduit entre les ailes de la mère et, sortant de là, descend sur la tête du saint peuple [18]... » On voit réapparaître ici, à l'occasion d'une hyménée parente de celle de Zeus et de Léda, un thème mythique archaïque. La Grande Mère orientale, répudiée par l'Écriture, prend sa revanche.

Dans une branche espagnole de la tradition kabbalistique, la Mère redevient la Terre.

De ses noces avec Elohim, naîtra Adam, « symbole éternel, sceau et monument de leur amour [19]... »

On retrouvera cette impulsion religieuse fondamentale, quand au Patriarche hébraïque succédera une trilogie masculine et que Dieu-le-Père permettra l'incarnation de son Fils, naissant d'une Vierge humaine, dans le christianisme, avec la double problématique du dogme de la Trinité et du rôle de la Vierge Marie.

Devons-nous penser, avec Henri Dontenville [20], que la filiation virginale de Jésus a été une concession judéo-chrétienne à la mentalité païenne ? C'est possible, puisque, dans ce contexte, le Sauveur, fils de Dieu, né d'une femme, représente une double symbiose : celle de l'humain et du divin, celle du masculin et du féminin.

Malgré l'effort des docteurs rationalistes pour détourner les chrétiens de se complaire à la représentation d'une divinité mâle et femelle (*autopatôr-autometôr*), plus d'une effusion pieuse reste marquée du schéma androgynique, souligne Marie Delcourt. Deux hymnes de l'évêque Synésius, s'adressent à un Dieu très équivoque :

Tu es père et tu es mère,
Tu es mâle et tu es femelle,
Tu es voix et tu es silence,
Nature engendrant la nature [21]...

Ou encore :

Unité antérieure à toute chose,
Semence de toutes choses,
Racine et rameau terminal,
Nature parmi les intelligible,
Nature mâle et femelle,
Je te chante [22]...

Par la suite, le principe féminin que personnifiait la Magna Mater se mua en Mater Ecclesia, à la fois Épouse et corps du Christ et en Marie *Théotokos* : Mère de Dieu.

Les leçons de la gnose et de l'alchimie ne seront pas fondamentalement différentes. Deux passages d'un évangile apocryphe, l'Évangile selon Thomas, suffiront à l'attester :

Lorsque vous ferez le deux Un,
et que vous ferez l'intérieur comme l'extérieur,
le haut comme le bas,
lorsque vous ferez du masculin et du féminin un Unique,
afin que le masculin ne soit pas un mâle
et que le féminin ne soit pas une femelle,
lorsque vous aurez des yeux dans vos yeux,
une main dans votre main,
et un pied dans votre pied,
une icône dans votre icône,
alors vous entrerez dans le Royaume [23] !

L'autre passage de ce même Évangile qui mérite notre attention nous rapporte que Simon (Pierre) disait à Jésus :

Que Marie sorte de parmi nous
parce que les femmes
ne sont pas dignes de la Vie...
Jésus répondit :

Voici que je la guiderai
afin de la faire Homme.

Elle deviendra, elle aussi,
un souffle vivant semblable à vous, Hommes.
Toute femme qui se fera Homme
entrera dans le Royaume de Dieu [24].

L'unité divine, antérieure à toutes choses, est en nous.

A nous de la reconquérir, ou de la restaurer.

Chapitre II
La nostalgie des origines

Reconquérir ou restaurer notre unité originelle ?

Étions-nous, en ce temps-là, réellement *hommet-femme ?*

La plupart des mythes que nous pouvons rencontrer, dans toutes les civilisations, unanimement l'attestent. Du plus « primitif » au plus sophistiqué, des îles Salomon, à l'Androgyne de Platon, la séparation des sexes n'est ni comprise ni vécue comme une réalité originelle. Il ne peut s'agir que d'un accident, d'une catastrophe. La *sexion* (du latin *sectus*, coupé ?) est narrée comme la conséquence d'une faute, une punition.

Les grands ancêtres, pourvus d'un pouvoir créateur similaire à celui des dieux, comme les dieux, sont doubles.

Des « primitifs à la Bible

Pas un Dogon qui douterait que ses ancêtres étaient hermaphrodites. Marcel Griaule rapporte que : « Leur Dieu s'unit d'abord avec la terre pour engendrer ce couple exemplaire qui naquit « complet et parfait » avec huit membres [25].

Survint le chacal, autre fils du Dieu, qui déclencha d'infinis désordres en s'unissant avec sa mère, la Terre. Alors le Dieu décida d'engendrer une nouvelle espèce humaine, sans l'aide de la terre et façonna un nouveau couple en dessinant sur le sol deux silhouettes superposées, « deux âmes dont l'une était mâle et l'autre femelle ».

« L'homme s'étendit sur ces ombres et les prit toutes deux. Il fut fait de même pour la femme. Ainsi, chaque être humain, dès l'origine, fut nanti de deux âmes de sexe différent, ou plutôt de deux principes correspondants à deux personnes distinctes à l'intérieur de chacun [26]. »

On ne sait trop pourquoi cette bisexualité humaine est jugée dangereuse par le génie Nommo, androgyne aux pouvoirs magiques. Mais il semble que cet état édénique pourrait devenir, chez l'homme, une cause de folie. « Incapable d'assumer le privilège bisexuel que la divinité lui accorde au départ, l'homme se voit finalement privé [...] de son harmonie initiale [27]. »

Les Maliens possèdent aussi un grand ancêtre androgyne qui subît, peu après la création, une mutilation primordiale.

« Le Soma est un être avec un seul bras et un seul pied ; il est la moitié droite du corps dont Nyambo fut la moitié gauche et que (le Dieu) a coupé en deux. Les hommes sont issus de l'union fondamentale du Soma et de la Nyambo [28]... »

Les esquimaux du Canada affirment que chacun peut cumuler, comme les ancêtres, les deux sexes. Ainsi existe-t-il pour eux, des hommes-hommes, des femmes-femmes, des hommes-femmes et des femmes-hommes. Les Inuits racontent que « la séparation des sexes n'est pas un fait originel », mais postérieur à la création.

On sait que dans la Bible, deux versions de la création coexistent. Celle qui nous intéresse ici est formelle :

Dieu créa l'homme à son image,
A l'image de Dieu il le créa,
– homme et femme il les créa [29].

Le pluriel est précis. Les deux créatures, Adam et Ève, sont doués d'une nature duelle. Mais contrairement aux traditions rabbiniques et kabbalistiques, la tradition chrétienne occulte les androgynies divine et humaine. Et il nous faut nous reporter aux traditions juives pour en avoir confirmation.

Quelques-unes ne manquent pas de pittoresque. Pour l'une d'entre elles : « Adam et Ève furent créés dos-à-dos, attachés par les épaules. Alors Dieu les sépara d'un coup de hache en les coupant en deux [30]. » Dans une autre version : « Le premier homme était homme du côté droit et femme du côté gauche ; mais Dieu l'a fendu en deux moitiés. »

Le *Zohar* atteste clairement de l'androgynat de l'homme primordial. « C'est le thème de l'Adam Kadmon dont la nature reflète fidèlement la bipolarité divine [31]. »

« Dans les mots "Il les créa mâle et femelle", est exprimé le mystère suprême qui constitue la gloire de Dieu inaccessible à l'intelligence humaine. »

« Par les mots "que la Lumière soit", l'Écriture désigne la partie de l'homme qui émane du père, c'est à dire le Mâle, et par ces mots "et la Lumière fut", l'Écriture désigne la partie de l'homme qui émane de la Mère, c'est à dire la Femme. C'est pourquoi l'homme a été créé avec deux visages [32]. »

« Toute figure qui ne représente pas le mâle et la femelle ne ressemble pas à la figure céleste... Le mâle seul ne mérite pas le nom d'homme, tant qu'il n'est pas uni à la femelle et c'est pourquoi l'Écriture dit : “Et il leur donna le nom d'homme [33].” »

Gershom G. Scholem souligne, dans *La Kabbale et sa symbolique*, que ces passages sont décisifs.

« Le mâle seul ne mérite pas le nom d'homme. La dislocation de l'Adam androgyne est une chute vers une humanité inférieure. Il entre dans le cadre du monde profane. Adam pèche parce qu'il méconnaît que la dixième Sephirah est incluse dans l'unité de Dieu. S'il veut en faire un principe séparé, il est déchu lui-même de son harmonie, de sa plénitude ontologique. “En Dieu même, une césure catastrophique se produit. Quelque chose de Dieu lui-même est exilé de Dieu [34].” »

« Cette double séparation atteste la continuité qui va ici de Dieu à l'Homme primordial, encore que la faute, de toute évidence, soit le fait de l'homme seul. Elle n'en a pas moins pour conséquence une crise fondamentale qui se joue en Dieu même. La Schekinah exilée est la proie d'une nostalgie [...] que pourra juguler seulement la réintégration finale dans l'Harmonie originel-le [35]. »

Pour le théosophe Jacob Böhme, l'homme est réellement l'image de Dieu, dans un monde dont il a mission, avec l'aide de Dieu, de réparer les désordres dans lesquels Lucifer l'a fait sombrer. Adam, l'homme primordial, représente la nature humaine parfaitement réalisée avant que les étapes progressives de la Chute ne l'altèrent et ne l'alourdissent. En ce sens, il est androgyne, c'est à dire harmonieux et non divisé.

Non seulement, aux yeux de Jacob Böhme, cette androgynie est attestée par le texte biblique, mais elle constitue, en outre, une évidence rationnelle ; Adam ne peut avoir été conçu autrement qu'androgyne : il est, à l'image de Dieu, la synthèse des deux puissances d'être. Il ne devient un être sexué (deux êtres distincts) que parce que la Chute a porté atteinte à sa propre intégrité. « Ève a été créée après la Chute. »

« C'est seulement après sa chute qu'Adam, étant devenu un animal, a eu besoin d'une compagne. »

Dans son état primitif, il était un être absolument complet. « Il possédait en soi les deux *tincturae* (teintures, genres) sexuelles, ce qui est une condition indispensable de la perfection et de la plénitude de la vie organique. Au surplus, il avait la Sagesse divine pour compagne éternelle [36]... »

L'androgyne selon Platon

Nous sommes donc, avec l'androgyne, devant une figure archétypale de première importance. Les mythes, les traditions et les interprétations hermétiques que nous venons d'évoquer le démontrent amplement et sans doute est-il temps de nous référer au texte même du *Banquet* de Platon.

Les six invités ont choisi de faire l'éloge d'Eros. Ils en décrivent, chacun à son tour, la nature, les bienfaits et disputent de son origine :

- Est-il le plus ancien ou le plus récent des dieux ?
- Il y a-t-il un seul ou deux Eros ?

Chaque invité donne son avis, tandis qu'Aristophane et Socrate élèvent le débat au niveau de cette unité primordiale « dont la nostalgie subsiste au cœur même de la séparation qui inspire l'union sexuelle ».

Pour Aristophane, « Eros est le seul dieu qui permette à tout être humain de réaliser son désir le plus profond : s'unir de nouveau avec la moitié de lui-même dont il a été séparé. »

Pour Socrate, qui rapporte en les approuvant les propos de Diotime, prêtresse de Mantinée : « Eros n'est pas un dieu mais un démon qui, étant donnée sa position d'intermédiaire, permet de transformer l'aspiration vers le beau et le bien [...] en une possession perpétuelle par le moyen de la procréation selon le corps et de la création selon l'âme. En transcendant l'opposition entre le sensible et l'intelligible, l'âme qui réussit à s'abstraire du sensible pour contempler l'intelligible opère un retour vers ses origines et retrouve ainsi son être véritable. »

Nous aurons l'occasion de revenir sur ces propos et d'en discuter le bien fondé. Écoutons d'abord Aristophane faire le récit de nos origines :

« Autrefois, notre nature n'était pas la même que celle qui est précisément la nôtre aujourd'hui. Elle était autre.

Il y avait trois genres d'êtres humains, et non deux comme maintenant : le mâle et la femelle. Il en existait aussi un troisième qui participait des deux autres et dont le nom subsiste, alors que lui-même a disparu. C'était un genre distinct qui, pour la forme comme pour le nom, participait des deux autres. De ce genre, ne subsiste plus que le nom, supposé infamant : l'androgyne.

La forme de ces êtres formait un tout, avec un dos sphérique et des flancs arrondis ; ils avaient quatre mains et des jambes en nombre égal aux mains. Ils avaient aussi, sur un cou circulaire, deux visages identiques, tandis que la tête, pour ces deux visages divergents, était unique. Ils avaient quatre oreilles et deux organes sexuels ; et tout le reste était comme chacun peut facilement l'imaginer. Quand à leur démarche, ou bien elle était en ligne droite comme maintenant dans celui des sens qu'ils désiraient ; ou bien, [...] s'appuyant sur les huit membres qu'ils possédaient, ils avançaient rapidement en faisant la roue...

Le genre mâle était né du soleil, le genre femelle de la terre et celui qui participait des deux de la lune. Aussi bien présentaient-ils une forme circulaire tant dans leur structure que dans leur démarche, parce qu'ils ressemblaient à leurs parents.

Leur vigueur et leur force les rendaient redoutables. Leur orgueil était démesuré. Ils s'en prirent aux dieux, et entreprirent d'escalader le ciel en entassant le mont Ossa sur le mont Olympe et Pélion sur Ossa, car ils avaient l'intention de s'attaquer aux dieux... »

Une punition divine

Alors Zeus délibéra avec les autres dieux sur le parti à prendre. Le cas était embarrassant : ils ne pouvaient se décider à tuer les hommes et à détruire la race humaine à coups de tonnerre comme ils avaient tués les géants, car c'était anéantir les hommages et les cultes que les hommes leur rendaient ; d'un autre côté, ils ne pouvaient non plus tolérer une telle insolence. Enfin Zeus ayant trouvé, non sans peine, un expédient, prit la parole :

« Je crois, dit-il, tenir le moyen de conserver les hommes tout en mettant un terme à leur licence : c'est de les affaiblir. Je vais immédiatement les couper en deux, l'un après l'autre. Ainsi obtiendrons-nous le double résultat de les affaiblir et de tirer d'eux davantage puisqu'ils seront plus nombreux. Ils marcheront droits sur deux jambes. Et s'ils continuent à se montrer insolents et ne veulent pas se tenir en repos, je les recouperai en deux, et les réduirai à marcher sur une seule jambe, à cloche-pied. »

Après ce discours, Zeus coupa les hommes en deux, comme on coupe des alizes [37] pour les sécher ou comme on coupe un œuf avec un cheveu ; et chaque fois qu'il en avait coupé un, il ordonnait à Apollon de retourner le visage et la moitié du cou du côté de la coupure, afin qu'en voyant sa cicatrice l'homme devînt plus modeste, et il lui commandait de guérir le reste.

Apollon retournait donc le visage et, rassemblant la peau sur le ventre, comme on fait des bourses à courroie, il ne laissait qu'un orifice et liait la peau au milieu du ventre autour du nombril. Puis il polissait les plis et façonnait la poitrine avec un fer de cordonnier ne laissant que quelques bourrelets autour du ventre et du nombril, pour (que l'homme conserve) un souvenir de son antique condition et du châtiment.

Quand les corps eurent été ainsi divisés, chacun, regrettant sa moitié, en recherchait la compagnie. Ils s'embrassaient, s'enlaçaient les uns les autres avec le désir de se fondre ensemble. Les hommes mouraient de faim et d'inaction parce qu'ils ne voulaient rien faire les uns sans les autres. Quand une moitié était morte et que l'autre survivait, celle-ci en cherchait une autre et s'enlaçait à elle, soit que ce fut une moitié de femme entière – ce qu'on appelle une femme aujourd'hui –, soit que ce fut une moitié d'homme, et la race s'éteignait.

Zeus, touché de pitié, imagine alors un autre palliatif :

Il transporte les organes de la génération sur le devant, car jusqu'alors ils les portaient derrière, et engendraient et enfantaient non point les uns dans les autres, mais sur la terre, comme les cigales.

Il plaça donc les organes par devant et de telle sorte que les hommes engendrèrent les uns dans les autres ; c'est-à-dire le mâle dans la femelle. Cette disposition avait deux buts : quand l'étreinte avait lieu entre un homme et une femme, ils enfantaient pour perpétuer la race ; si elle avait lieu entre un mâle et un mâle, la satiété les séparait pour un temps ; ils se mettaient au travail et pourvoyaient à leurs besoins. De cette époque date l'amour inné des hommes les uns pour les autres...

Chacun de nous est donc comme une tesserre d'hospitalité [38] puisque nous avons été coupés en deux comme des soles et que d'un nous sommes devenus deux ; aussi chacun cherche sa moitié. Tous les hommes qui sont une moitié de ce composé des deux sexes, que l'on appelait alors androgyne, aiment les femmes, et c'est de là que viennent la plupart des hommes adultères ; de même toutes les femmes qui aiment les hommes et pratiquent l'adultère appartiennent aussi à cette espèce. Mais toutes celles qui sont une moitié de femme ne prêtent aucune attention aux hommes : elles préfèrent s'adresser aux femmes et c'est de cette espèce que viennent les tribades [39].

Ceux qui sont une moitié de mâle s'attachent aux mâles... »

Ce qu'on appelle l'amour

« Quand donc un homme, qu'il soit porté pour les garçons ou pour les femmes, rencontre celui ou celle-là même qui est sa moitié, c'est un prodige que les transports de tendresse, de confiance et d'amour dont ils sont saisis ; ils ne voudraient plus se séparer, ne fût-ce qu'un instant. Et voilà des gens qui passent toute leur vie ensemble, sans pouvoir dire d'ailleurs ce qu'ils attendent l'un de l'autre ; car il ne semble pas que ce soit le plaisir des sens qui leur fasse trouver tant de charme dans leur compagnie.

Il est évident que leur âme à tous deux désire autre chose, qu'elle ne peut pas dire, mais qu'elle devine et laisse deviner. Si pendant qu'ils sont couchés ensemble, Héphaïstos leur apparaissait avec ses outils, et leur disait : "Hommes, que désirez-vous ?" et si, les voyant embarrassés, il continuait : "L'objet de vos vœux n'est-il pas de vous rapprocher autant que possible l'un de l'autre, au point de ne vous quitter ni la nuit ni le jour ? Si c'est ce que vous souhaitez, je vais vous fondre et vous souder ensemble, de sorte que de deux vous ne fassiez plus qu'un... Voyez si c'est là ce que vous désirez..."

A une telle proposition, nous savons bien qu'aucun d'eux ne dirait non et ne témoignerait d'une autre volonté : il conviendrait qu'il vient d'entendre exprimer son désir le plus profond, c'est-à-dire se réunir et se fondre avec l'objet aimé et de ne plus faire qu'un au lieu de deux. »

Aristophane insiste :

« Notre ancienne nature était ainsi faite que nous étions un. L'amour, c'est le désir et la poursuite de cette unité qui était nôtre. »

« Qu'on n'aille pas se moquer de ce que je dis ! conclut Aristophane, car je dis que notre espèce ne saurait être heureuse qu'à la condition de réaliser ses aspirations amoureuses et de revenir ainsi à sa nature première. »

Quoique l'intention comique du dramatuge soit évidente en de nombreux endroits personne ne songe à se moquer de ses propos. Bien au contraire il offre à Platon une occasion de donner le dernier mot à son maître Socrate et de démasquer ici, au-delà de la nostalgie de l'unité, la passion du divin et une promesse d'immortalité « car c'est une loi de la nature mortelle que de chercher la perpétuité et l'immortalité ».

Pour ceux qui sont féconds selon la chair, l'immortalité est atteinte « en laissant toujours un individu plus jeune à la place d'un plus vieux. De cette manière tout ce qui est mortel se conserve, non point en demeurant toujours exactement identique comme la divinité, mais en laissant toujours à la place de l'individu qui s'en va et vieillit un jeune qui lui ressemble. Par ce moyen le corps participe à l'immortalité [40] ».

Pour ceux qui sont féconds selon l'esprit, que leur convient-il d'enfanter ? La sagesse bien sûr...

L'amour est le moteur de toute connaissance et de toute sagesse.

La vraie voie de l'amour platonique

Veut-on connaître la vraie voie de l'amour platonique ? Celle qui enseigne à communier au beau en soi ?

Elle est simple...

« Quiconque veut aller à l'illumination par sa vraie voie doit commencer, dans sa jeunesse, par rechercher les beaux corps. »

On ne s'attachera d'abord qu'à un seul, puis on observera que « la beauté d'un corps quelconque est sœur de la beauté d'un autre ».

« En effet, s'il ne convenait que de rechercher la beauté de la forme, il faudrait être bien malavisé pour ne point voir que la beauté de tous les corps est une et identique. » Quand on s'est convaincu de cette vérité, on se fait naturellement l'amant de tous les beaux corps et l'amour violent d'un seul nous devient une chose de peu de prix.

Considérons ensuite la beauté des âmes comme plus précieuse que celle des corps, en sorte qu'une belle âme, même dans un corps médiocrement attrayant, attisant notre amour et nos soins, nous fait concevoir de belles pensées et de beaux discours. Ne sommes-nous pas amenés alors à considérer la beauté inscrite dans les actions et dans les lois ? A voir que celle-ci est identique à elle-même dans tous les cas, et à regarder en conséquence la beauté des corps comme peu de chose.

De la beauté des corps et de celle des actions, nous passerons aux sciences et nous en reconnaîtrons aussi la beauté.

« Ainsi arrivé à une vue plus étendue de la beauté, nous ne nous attacherons plus à la beauté d'un seul objet et nous cesserons d'aimer, avec les sentiments étroits et mesquins d'un esclave, un enfant, un homme, une action. Tourné désormais vers l'océan de la beauté et contemplant ses multiples aspects, nous concevrons sans cesse de beaux discours et les pensées jailliront en abondance de notre amour de la sagesse, jusqu'à ce que notre esprit, fortifié et agrandi, perçoive l'existence d'une science unique, qui est celle du beau [41]. »

« Celui qu'on aura guidé jusqu'ici sur le chemin de l'amour, après avoir contemplé les belles choses dans une gradation régulière, arrivant au terme suprême, verra soudain une beauté d'une nature merveilleuse, celle-là même qui était le but de tous ses travaux antérieurs, beauté éternelle qui ne connaît ni la naissance ni la mort, qui ne souffre ni accroissement ni diminution, beauté qui n'est point belle par un côté, laide par un autre, belle en un temps, laide en un autre, belle en tel lieu, laide en tel autre, belle pour ceux-ci, laide pour ceux-là ; beauté qui ne se présentera pas à ses yeux comme un visage, ni comme des mains, ni comme une forme corporelle, ni comme un raisonnement, ni comme une science, ni comme une chose qui existe en autrui [...] ; beauté qui existe en elle-même et par elle-même, simple et éternelle, de laquelle participent toutes les autres belles choses, de telle manière que leur naissance ou leur mort ne lui apporte ni augmentation, ni amoindrissement, ni altération d'aucune sorte [42].

Quand on s'est élevé des choses sensibles par un amour bien entendu (des jeunes gens) jusqu'à cette beauté et qu'on commence à l'apercevoir, on est bien prêt de toucher au but ; car la vraie voie de l'amour, qu'on s'y engage de soi-même ou qu'on s'y laisse conduire, c'est de partir des beautés sensibles et de monter sans cesse vers cette beauté surnaturelle en passant, comme par échelons, d'un beau corps à deux, de deux à tous, puis des beaux corps aux belles actions, des belles actions aux belles sciences, pour aboutir à cette science qui n'est autre que la science de la beauté absolue, pour connaître enfin le beau tel qu'il est en soi [43]. »

Eros emporte notre âme vers le monde divin.

L'AMOUR EST DIVIN

Chapitre premier
Les noces divines

Visitant Babylone, Hérodote constate que la ville est composée de maisons à trois ou quatre étages. Toutes les rues sont droites et se dirigent vers le fleuve, l'Euphrate, artère principale de la ville. Une première muraille la protège. Son épaisseur : dix-sept mètres. Une deuxième muraille entoure le centre qui comprend la résidence royale et le sanctuaire de Bel, une ziggourat aux dimensions impressionnantes [44].

C'est la tour de Babel, ou d'Etéménanki, la ziggourat de Bel-Mardouk, longue et large à sa base de quatre cent mètres. Une autre tour, longue et large de deux cent mètres, la surmonte. Sur cette tour, une autre tour, puis une autre, et plusieurs autres encore, jusqu'au total de huit tours. La rampe qui permet d'y monter est construite en spirale, à l'extérieur.

Au sommet, dans la dernière tour, un vaste temple. Dans le temple : « Un grand lit garni de belles couvertures et, auprès de ce lit, une table d'or. Aucune statue de divinité n'est placée en ce lieu, et aucun être humain n'y passe la nuit, si ce n'est une seule femme du pays que le dieu a choisie entre toutes, à ce que disent les Chaldéens, qui sont les prêtres de ce lieu. Ces mêmes Chaldéens affirment, poursuit Hérodote (et, pour sa part, il ne peut croire ce qu'ils disent), que le dieu en personne vient dans le temple et repose sur le lit... »

Le rituel babylonien

Hérodote n'est pas fondé à mettre en doute la parole des prêtres. Les textes assyriens et mésopotamiens attestent que ce temple du sommet s'appelle *bît ershi*, ce qui signifie proprement : « la chambre-à-coucher ». Il sait aussi qu'à Thèbes, en Égypte, une femme dort la nuit dans le temple d'Amon et que la prophétesse d'Apollon, à Patara en Lycie, passe ses nuits avec le dieu dans le secret du temple.

D'un autre côté, nous pouvons comprendre sa prudence. A l'époque où il visite Babylone, le rituel des noces divines, le saint mariage, paraît être devenu symbolique. On est loin de la sumérienne « Chambre-aux-plaisirs » (E.HI.LI.). Mais le vocabulaire des tablettes retrouvées, antérieures de quelques mille cinq cent ans à son voyage, ne laisse aucun doute. *Dâdu* est le plaisir sexuel que l'on donne ou que l'on reçoit, dans la Chambre. *Huddû*, c'est faire jouir ; *kuzbu* désigne à la fois l'attirance sexuelle et l'extase amoureuse. Le rite des noces divines a encore lieu. Mais, de l'antique rituel sumérien à l'occasion duquel le Dieu et la Déesse s'incarnent dans la prêtresse et le roi, il ne reste plus que des déplacements de statues et des gesticulations de poupées.

Les scribes en témoignent.

Nabûshum-iddina, garde des sceaux du père d'Assurbanipal, informe son roi :

Il le prévient que le trois du mois d'Aiar (avril-mai), certains serviteurs du dieu mettront son lit en place « avant qu'il ne rentre dans sa chambre à coucher ».

« Lorsque le dieu sortira de l'Aire-à-fouler du Temple, on gagnera le jardin, où seront accomplis les sacrifices rituellement prévus. Le cocher du Char-des-dieux quittera alors l'Ecurie-du-Temple pour faire sortir le dieu puis le ramener chez lui. »

Ce rituel que nous citons d'après les transcriptions de S. N. Kramer et la traduction de Jean Bottéro, est extrait du calendrier liturgique de la ville de Borsippa, proche de Babylone.

D'un autre scribe, sur le même site de Borsippa :

« Nabû, en vue du mariage-sacré endosse le manteau impérial. De l'intérieur de son temple, il brille comme la lune [...] et illumine de toute sa splendeur l'obscurité. En plein éclat, il se dirige processionnellement jusque dans l'Ehurshaba, le sanctuaire ; et, quand il est entré en présence de la Souveraine, tout est prêt pour le mariage sacré. Se répand alors, dans le sanctuaire, une clarté pareille à celle du jour. Et les deux dieux se couchent sur le beau lit à dormir pour y prendre un sommeil plaisant... »

Nous vivons alors une période « rationaliste ». Les déesses et les dieux ne s'incarnent plus ni dans leurs servantes ni dans leurs adorateurs. Même si le roi se félicite de faire confectionner, dans le meilleur buis « plaqué d'or et de pierres fines », le lit d'apparat de la déesse, il ne s'étend plus, à son gré, à ses côtés. Le saint mariage a toujours lieu. C'est le rituel d'*hashâdu*, dérivé de *hadâshu*, jouir. Il définit l'acte d'amour auquel se livrent l'époux et l'épouse divine dans les circonstances solennelles d'une hyménée liturgique. Mais la cérémonie des noces divines s'accomplit alors entre des effigies de dieux et de déesses que l'on transporte comme des poupées de temple en temple. Elle n'unit plus, comme à l'époque sumérienne, le roi lui-même, image vivante du dieu, à la prêtresse, réelle incarnation de la déesse de l'Amour.

La chambre aux plaisirs

Car le rite sumérien était incarné. Les textes retrouvés permettent d'imaginer que le rituel du Saint-Mariage était représenté, comme les « Mystères » de notre moyen-âge, les drames liturgiques ou les « Jeux de la Passion », sur les parvis des temples, avant que, dans la chambre secrète du « jouir-ensemble », la déesse et le dieu, dans leurs habitations terrestres (qui sont davantage que des représentants) ne se livrent souverainement à leurs délices.

Dans les tablettes exhumées, les indications de mise-en-scène manquent. Il est vraisemblable qu'elles étaient connues des acteurs et du public. Car les dialogues ne peuvent pas avoir été composés autrement que pour être dits, proférés ou chantés sur une scène. On notera, en les abordant, combien leur vocabulaire, à cinq mille ans de notre présent, est encore vivant et vrai, fondamentalement proche de nous. C'est le vocabulaire éternel des passions humaines et divines.

Nous sommes au pays de Sumer, aux confins du désert de l'Irak actuel. Contemporains de la naissance de l'écriture. Cinquante siècles avant qu'un homme ne pose un pied sur la lune. Du point de vue cosmologique, la terre est un disque plat, entouré des eaux amères de la mer. Elle flotte sur un abîme d'eau douce. L'Océan primordial est la cause première de l'univers. Le ciel a été posé sur la terre comme une cloche de jardinier. A l'intérieur de cette cloche, dans le pur éther, les corps célestes ont été disposés par la volonté des dieux. Ils ont été institués avant les plantes, les bêtes et les hommes. Un panthéon de déesses et de dieux invisibles, responsables du soleil et de la lune, de l'air et de la terre, des champs et des troupeaux animent et dirigent le monde sous la haute autorité de quatre dieux majeurs : AN, le ciel ; KI, la terre ; ENLILI, l'air, et ENKI, l'eau. L'homme a été créé d'argile pour subvenir aux besoins des dieux et les servir de son mieux. La vie humaine, si incertaine et fragile puisse-t-elle être, vaut mieux que toutes les morts. Pas de salut, dans l'univers sumérien. L'enfer attend les âmes de tous les défunts. Prisonnières de démons malfaisants, incorruptibles et cruels, elles ne se nourriront plus, dans l'au-delà, que de poussière.

Le centre de la ville, c'est le temple. Il est peuplé de prêtres, de prêtresses, de chantres et de musiciens. Y vivent également les eunuques et les castrats de la Déesse ou du Dieu, les prostitué(e)s sacré(e)s, scribes et officiants. Chaque jour, l'on sacrifie au dieu de la cité. Il se nourrit de farines, de bouillies, de viandes et de graisses, de libations de bière, de lait, de vin. A la nouvelle lune, on le fête... Au nouvel an, les festivités se prolongent plusieurs jours et culminent dans les noces divines.

Le drame est représenté – mais c'est un drame authentiquement vécu – sur le parvis du temple d'Uruk, la demeure terrestre, l'*Eanna* de la voluptueuse et guerrière déesse Inanna. Nous sommes au premier rang, vêtus, les femmes d'une longue toge à mèches, les hommes d'une longue jupe à volants recouverte d'un manteau de feutre. Les femmes sont coiffées de lourdes nattes ornées de rubans et de pendeloques enroulés tout autour de la tête.

Sur la scène : les dieux.

En arrière plan : les chœurs des femmes (les eunuques du temple ?) et des hommes ; les harpistes, les joueurs de lyre, de tambour, de tambourin.

Personnages principaux : la déesse de l'amour, son frère, les prétendants, le roi.

L'ardente déesse, c'est Inanna, la belle, la lascive et sensuelle souveraine.

Le frère : Utu, le dieu soleil.

Les prétendants : Dumuzi, le pasteur et Enkimdu, le fermier.

Dans le rôle de Dumuzi, le roi, « vicaire des dieux et responsable de la prospérité de son peuple ».

Le désir et l'amour

Le sujet du « drame » mis en scène : la prospérité de Sumer et l'abondance dans le pays des « têtes-noires » – ainsi les sumériens se nommaient-ils eux-mêmes. Car il y eut un temps de misère et de désolation auquel les dieux de l'air et de l'eau mirent fin en créant deux déesses : Lahar (la brebis) et Ashnan (la céréale), puis les deux frères : Emesh (l'été) et Enten (l'hiver).

Comment assurer la perpétuation de la fertilité du pays de Sumer ? « Ce dont l'homme et les animaux, si mortels et transitoires qu'ils fussent, avaient le plus besoin pour assurer leur permanence ici-bas, explique S. N. Kramer, c'était, de toute évidence, le désir et l'amour qui menaient à l'union sexuelle et pouvaient, de la sorte, assurer la fécondation des matrices par “l'eau-du-cœur”, comme on appelait poétiquement le sperme. »

C'est au roi qu'incombe le devoir de s'unir à la déesse *qui pousse au rut*, la sainte Inanna, et de la satisfaire pour que celle-ci répande, comme un bienfait, le désir dans les étables et dans les lits des têtes-noires.

La déesse réclame le roi :

Quant à moi, à ma vulve, à moi, tertre rebondi,
Moi, jouvencelle, qui me labourera ?
Ma vulve, ce terrain humide que je suis,
Moi, reine, qui y mettra ses bœufs (de labour) ?

Et le roi de se plier aux volontés de la déesse, non pas allégoriquement comme nous pourrions être tentés de le croire. Mais concrètement, charnellement. Un poème de cour l'atteste. Il concerne Shulgi, le second roi de la troisième dynastie d'Ur. Il a quitté sa capitale et se dirige, paré des vêtements rituels et des emblèmes de son pouvoir, vers le sanctuaire de la déesse,

... menant de son bras d'énormes aurochs de montagne,
tirant de sa main moutons et chèvres,

pour le sacrifice.

Suivant cette version du drame liturgique, fiançailles et épousailles se passent sans soucis. Dès qu'elle aperçoit le dieu-roi, la grande prêtresse en laquelle la déesse s'incarne entonne une hymne qui clame son impatience de se faire « labourer la vulve » par son amant divin :

Lorsque je me serai baignée pour le roi, le seigneur [...],
Lorsque j'aurai couvert mes lèvres de crème ambrée,
Lorsque j'aurai fardé mes yeux de kohl,
Lorsque ses mains charmantes m'auront pressé les lombes,
Lorsque le Seigneur [...]
Aura pétri mon sein laiteux et succulent,
Lorsqu'il aura porté la main sur ma sainte vulve [...],
Lorsque, pareil à son bateau élancé, il y aura porté la vie,
Lorsqu'il m'aura caressé sur le lit :
Alors, je le caresserai (à mon tour), et lui décréterai une destinée heureuse !

Des fiançailles incertaines

D'après d'autres tablettes, Dumuzi, le roi divin incarné dans la personne royale, n'est pas sans rival. La sainte Inanna hésite entre le pasteur Dumuzi et le fermier Enkimdu. Une conversation intime entre la déesse et son frère le soleil nous en informe. Le dialogue a pour objet la confection du couvre-lit destiné à la couche nuptiale. Utu, le soleil, affirme à sa sœur qu'il bêchera pour elle le lin cultivé afin de le lui procurer. Il le peignera, le filera, le tressera, l'ourdira, le tissera et le teindra. Mais, pour elle, la question n'est pas là. « Qui couchera avec moi, s'inquiète-t-elle ? » Utu lui affirme que c'est Dumuzi qui sera son époux. Inanna n'en veut pas. Au dieu pasteur, elle préfère le fermier. Son frère insiste : « C'est le pasteur qui couchera avec toi ! » Et elle : « Non ! Celui qui m'a ravi l'âme, c'est le fermier dont les greniers sont bourrés de grain ! »

Dumuzi entre alors en scène et se fâche :

Qu'a-t-il de plus que moi ce fermier ?
S'il me présente de sa farine noire,
Je lui présenterai, moi, une brebis noire !
S'il me présente de sa farine blanche,
Je lui présenterai, moi, une brebis blanche !
[...].
Plus que moi, qu'a-t-il donc de plus que moi ce fermier ?...

Prudent, le fermier ne se pose pas en concurrent. Qui oserait rivaliser avec un dieu ? Il apaise lui-même la querelle :

Avec toi, ô Pasteur, pourquoi me disputerais-je ?
[...].
Laisse donc tes brebis brouter l'herbe riveraine ;
[...] ;
Que tes chevreaux et tes agneaux s'abreuvent à mon canal !...

La dispute est si brève que le vainqueur invite l'évincé à son mariage : « Comme ami, ô Fermier, tu seras compté pour mon ami. » Et Enkimdu apportera de ses récoltes aux époux, en guise de cadeau de mariage.

Ce choix accompli, s'ensuit une querelle d'amoureux. Le dialogue complet manque. Mais Kramer et Bottéro supposent que l'élu aurait eu plusieurs bergères pour amantes et la déesse le lui reproche. Sans conviction. Le scribe note finement que cet affrontement n'avait pas eu d'autre effet que d'exalter leur passion :

Les mots qu'ils avaient prononcés
N'étaient que des mots de désir :
Une telle dispute entamée
Pousse à l'attrait du cœur...

Inanna informe donc son père de son projet matrimonial ; et Dumuzi demande officiellement la main de sa promise à la mère de la déesse, Ningal. Inanna tremble comme une jouvencelle. Elle hésite. Sa mère l'encourage : « Ouvre-lui donc ta maison, ma Reine, ouvre-lui ta maison. » Et Inanna, « au commandement de sa mère », prend un bain, se frotte d'onguents fins, dispose autour de son cou un collier de lazulite et les signes de sa royauté. Puis elle attend, anxieusement, Dumuzi.

Dumuzi ouvre la porte. Il entre dans la maison « comme un rayon de lune ». Fou de joie, il contemple sa fiancée, la serre dans ses bras, l'embrasse et lui propose un rendez-vous secret. Impatient, il convainc

Inanna de « prendre un acompte »... Ils se retrouvent, au milieu de la nuit, à l'endroit convenu.

Il la caresse tant qu'elle se dérobe à ses baisers :

Allons, Berger, laisse-moi : je dois rentrer chez nous !
Quel mensonge raconterais-je à ma mère ?

Dumuzi :

Je vais t'apprendre comme mentent les femmes !
(Dis-lui :) « Mon amie jouait avec moi sur la place.
« Elle a dansé autour de moi au son du tambourin... »
[...]
Ainsi tiendras-tu tête à ta mère
Alors que nous nous serons abandonnés à notre passion, sous la lune !...

La fin de la tablette manque et nous ne saurons peut-être jamais si Inanna succombe, ce soir-là aux avances de son amant.

A chacun d'inventer la fin qui lui convient.

Le lit béatifique

Nous avons été témoins du voyage de Shulgi, alors qu'il quittait sa demeure d'Ur pour le temple d'Uruk. Le roi d'Isin, Iddin-Dagan, rejoignait plus simplement la déesse dans le temple de sa capitale. La préparation de la prêtresse qui la représentait sur la terre et en qui elle s'incarnait était particulièrement raffinée. Tandis qu'elle choisissait « des perles de lazulite pour sa poitrine, des perles ovoïdes pour sa tête et sa croupe », et des lamelles d'or pour sa coiffure, les officiants préparaient « sa couche féconde », son lit « orné de joncs et de cèdre ».

Sitôt la déesse parée, les prêtres invitent le roi à s'approcher.

Ils l'interpellent de son nom divin : Dumuzi.

Repose-toi dans le Palais, lui disent-ils !
Ô Dumuzi, toi qui resplendis, dans le Palais et le Pays,
La vénérable Inanna, ta parure, ta parure,
La vénérable Inanna, ta vêture, ta vêture,
Ta robe noire, ta robe blanche,
Approche d'elle, Monseigneur, [...]
Approche d'elle en modulant un air qui touche l'âme !

Le roi lui tourne alors un compliment dans la façon de l'époque :

Inanna, ta poitrine est un champ ;
Un large champ producteur de plantes,
Un large champ déverseur de grain !

Et avoue qu'il aspire au lit nuptial :

Il le désire, il désire le Lit !
Il le désire, le Lit béatifique ; il désire le Lit !

Ce lit qui fait apprécier « la douceur du giron ». Alors, à l'invitation de la servante de la Reine, le Roi pénètre au cœur du temple, dans la « Chambre-au-doux-jouir ». Pour rendre plus doux le Lit de la Reine, il le (fait recouvrir) du lin tissé par Utu, le frère de la déesse.

On imagine alors le recueillement de la foule.

Des heureuses amours du Roi et de la Déesse dépendent la fécondité de la terre et celle des troupeaux. On n'assiste pas aux ébats divins. La servante ou le chœur renvoie l'assemblée sur un dernier souhait :

Puisse-t-elle s'attarder de longs jours sur ton giron,
(ô Dumuzi),
... la Reine du Ciel et de la Terre !

Les portes du temple se referment.

Le rideau tombe.

Et chacun de s'en aller rassuré.

Les amours d'une déesse et d'un dieu ne sont jamais inféconds.

Ne soyons pas dupes cependant des interprétations modernes qui ne voient dans ces rites dits de fécondité qu'une « magie agraire ». Sachons comprendre en outre que, « dans ces cultes, la fécondité de la végétation n'est pas la chose essentielle. Le but principal [...] est de capter l'énergie vitale cosmique pour (un meilleur) équilibre de l'individu et de la société, la végétation n'étant qu'une portion du (champ d'application) de cette action bénéfique et servant surtout de support symbolique au rituel destiné à faire descendre cette énergie [45] ».

Il s'agit en réalité d'une célébration qui ne permet pas seulement au roi de communier aux énergies divines mais aussi, mais surtout, de *devenir* un dieu.

Chapitre II
La Bible sacralise l'amour

Méconnaître le sens des nombres,
c'est s'exposer à ne pas comprendre
une infinité de choses consignées dans
l'Écriture.
SAINT AUGUSTIN

Ils étaient les voisins des héritiers de la civilisation sumérienne : les Babyloniens. Une captivité à Babylone, une autre en Égypte leur avait fait rencontrer celle qu'ils appelaient « l'idole », la grande mère des Dieux, sous tous ses noms, sous toutes ses formes. Isis en Égypte, Ishtar à Babylone, Asthoreth chez les Phéniciens. Leur Dieu était l'ennemi de la Déesse. Il avait puni Ève, déclaré la guerre au serpent de la déesse, et pourtant, dans leur livre sacré, les docteurs hébraïques admirent une hymne prodigieuse à l'amour : le Cantique des Cantiques, qui fut réputée « la plus sainte des Écritures ». Pourquoi ? Comment ? C'est ce que nous allons essayer de comprendre.

Après la destruction du Temple de Jérusalem par les armées de Titus, en 70 après Jésus-Christ, Yohanan ben Zaccai fonda la première école judaïque à Yabneh, près de Jaffa. Là se tint la première assemblée synodale qui révisa le Canon de la Bible pour la cinquième fois.

L'on doit à l'intervention de l'éminent Aqîba ben Joseph l'inscription du Cantique des Cantiques parmi les écritures sacrées. Il est évident que ce « Cantique » n'est pas un livre profane et qu'il contient des leçons dont les plus éminents kabbalistes ont su tirer des enseignements exemplaires.

Selon le Talmud : « Le monde entier fut incomparable le jour où le Cantique sublime fut transmis à Israël, car toutes les écritures sont saintes, mais le Cantique des Cantiques est la plus sainte des écritures [46]. »

On lit aussi, dans le *Zohar*, que « le Cantique des Cantiques » constitue cette coupe de bénédiction qui est saisie de la main droite : et c'est pour cela qu'il est rempli de paroles de miséricorde et de joie qu'on ne trouve pas dans les autres cantiques [47] ».

Dans le *Zohar* toujours : « Le jour où ce Cantique a été révélé ici-bas, la Schekinah descendit sur la terre, ainsi qu'il est écrit : "Et les pontifes ne pouvaient plus s'y tenir, ni faire les fonctions de leur ministère à cause de la nuée, parce que la Gloire du Seigneur avait rempli la Maison du Seigneur..." »

Salomon l'a chanté

Rabbi Yossé : « Le roi Salomon a chanté ce cantique lorsqu'il avait achevé la construction du Temple et lorsque les mondes d'en haut et d'en bas avaient été perfectionnés [...]. Il n'a été chanté, pour la première fois qu'après que la lumière de la lune fut complète et que le Temple eut été construit d'après les formes d'en haut. Depuis le jour de la création du monde, le Saint, béni soit-Il, n'éprouva jamais une joie pareille à celle que lui inspira la construction du Temple ici-bas. Au moment où Moïse dressa, dans le désert, un Tabernacle pour servir de résidence à la Chekhina, un autre Tabernacle fut dressé par le monde d'en haut, ainsi que cela résulte des paroles de l'Écriture : *Houqam hammîchkân*, "le tabernacle fut relevé".

L'Écriture ne dit pas : "un Tabernacle" mais "le Tabernacle", ce qui veut dire l'autre Tabernacle d'en haut, qui fut dressé en même temps que celui d'en bas.

[...]

La construction du premier Temple répandit la lumière dans tous les mondes et les remplit de parfums ; toutes les fenêtres des mondes célestes s'ouvrirent pour inonder de lumière le monde ici-bas, et jamais joie n'a été plus grande dans aucun monde que celle de ce jour. Aussi tous les êtres d'en haut et d'en bas entonnèrent-ils le Cantique des Cantiques où sont exprimées les louanges du Saint, béni soit-Il [48]. »

Et A. Grad de conclure : « Si le roi Salomon pouvait utiliser l'expression Cantique des Cantiques [...], c'est que, le Tabernacle ayant été relevé, *le mâle et la femelle étant enfin unis,* l'Homme intégral se trouvait reconstitué [49]. »

Qui donc est ce Dieu de la Bible dont la Genèse, on l'a vu, a affirmé qu'Il :

... créa l'homme à son image
A l'image de Dieu, il le créa,
Homme-et-femme, il les créa.

En déduirons-nous que la « structure androgyne » est présente aussi en ce Dieu là ? La stricte exégèse du texte de la Genèse et le contexte général de « ses » commandements, de « sa » parole et de « ses » liturgies ne nous y autorisent pas. Yahvé (YHWH) est d'abord le Dieu des patriarches, le Dieu d'Abraham, d'Isaac et de Jacob. Être absolu, au-delà de toute représentation, il s'adresse aux patriarches tribaux. Il est, sans équivoque possible, le Père viril, le Dieu des Pères.

Mais la tradition juive ésotérique ne s'en satisfait pas. Dans le *Zohar*, « l'idée d'une partition divine, selon un vocabulaire sexualisé est explicitement affirmée [50] :

L'Écriture se sert du pluriel : « faisons », pour nous indiquer que la création de l'homme a été opérée par deux essences divines qui sont symbolisées par le mâle et la femelle. "A notre image" veut dire les riches ; "à notre ressemblance" veut dire les pauvres ; car le mâle c'est la richesse et la femelle la pauvreté. Or, de même que les deux essences divines ne forment qu'une seule, parce que l'une protège l'autre, se l'assimile et la comble de bienfaits, de même, parmi les hommes d'ici-bas, le riche et le pauvre, symboles du mâle et de la femelle ne doivent former qu'un, en donnant l'un à l'autre et en faisant du bien l'un à l'autre [51]. »

Plus précis encore est l'Arbre des Séphiroth : « L'En-Soph de Dieu, c'est-à-dire Dieu lui-même en tant que principe radicalement transcendant et inconnaissable, s'explicite en une sorte d'organisme mystique, symbolisé par l'Arbre. Les branches de l'Arbre sont les Séphiroth, ou manifestations successives de la Puissance divine. Dix degrés différents à travers lesquels Dieu se répand dans sa création. Les Séphiroth de gauche sont féminines ; celles de droite, masculines. Et la dernière Sephirah, féminine, joue un rôle éminent dans la dramaturgie de la création du monde. C'est Elle, la Schekinah, la Mère, la Reine, la Matrone, la Mariée. »

La Schekinah est la « Mère-d'en-Haut » et les liens qui l'unissent au Principe masculin sont l'équivalent du Saint-Mariage sumérien ou des noces divines de Zeus et de Léda : « Ainsi, venant de la "bouche" de l'Éternel, le Verbe s'introduit entre les ailes de la mère et, sortant de là, il descend sur la tête du saint peuple [52]. »

Donc, si la canonicité du Cantique des Cantiques ne fait aucun doute, il n'en reste pas moins que son interprétation a toujours été particulièrement controversée. On y a vu un modèle de poésie amoureuse, un recueil de « poèmes qui se chantaient dans les veillées nuptiales ». L'alternance des solos, des duos, des chœurs et des refrains signait, pour des érudits comme Dhorme et Renan, l'origine populaire d'une poésie dans laquelle l'imagination et la passion se conjuguaient pour exalter l'Amour.

Cependant, souligne le kabbaliste A. Grad, « la récitation du poème par les juifs au huitième jour de la pâque doit avoir, on s'en doute, de sérieux motifs qui ne relèvent certainement pas de l'arbitraire ou de la fantaisie [53] ».

Les maîtres de la Grande Synagogue ne paraissent pas avoir soupçonné dans le Cantique des Cantiques un drame qui se serait joué dans le Temple de Jérusalem à l'occasion d'une fête de Tammouz-Adonis et d'Inanna-Ishtar.

Et pourtant, nous qui venons d'assister aux saintes noces de Dumuzi-Tammouz avec Inanna-Ishtar, nous ne pouvons qu'être surpris par la parenté du vocabulaire employé dans les hymnes canoniques du Cantique et celui des poèmes sumériens.

Un vocabulaire sumérien

La Sulamite du poème s'adresse au roi berger :

Dis-moi, Aimé de mon âme,
Où fais-tu paître,
Où fais-tu reposer tes troupeaux, à midi ?

Ou encore :

L'aimé de mon âme, je l'ai saisi et ne le lâcherai pas
Jusqu'à ce que je l'ai introduit
Dans la maison de ma mère,
Dans la chambre de celle qui m'a conçue...

Comment ne pas reconnaître, dans le chant de Salomon, un écho de l'hymne de Dumuzi-Shulgi :

Tu as ravi mon cœur, ma Sœur, mon Épouse,
Tu as ravi mon cœur d'un regard,
Par un collier de ton cou.
Qu'il est beau ton amour, ma Sœur, mon Épouse,
Ton amour est meilleur que le vin,
Et l'odeur de tes parfums
Plus suave que tous les aromates.
Tes lèvres distillent le miel, Épouse,
Le miel et le lait sont sous ta langue,
Et l'odeur de tes vêtements est comme le parfum du Liban.
Tu es un jardin fermé, ma Sœur, mon Épouse,
Une source close, une fontaine scellée.
Tes plantations sont un jardin de grenadiers
Avec des fruits délicieux, des cyprès et des nards.
Le nard et le safran, la cannelle et le cinnamome
Avec tous les bois odorants,
La myrrhe et l'aloès,
Avec tous les aromates exquis.
Une fontaine des jardins, une source d'eaux vives

et les ruisseaux du Liban !
Lève-toi Aquilon ! Viens Autan !
Soufflez sur mon jardin et que ses parfums ruissellent !

Le seizième verset du quatrième chant se termine par une invitation dans laquelle il est difficile de ne pas entendre un écho des invitations de l'Inanna de Borsippa :

Que mon Bien-Aimé entre dans son jardin et qu'il mange de ses fruits exquis !

Nous livrerions-nous au « sacrilège » de considérer le Cantique comme un résumé de la mise en scène d'un saint mariage, de noces divines, nous y retrouverions les mêmes protagonistes que dans le drame sumérien.

Sur la scène : le chœur des femmes, les « filles de Jérusalem ».

L'ardente Sulamite, c'est Inanna, la belle, la lascive et sensuelle « souveraine ».

Dans le rôle du dieu-roi Dumuzi, le roi Salomon, l'Aimé du Seigneur (*Yedidyah*).

Dès le deuxième verset, le poème est dialogué. Et la Sulamite s'adresse tour à tour au chœur, à l'assemblée, au roi.

Au chœur ou à l'assemblée :

Qu'il me baise des baisers de sa bouche.

Au roi :

Ton amour est meilleur que le vin,
Tes parfums ont une odeur suave,

Ton nom est un parfum qui se répand,
C'est pourquoi les jeunes filles t'aiment...
Entraîne-moi à ta suite, courons !

Et au chœur à nouveau :

Le roi m'a fait entrer dans ses appartements.
[...]
Je suis noire mais je suis belle,
Filles de Jérusalem.
[...]
Ne me méprisez pas à cause de mon teint noir,
Le soleil m'a brûlée.

A la question qu'elle lui pose :

Dis-moi, Aimé de mon âme,
Où fais-tu paître,
Où fais-tu reposer tes troupeaux, à midi ?

Le roi répond :

Si tu ne le sais pas, ô la plus belle des femmes,
Suis les traces des brebis
Et mène paître tes chevreaux
Près des demeures des bergers.
A ma cavale attelée aux chars de pharaon
Je te compare, ma Bien-Aimée.
Tes joues sont belles parmi les perles,
Ton cou au milieu des colliers.
Nous te ferons des chaînons d'or.
Avec des points d'argent.

Et la Sulamite :

Tandis que le roi était dans son salon (sa chambre ?)
Mon nard a exhalé son parfum.
Mon Bien-Aimé est pour moi un sachet de myrrhe
Qui repose entre mes seins.

Le roi :

Que tu es belle, ma Bien-Aimée,
Que tu es belle !
Tes yeux sont des colombes.

La Sulamite :

Que tu es beau mon Bien-Aimé,
Que tu es gracieux !
Notre lit est de verdure.
Les poutres de nos maisons sont de cèdre
Nos lambris sont de cyprès.

Comme les rituels sumériens et babyloniens, le Cantique des Cantiques est tout entier composé d'interrogations, dialogues et répons. Et, de la même façon, le fiancé doit être introduit, au chant III (v. 1 à 4) dans la maison de la mère de la « déesse » :

Sur ma couche, la nuit,
J'ai cherché l'Aimé de mon âme.
Je l'ai cherché et ne l'ai pas trouvé.
Je me lèverai et parcourrai la ville,
Les rues et les places,
Je chercherai l'Aimé de mon âme.

Je l'ai cherché et ne l'ai pas trouvé.
Les gardes qui font la ronde dans la ville
M'ont rencontrée.
Avez-vous vu l'Aimé de mon âme ?
A peine les avais-je dépassés
Que j'ai trouvé l'Aimé de mon âme.
Je l'ai saisi et ne le lâcherai pas
Jusqu'à ce que je l'ai introduit
Dans la maison de ma mère,
Dans la chambre de celle qui m'a conçue.

Comme Dumuzi, le Bien-Aimé frappe à la porte (v., 2-6).

La Sulamite :

Je dormais, mais mon cœur veillait.
J'entends mon Bien-Aimé qui frappe à la porte.

Le roi :

Ouvre-moi, ma Sœur, mon Aimée,
Ma colombe, ma toute belle,
Car ma tête est couverte de rosée,
Mes boucles sont pleines des gouttes de la nuit.

« *J'ai ôté ma tunique* »

La Sulamite :

J'ai ôté ma tunique, comment la remettrais-je ?
J'ai lavé mes pieds, comment les salirais-je ?
Mon Bien-Aimé a mis la main à l'huis,

Et mes entrailles ont tressailli pour lui.
Je me suis levée pour ouvrir à mon Bien-Aimé,
Et mes mains ont distillé la myrrhe.
De mes doigts la myrrhe onctueuse a coulé
Sur la poignée du verrou.
J'ai ouvert à mon Bien-Aimé [...]

Le chœur s'adresse à la Sulamite (v., 9) :

Qu'a-t-il ton Bien-Aimé de plus qu'un autre,
O la plus belle des femmes ?
Qu'a-t-il ton Bien-Aimé de plus qu'un autre
Pour que tu nous adjures ainsi.

Et elle répond au chœur (v., 10-16) :

Mon Bien-Aimé est blanc et rouge,
Un étendard entre dix mille.
Sa tête est de l'or pur,
Ses boucles flottent,
Noires comme le corbeau.
Ses yeux sont comme des colombes au bord des ruisseaux,
Se baignant dans le lait,
Reposant dans l'abondance.
Ses joues sont comme un parterre d'aromates,
Comme des tertres parfumés,
Ses lèvres sont des roses
Distillant de la myrrhe onctueuse.
Ses mains sont des anneaux d'or
Incrustés de chrysolithe,
Son ventre est de l'ivoire poli
Couvert de saphirs,

Ses jambes sont des colonnes de marbre
Posées sur des socles d'or pur.
Son aspect est comme le Liban,
Superbe comme les cèdres.
Sa bouche n'est que douceur
Et tout y est délicieux.
Tel est mon Bien-Aimé, tel est mon Ami,
Filles de Jérusalem !

Les concordances, qui ne sont pas seulement de vocabulaire, suffisent-elles à établit un lien de cousinage entre le Cantique hébraïque et les rituels sumériens ? Sans doute. Mais alors, comment un texte aussi « hétérodoxe » mérite-t-il de figurer dans le canon des textes sacrés ? La réponse à cette question tient peut-être à la personnalité même de Salomon, fils de David et de la Hittite Bethsabée.

Il fut sage, on le sait. Et sa science était plus grande que celle de tous les fils de l'Orient, « plus grande que celle des Égyptiens ». La Bible nous assure que « l'on venait de tous les peuples pour apprécier (sa sagesse), et tous les rois de la terre qui avaient entendu parler de lui le consultaient ». Il régnait sur tous les royaumes depuis l'Euphrate jusqu'au pays des Philistins et jusqu'à la frontière d'Égypte. Quand la reine de Saba vint l'éprouver par des énigmes, « sa sagesse, la tenue de ses ministres, l'habitation de ses serviteurs et le Temple qu'il avait fait construire, lui firent perdre le souffle [54] ».

Et pourtant, le plus sage de tous les rois, l'auteur du Cantique des Cantiques et d'un millier de psaumes, abandonna son cœur « aux dieux abominables » et fit bâtir sur la montagne « qui est à l'est de Jérusalem, un haut lieu pour Kamos (Tammouz ?), abomination de Moab, et un autre pour Moloch, abomination des Ammonites [55]... »

Le judaïsme traditionnel est redoutable avec lui qui considère comme un crime son mariage avec la fille du pharaon Nekho. Pour le Talmud : « Le jour où Salomon s'allia avec Pharaon en épousant sa fille, l'ange Michael descendit du ciel et planta une tige dans la mer. De cette tige, surgit un banc de sable sur lequel poussa un grand bois. Telle fut l'origine de Rome (royaume de l'impiété) et des Romains qui détruisirent le Temple qu'il avait édifié. »

D'un autre côté, le *Zohar* considère qu'à l'époque de Salomon, « la lune était pleine [56] », ce qui signifie que la Présence divine était entière sur la terre et que « le grand monarque d'Israël fut inspiré par ce que le *Livre des Splendeurs* et le *Targoum* chaldaïque nomment l'Esprit saint ».

Si la parenté des thèmes, du vocabulaire et de la mise en scène du Cantique hébraïque et des liturgies sumériennes est indiscutable, il n'en reste pas moins évident que l'architecture kabbalistique du Cantique coïncide parfaitement avec l'architecture générale des nombres du Pentateuque...

Et si l'Esprit saint lui-même est réputé avoir inspiré le Cantique, ne pouvons-nous imaginer que les scribes et les grands prêtres ont sciemment utilisé des fragments d'un rituel idolâtre pour faire passer aux générations futures un message uniquement lisible par les initiés ?

Une signification cachée ?

Les indices d'une leçon secrète ne manquent pas. La fréquence de l'emploi de certains mots en est un.

Le mot « noces » n'est employé qu'une seule fois. (Bizarre pour un chant ou une mise en scène de thèmes folkloriques liés aux cérémonies nuptiales...)

Le verbe aimer est utilisé deux fois (v. I, 3 et I, 4), de la même façon que l'expression « mon frère, mon ami » ne revient que deux fois.

L'Aimée, la Bien-Aimée, l'Ami, la Sœur, l'Épouse, la Colombe sont invoqués 27 fois (9 x 3) ; l'Aimé, le Bien-Aimé, 37 fois (Bien-Aimé seul : 26 fois). Le total des invocations réciproques représente 54 citations (9 x 6).

Le mot Amour, apparemment profane ou nettement sacralisé, est répété 13 fois.

Additionnez ce 13 au 54 invocations, aux 4 aimer/ami et à l'unique noce, vous obtenez : 72 (9 x 8).

Il ne s'agit peut-être que de coïncidences. Mais quelle avalanche de coïncidences quand on mesure que le Cantique des Cantiques, neuvième cantique traditionnel, est composé de 13 x 9 versets (117), de 139 x 9 mots (1251) et de 572 x 9 caractères (5148) [57]...

Les significations cachées deviennent moins anodines quand la kabbale numérique nous fait observer que *l'amour* avec lequel fut tapissée la litière de Salomon (v. III, 10), *ahavâh* a le 13 pour valeur guématrique, de la même façon dont le nom de l'*Éternel-Un : E'hâd* dissimule et révèle le même 13.

Troublante aussi cette coïncidence algébrique qui veut que le « Bien-Aimé » soit invoqué 26 fois sous ce nom, quand on sait, par ailleurs, que la valeur du tétragramme sacré, le saint nom de YHWH (Yod-Hé-Waw-Hé) est égal à 26 !...

Troublante encore cette association de l'Amour du Bien-Aimé qu'il ne faut pas éveiller avant qu'il ne le veuille (v. III, 5), dont la graphie particulière (*äth-hâ' ahavâh* =

419) équivaut à la lettre de la perfection, le Têth (Têth + Yod = Taw = 419), le Tau grec, l'Ankh égyptien, la croix.

Si les rédacteurs du Cantique avaient voulu nous faire comprendre que Dieu est Amour et que l'Amour humain, la passion, est Perfection, ils ne s'y seraient pas pris autrement.

Cet amour est incarné : la Sulamite a juré qu'elle ne lâchera pas son bien aimé jusqu'à ce qu'elle l'ait introduit dans la *chambre* de celle qui l'a conçue.

Et sa main gauche sera sous sa tête, sa droite l'enlacera, dans cette chambre (*'heder*) où le mystère (*ha-râz*) se transforme en lumière (*ha-ôr*).

Car l'Amour est Dieu. Et l'Amour est Lumière.

« Il n'y a pas de bénédiction là où l'homme et la femme ne sont pas unis. »

Chapitre III
Le désir de Brahmâ

Officiellement célibataire, YHWH le Créateur est, au fond, assez hypocritement marié de la main gauche avec la Schekinah, et le *Zohar* confesse finalement que le « désir (de Son) côté droit pour (Son) côté gauche constitue la base du monde et la joie des êtres d'En Haut et d'En Bas [58] ».

Plus compliquée sans doute, mais aussi plus franche, la mythologie hindoue affirme sans détour que c'est animé par le désir (*kâma*) que Brahmâ crée l'univers.

Îshvara et la trimurtî

A l'origine de toutes choses : le Brahman, l'Absolu, l'Un sans second, Celui dont on ne peut rien dire et qui ne participe de rien. Absolument réel et immuable, Tout est en Lui et Lui en Tout. Il est présent dans le cœur de toutes les créatures : c'est le Soi. Les Upanishad l'appellent Cela (*Tat*), c'est-à-dire « cela qui n'est pas soumis au devenir ». Il est au-delà de toute distinction (*nîrvishesha*), vide de tout attribut, exempt de toute qualification (*nirguna*). Le Brahman est neutre.

La puissance de manifestation qui émane de Lui et par l'action de laquelle l'Un peut devenir multiple est féminine. C'est la Shakti primordiale (*adya-shakti*). Elle est la Mère cosmique, la force qui imprègne les dieux et les mondes, la Mère « qui s'incarne dans tous les éléments de l'âme humaine et les anime du souffle divin [59] ».

Du Brahman, par l'Adya-Shakti, émanent : le divin Îshvara (Brahman suprême individualisé), le monde (*jagat*) et l'âme humaine (*jîva*).

En ce passage de l'Un-Absolu au multiple consiste la Création que les hindous appellent aussi « la Projection » (*srishti*). Îshvara est nommé le Seigneur parce qu'il organise et gouverne en effet la création, l'existence et la résorption du cosmos. Il crée toutes choses, les protège, au temps de l'existence nécessaire, et les réunit en Lui, à la fin des temps.

« Il est le Dieu unique, caché dans tous les êtres, le témoin, le Gardien, la personne suprême (le Purusha), le Seigneur des âmes (les *purusha*) et de Prakriti, la nature [60]. »

Divinité unique et cause première, Îshvara fait apparaître l'univers, le soutient et le résorbe en sa propre substance. A chacune de ses trois fonctions correspond l'un des dieux de la trinité (*trimurtî*) hindoue : Brahmâ, le Créateur ; Vishnou, le Conservateur ; Rudra, le Destructeur.

Brahmâ est Îshvara en tant que principe producteur des êtres manifestés.

Vishnu est Îshvara en tant que principe animateur et conservateur des êtres.

Rudra (« Celui qui fait pleurer ») est Îshvara en tant que destructeur du monde. Mais Rudra est aussi Shiva (« le Bienfaisant »), car, en résorbant le monde de la multiplicité, il nous conduit au paradis de l'Unité, dans la pure conscience du Brahman.

La procréation des mondes

Nous disposons de nombreuses – pour ne pas dire d'innombrables – versions de la création du monde par le démiurge Brahmâ, que les antiques Veda nomment aussi Prajâpâti, le « Seigneur des créatures », le « Maître de la descendance [61] ».

Leur point commun est que le Créateur s'épuise dans l'acte créateur. On souligne son effort, sa lutte, sa fatigue, sa transpiration... Ce sont la puissance de son Désir (*kâma*), la force de son Ardeur (*tapas*) qui viennent à bout de l'œuvre de *pro-création* et de mise en ordre du monde.

Témoignage du Taittirîya Brâhmana :

« Au début, ceci n'était rien. Il n'y avait ni ciel, ni terre, ni atmosphère. Le non-existant résolut : Que je sois ! Il s'échauffa par la méditation (*atapyata*) ; de cette ardeur fut produite la fumée. De nouveau il s'échauffa par la méditation ; de cette ardeur fut produit le feu. » Puis la lumière, la flamme, les rayons, le brouillard.

« Il se condensa comme un nuage. Il fendit sa vessie et cela devint l'océan (*samudra*). »

Ensuite le Créateur pleure, et ses larmes deviennent la terre, l'atmosphère et le ciel.

« Ayant obtenu cette terre pour base, il désira : Puissè-je me reproduire ! Il pratiqua d'ardentes austérités. Il conçut. Il créa les asuras de son abdomen... Il rejeta son corps, qui devint l'obscurité.

Il désira : Puissè-je me reproduire ! Il pratiqua d'ardentes austérités. Il conçut. Il créa les êtres vivants de ses organes sexuels... Il rejeta son corps qui devint le clair de lune.

Il désira : Puissè-je me reproduire ! Il pratiqua d'ardentes austérités. Il conçut. Il créa les saisons de ses aisselles... Il rejeta son corps qui devint le crépuscule.

Il désira : Puissè-je me reproduire ! Il pratiqua d'ardentes austérités. Il conçut. Il créa les dieux de sa bouche... Il rejeta son corps qui devint le jour [62]. »

La création selon Brahmâ est généralement conçue comme « émission », souligne Tara Michaël, *sarga, srishti, visarga,* de la racine SRIJ. « Projeter en avant, faire couler hors de soi, émettre, c'est « diffuser » à partir d'un point central, à partir de soi, comme des ondes concentriques ; c'est aussi « éjaculer », déposer le sperme dans les Eaux principielles, engendrer... Brahmâ répand sa propre substance, il extrait sa propre essence, il s'exprime [63]... »

Dans le Shiva-Purâna, comme dans les Veda, le Créateur tombe amoureux de sa Création :

« Prajâpâti, alors qu'il était en train de créer les êtres, s'échauffa. De lui qui s'épuisait, de lui qui brûlait, jaillit la Déesse Splendeur. Elle était là, debout, resplendissante, rayonnante, scintillante [64]. »

Le dieu est fasciné par cette « Aube de la Création » issue de lui, et s'en éprend.

« En vérité, Prajâpâti se prit de passion pour sa propre fille – Lumière du Ciel ou Aurore (comme on voudra l'appeler) ; il résolut de la posséder et y réussit. C'était péché aux yeux des dieux. Ils se dirent : Voilà donc comme il traite sa propre fille, notre sœur [65] !... »

En réalité, Brahmâ est le Désir. Et la création des mondes s'analyse aussi comme un inceste primordial :

« En vérité la Personne primordiale (Îshvara) n'avait pas de joie. Par conséquent, celui qui est seul n'a pas de joie. Il désira une seconde personne, un autre. Il devint aussi grand qu'un homme et une femme enlacés. Il se dédoubla et de ce dédoublement naquirent l'Époux et l'Épouse.

[...] L'espace est empli par l'Épouse. Prajâpâti s'unit à elle et les êtres humains naquirent de cette union [66]. »

La Fille-Epouse est-elle prise de scrupules ? Elle s'enfuit. Mais cette fuite devient la cause de la profusion des êtres animés :

« Elle considéra : "Comment ! Il m'a engendrée et il s'accouple avec moi ? Ah ! Je vais me cacher !" Elle se fait vache, il se fit taureau ; il la couvrit, et les bovins naquirent de cet accouplement. Elle se fait jument, lui cheval ; elle ânesse, lui âne ; elle chèvre, lui bouc, etc. Ainsi créa-t-il tout ce qui existe par couples, jusqu'aux fourmis. Et il sut : Je suis toute cette Création car elle est sortie de moi [67]. »

Ainsi Brahmâ se donne et se répand. Moins avare que YHWH, il accède, en raison de sa volonté créatrice, et fait grâce au Désir. Il prend forme dans et par l'acte primordial de l'engendrement, et donne « jusqu'à cette semence qu'il ne peut retenir, qui s'écoule, cette énergie qui se met en branle, se propage et qu'il ne peut arrêter. Brahmâ exprime son essence, donne son suc répand sa sève [...] et s'épuise à se donner pour la venue de l'être au monde [68] ».

Chacun dans son rôle, Vishnu (Krishna – le conservateur) et Rudra le Destructeur (alias Shiva – le Bienveillant) retiendront la leçon. Créés par le Désir et l'Amour, le monde et les êtres seront animés et préservés par l'Amour et le Désir avant d'être délivrés de l'illusion et des réincarnations par le Désir et l'Amour.

Chapitre IV
Krishna, l'amant divin

Le Bhâgavata-Purâna [69], est aujourd'hui encore l'un des livres les plus populaires et les plus lus de l'Inde. Pourquoi ? Parce que l'immense poème raconte, comme un feuilleton, les péripéties de la vie amoureuse de Krishna, huitième avatar de Vishnu, le conservateur des mondes.

Le récit des obstacles rencontrés par les bergères amoureuses du dieu (les gôpis) et des ruses qu'elles emploient pour satisfaire leurs passions suffiraient à passionner lectrices et lecteurs s'ils n'attiraient en outre adorateurs et croyants de Vishnu-Krishna auxquels le livre révèle, depuis treize siècles, les secrets de l'accomplissement spirituel. Car les épisodes de la vie de l'avatar, ses provocations et ses dérobades, sont autant d'allégories des difficultés que doit surmonter le pratiquant (*sâdhak*), sur la route de son développement spirituel (*sâdhanâ*).

Véritable traité du « retour de l'âme à l'Essence divine », le Bhâgavata-Purâna est « un manuel minutieux et pratique pour qui veut suivre la voie de l'Amour divin [70] » à travers les méandres des passions humaines.

La naissance de Krishna

En ce temps-là, les démons écrasaient la Terre sous leur poids accablant. La Terre requit la protection du Créateur. Il intervint auprès de Vishnu, le Seigneur des Seigneurs, afin que celui-ci s'incarne, dans la maison de Vasudêva, pour combattre les démons et soulager la Terre de ses malheurs. A peine le dieu est-il engendré, les démons veulent le tuer. Le sauveur du monde doit passer la première partie de son enfance dans la clandestinité, jusqu'à ce qu'il se révèle, à sa mère tout d'abord, en lui laissant apercevoir le monde entier dans le fond de sa gorge.

« Sa mère y vit l'univers, les êtres mobiles et immobiles, l'atmosphère, les régions, le globe terrestre avec ses montagnes ses mers et ses continents, ainsi que l'air, le feu, la lune et les étoiles, le zodiaque, l'eau, la lumière, le vent et l'éther, les sens [...], tous les éléments et les trois qualités (l'énergie, l'inertie et l'équilibre harmonieux)... »

Embrassant d'un seul regard, par la bouche grande ouverte de son fils, « le monde varié, où tout corps possède en propre son principe de vie, les éléments de sa destinée, le temps, le caractère, les œuvres, les pensées, en l'y voyant lui-même, la mère terrestre du dieu doutait... »

On le comprend. Comment « l'être qui gouverne et concilie l'ultime dualité entre l'Absolu sans second et le monde de la multiplicité, l'être suprême (le Purushattama), le Brahman supra-cosmique (Parabrahman), l'âme humaine suprême (Paramâtman), avait-il pu prendre chair en elle ?

Krishna retire donc à sa mère cette vision qui la trouble ; et se comporte ensuite à la façon d'un jeune berger en gardant apparemment les veaux du troupeau familial (ces veaux symbolisent les illuminations spirituelles naissantes, mais nous ne sommes pas censés le savoir) et protégeant ses camarades contre les tentations et les dangers qui les menacent dans le Paradis où sa tribu s'est installée : Vrindâvan, « la forêt des jouissances terrestres ».

Les tentations et les dangers ?

C'est le risque de prendre pour des aspirations spirituelles, ce qui n'en constitue qu'un simulacre, « l'enlisement dans les cogitations intellectuelles stériles et paralysantes, ou la tentation de s'adonner complètement aux "jouissances terrestres [71]" ».

Mais ces mêmes jouissances ne paraissent-elle pas pourtant constituer, au fil des saisons, le but même de toute vie à Vrindâvan ?

Le poète Vyasa décrit la splendide forêt, riche en dattiers et en djambus couverts de fruits, dans laquelle Krishna s'amuse « avec les vachers et les bergers ». Les vaches au pas pesant, aux mamelles surchargées (« d'où le lait s'échappait sous l'émotion de la joie ») accouraient à la voix du dieu. On y voyait des femelles transportées d'allégresse, des arbres d'où le miel suintait.

Krishna se réfugiait, quand il pleuvait, dans le creux d'un arbre ou dans une caverne pour y manger des oignons, des racines et des fruits. Et quand il faisait beau, assis sur un rocher au bord de l'eau, il se régalait, en compagnie des bergers, avec le lait caillé et le riz bouilli qu'il avait apportés.

Tel est le « paradis » de Vrindâvan, à la saison des pluies, que le Dieu lui-même est saisi d'admiration devant la création de Brahmâ :

« A la vue des taureaux et des veaux repus, couchés sur l'herbe et ruminant les yeux fermés, à la vue des vaches alourdies par le poids de leurs mamelles, et de la magnifique saison des pluies qui, reflétant sa propre puissance, apporte la joie à tous les êtres, Bhagavat (Krishna) fut saisi d'un sentiment de respect. »

Pour comprendre et partager le respect du Dieu, il est intéressant de savoir qu'en sanskrit *vrinda* signifie « la multitude », et *vana* qui désigne d'abord « une forêt » peut prendre aussi le sens « d'aspiration ardente » ou de « délice ». Selon son étymologie même, le Vrindâvan est ainsi « l'aspiration ardente de la multitude » ou, dans l'acception de Jean Herbert, « le monde où la multitude des êtres peut voir se réaliser ses "aspirations ardentes à des jouissances sublimes ou divines" ».

Le Vrindâvan terrestre est, bien sûr, un reflet du Vrindâvan céleste, le paradis de Krishna, où se déroule éternellement sa *lîlâ*, le Jeu divin de l'enfant Krishna.

Le chant des bergères

...Vint l'automne, dégagé de nuages,
aux eaux limpides, aux molles brises.
Grâce à l'automne qui fait éclore les lotus,
les eaux recouvrèrent leur pureté naturelle [...],
la boue du sol et la souillure des eaux disparurent.
Le ciel sans nuages étincelait d'étoiles aux clartés pures,
Le disque de la pleine lune rayonnait
parmi la foule des astres.
Et sur les pas des vaches,
des gazelles, des oiselles
et des femmes excitées par la saison,
les mâles accouraient.

Les lotus des étangs parfumaient la brise ;
les volées d'oiseaux couvraient les lacs,
les rivières et les hauteurs, tandis que,
dans les profondeurs du bois,
Krishna menait paître les vaches,
tout en jouant de la flûte.

En entendant les sons de cette flûte,
qui ravissent le cœur de tous les êtres,
toutes les femmes s'entretenaient de lui,
l'embrassant en elles-mêmes.

Les bergères, laissant libre cours à leur passion, chantaient les louanges du Bien-Aimé :

Bergères, quel acte méritoire
a donc accompli ce roseau
pour jouir ainsi, à sa guise,
de l'ambroisie des lèvres de Dâmôdara (Krishna),
et n'en laisser que le parfum ?
Les rivières en frissonnent de joie,
les arbres en versent des larmes...

Amie, Vrindâvan vaut à la terre
une gloire sans égale : le fils de Dêvaki (Krishna),
en y imprimant le lotus de ses pieds,
lui communique sa splendeur,
et sur les plateaux de ses montagnes,
à la vue des paons qui dansent, ivres de joie,
aux sons de la flûte de Govinda (Krishna),
tous les êtres demeurent immobiles.

Bienheureuses gazelles !
toute troublée qu'est leur intelligence,
dès que le fils de Nanda (Krishna),
revêtu de son brillant costume,
fait entendre les sons de sa flûte,
elles lui présentent, en compagnie de leurs noirs époux,
l'offrande de leurs regards affectueux.

A la vue de Krishna, de sa beauté et de sa noblesse
qui font la joie des femmes,
et aux accords merveilleux qu'il tire de sa flûte,
du haut de leurs chars célestes, les Déesses,
en qui l'amour ébranle la vertu,
laissent, dans leur effarement,
tomber les fleurs et les nattes de leurs cheveux
et glisser le voile de leurs seins.

Heureuses les femmes...!
si elles ont connu la passion d'amour à la vue du safran
qui, sur le sein des belles où il était étalé,
s'est rougi d'éclat au contact des pieds du héros...
Il leur a suffi, pour oublier leur souffrance,
d'appliquer leurs seins sur l'herbe qui en était teinte.

Le poète Vyâsa conclut ainsi le vingt et unième chant du dixième livre « du bienheureux Bhâgavata-Purâna, inspiré par Brahmâ » :

Au récit que les bergères se faisaient entre elles
des jeux auxquels Krishna se complaisait
en parcourant la forêt, leurs âmes s'unissaient à la sienne.

Si nous citons aussi longuement le poème de Vyâsa, c'est pour mieux nous imprégner de cette luxuriante mystique nuptiale qu'inspire à ses fidèles le huitième *avatara* de Vishnu : Krishna, et nous permettre de mieux assimiler chacune des étapes de la réalisation spirituelle à laquelle nos âmes sont appelées, par la voie du Yoga de la dévotion, le *bhakti-yoga.*

Car nos âmes sont les gôpis, les bergères du paradis, les amantes du Dieu. Et l'épopée du Bhâghavata-Purâna décrit allégoriquement les progrès que nous devons accomplir sur la voie de l'Amour divin pour parvenir à la béatitude.

Les fidèles doivent manifester leur dévotion sincère par de « pieuses observances » : la prière, le jeûne et les mortifications.

Les gôpis prient : « Durant le premier mois de l'hiver, elles ne vécurent que de graines sauvages et célébrèrent en l'honneur de Kâtyâyanî. »

Dès les premières lueurs de l'aube, elles façonnaient, au bord de l'eau, avec le sable de la rive, une image de la déesse qu'elles adoraient. Elles lui présentaient des parfums, des guir-landes de fleurs, des fruits et des graines, et la priaient :

« Kâtyâyanî [72], toi dont la puissance magique est grande et grandes les mystérieuses ressources, ô Déesse souveraine, fais que le fils du berger Nanda (Krishna) devienne mon époux ! Hommage à toi ! »

Le vol des saris

Un jour, les bergères jouaient dans l'eau en chantant les louanges de Krishna, après avoir déposé leurs vêtements sur la rive. Krishna se rendit alors au fleuve, enleva les vêtements des jeunes femmes, monta à la hâte sur un arbre et dit en plaisantant :

– Femmes, venez ici, et que chacune prenne, comme elle voudra, les vêtements qui sont à elles. Venez prendre vos vêtements, ô belles.

Devant cette « farce » de Krishna, les bergères, « dont le cœur débordait d'amour », et qui se baignaient nues, se sentirent honteuses et, se regardant entre elles, souriaient sans oser sortir de l'eau froide où elles étaient plongées jusqu'au cou.

Elles protestèrent, en frissonnant :

– Allons, pas d'inconvenances ! Nous savons qui tu es. Donne-nous nos vêtements, nous grelottons. Nous sommes tes esclaves. Donne-nous nos vêtements.

Krishna :

– Si vous êtes mes esclaves, approchez, venez prendre vos vêtements, ô belles au pur sourire.

« Alors toutes les jeunes femmes, frissonnant de froid, sortirent de l'eau en couvrant leur nudité des deux mains et se ramassant sur elles-mêmes sous l'impression du froid. »

Le Bienheureux fut gagné par la pureté de leurs sentiments. Il mit leurs vêtements sur une branche et elles se prosternèrent devant lui. Touché par cette marque de soumission, il leur rendit leurs vêtements.

« Elles revêtirent leurs robes, et, prêtes à s'unir à l'objet de leur amour, le cœur occupé de lui seul, elles ne bougeaient pas et tenaient leurs yeux fixés sur lui avec pudeur.

Le Bienheureux Dâmôdara (Krishna), sachant que c'était le désir de toucher ses pieds qui leur avait inspiré ces pieuses dévotions, leur dit :

– Je sais, ô femmes vertueuses, que votre désir est de m'honorer, et ce désir, je l'approuve : il est juste qu'il se réalise. Allez, ô femmes, vos vœux sont exaucés : vous les passerez avec moi, au sein du bonheur, ces nuits pour lesquelles vous avez observé de pieuses pratiques en l'honneur d'Arya (Durgâ).

Les jeunes femmes, méditant sur le lotus de ses pieds, s'en retournèrent à regret, tandis que le bienheureux fils de Dêvakî, quittant la forêt, mena paître les vaches aux loin... »

On notera, avec Jean Herbert, que les *gôpis* plongées dans la Yamûna, se sont réfugiées dans l'Unité indifférenciée [73]. Quand Krishna les appelle, elles restent plongées dans l'eau « jusqu'au cou, ne laissant émerger que la tête (le mental) »... Paralysées par l'eau froide (l'absence d'amour qui caractérise cet état indifférencié), les fidèles accèdent à l'appel de l'amour divin, pour se plonger dans la *parâ-bhakti* [74], la dévotion suprême : « Elles se prosternèrent devant lui. »

Moralité de l'épisode : le *sadhak* ou *yogi*, le pèlerin d'amour doit offrir au divin tout ce qu'il est sans rien retenir ni cacher. Quand ils voilent leur nudité au jardin d'Eden, Yahvé sait qu'Adam et Ève ont péché. Quand elles cachent avec les mains ce qu'elles ont de plus intime, les gôpis doivent subir, comme une nouvelle épreuve, le vol de leurs saris. Leur don de soi n'est pas encore complet. Sur la voie de la Béatitude, elles doivent aussi sacrifier leur pudeur.

L'appel du divin

Les jasmins s'épanouissaient au souffle de l'automne. Krishna, désirant se livrer au plaisir, recourut à la puissance magique du Yoga et fit retentir, sur sa flûte, « les harmonieux accords qui charment les femmes aux beaux yeux ».

Aux premières notes, les femmes se rendent à l'endroit où il les attend.

« Impatientes de le rejoindre, elles partaient, quittant, celles-ci les préparatifs du souper, celle-là les enfants qu'elles allaitaient, d'autres leur mari au moment de se rendre à ses vœux...

D'autres encore, comme elles étaient à se parfumer, à s'essuyer, à s'appliquer le collyre sur les yeux, ou affublées à contre-sens de leurs vêtements et de leurs parures.

Quoique fissent pour les retenir maris, pères, frères, parents, elles poursuivaient leur chemin, n'ayant de pensée que pour Govinda (Krishna).

Plusieurs bergères qui étaient dans le gynécée et n'avaient pu en sortir, déjà unies de cœur à Krishna, portèrent sur lui toutes leurs pensées en fermant les yeux.

La douleur qu'elles ressentaient de la séparation d'avec le bien-aimé, avait effacé leurs péchés, et elles furent réunies à l'âme suprême tout en croyant l'être à un amant. Quittant leur corps, elles furent délivrées de leurs liens. »

Le monarque auquel le poète récite la geste de Krishna s'étonne :

« Elles ne voyaient en Krishna qu'un amant et non l'être suprême ?...

– C'est le salut des hommes, ô roi, répond le poète, que poursuit l'être éternel. Quiconque lui est uni et dévoué s'identifie à lui. Et cela ne doit pas t'étonner de la part de Krishna, puisqu'il est l'Éternel, le maître des maîtres du yoga, le libérateur du monde. »

Mises en garde du Dieu

Les femmes qui se sont échappées s'assemblent autour du dieu.

Krishna s'adresse à elles :

« Hommage à vous, femmes fortunées ! Que puis-je faire pour vous être agréable ? Dites ce qui vous amène.

Voyez, la nuit est pleine de visions effrayantes et hantée par des êtres effrayants. Il ne convient pas à des femmes de rester ici.

Vos mères, vos pères, vos fils, vos frères, vos époux, vous cherchent de tous côtés. Ne causez pas d'inquiétude à vos parents.

Retournez sans tarder, obéissez à vos maris.

Ah ! c'est par affection pour moi que vous êtes venues ici. C'est bien à vous. Tout ce qui vit trouve en moi le bonheur.

Mais le devoir suprême des femmes est d'obéir à leur mari, de veiller aux soins de leurs parents et à ceux de leurs enfants.

C'est en m'écoutant, en me contemplant, en pensant à moi, et en célébrant mon nom qu'on fait preuve d'amour pour moi, et non pas en cherchant ainsi ma personne. Retournez dans vos maisons. »

A ces paroles du dieu, les bergères, s'abandonnèrent à une insurmontable tristesse.

« Inclinant vers la terre leurs visages aux lèvres desséchées par le souffle brûlant de la douleur, effaçant le safran de leurs seins, elles restaient immobiles et silencieuses, accablées sous le poids d'un chagrin sans bornes. »

Puis, « essuyant leurs yeux obscurcis par les larmes », elles lui répondirent :

« Loin de toi, ô maître, ce langage cruel. Nous avons renoncé à tous les objets sensibles pour venir adorer la plante de tes pieds. Rends-nous amour pour amour, ne nous abandonne pas...

Tu as dit : le devoir propre aux femmes est de se dévouer à leurs maris, à leurs enfants et à leurs parents. Qui le conteste ? Les sages mettent leur bonheur en toi. Qu'importent maris, enfants et autres sources de douleur ? Sois-nous propice, ô maître suprême, ne trompe pas l'espérance que nous avons fondée sur toi...

Par toi nous ont été ravies les pensées qui se renferment avec joie dans la maison et les mains qui se plaisent aux travaux domestiques... Nos pieds ne peuvent faire un pas loin de la plante de tes pieds. Comment retournerions-nous au village, Seigneur ? Qu'y ferions-nous ?

Sois-nous propice, toi qui détruis la douleur ! Permets-nous d'être tes esclaves...

Est-il une femme dans les trois mondes, ô maître, dont la raison ne s'égare et qui n'oublie ses devoirs les plus saints, quand les vaches, les oiseaux, les bêtes fauves, les arbres eux-mêmes tressaillent d'allégresse aux notes de tes chants, aux accords de ta flûte, à la vue de ta personne ? »

Les étreintes du Dieu

Alors, le maître des maîtres du yoga, ayant entendu les plaintes des bergères, leur sourit avec bonté et satisfit leurs désirs.

« Tandis que leurs visages s'épanouissaient sous le regard du bien-aimé, Atchyuta (Krishna), resplendissait comme l'astre des nuits au milieu de la foule des étoiles.

Répondant par ses chants aux chants qu'elles

entonnaient à sa louange et guidant la troupe de ses cent femmes, il parcourut la forêt...

Et, entrant avec elles sur une île, il jouit du souffle de la brise qu'embaumaient les lotus de nuit.

Il les prenait, les bergères ! Il les étreignait dans ses bras, promenant sa main sur leurs mains, dans les boucles de leurs cheveux, sur leur corsage et sur leurs seins, y imprimant, tout en badinant la marque de ses ongles, jouant avec elles, les regardant et leur souriant, allumant et satisfaisant leur amour. »

Cependant les bergères furent si fières de posséder « le bienheureux » qu'elles se crurent, dans leur orgueil, « bien au-dessus des femmes de la terre ».

Les attouchements divins leur faisaient perdre la raison.

« Alors, voyant l'ivresse et l'orgueil que leur inspirait sa beauté merveilleuse, Krishna disparut soudain du milieu d'elles pour leur rendre le calme et la sérénité.

« Pour les guérir et les bénir aussi. »

La quête du bien-aimé

Le bienheureux Krishna ayant disparu, les gôpis se désolaient de ne plus le voir, « comme les femelles de l'éléphant, quand elles ne voient plus le chef du troupeau ».

« Le cœur occupé de lui seul, de sa démarche, de son sourire, de ses regards, de ses discours, les bergères prenaient les attitudes du dieu, et s'identifiaient à lui.

Les bien-aimées imitaient sa démarche, son sourire, son regard et ses moindres mouvements... »

De forêt en forêt, elles le cherchaient comme des

insensées, chantant à haute voix et demandant aux arbres et aux plantes, à la terre et aux gazelles, des nouvelles de lui, « le Purusha qui réside au dedans et au dehors des êtres ».

« Avez-vous vu passer le fils de Nanda qui nous a ravi nos cœurs ? Est-il passé par ici celui dont le sourire fait perdre leur orgueil aux plus belles femmes ?

Et toi, propice basilic qui chéris ses pieds, l'as-tu vu ton bien-aimé ? Vous tous, arbres qui ne vivez que pour le bien d'autrui, ô riverains de la Yamunâ, dites-nous le chemin qu'a suivi Krishna quand il nous a délaissées ?

Ô gazelle amie, est-il passé par ici avec sa bien-aimée celui dont la beauté fait la félicité de vos yeux ? »

Ainsi se lamentaient les bergères dans leur quête éperdue, errant dans la forêt jusqu'à ce qu'elles aperçussent ses traces...

« Car les traces du dieu se reconnaissent à l'étendard, au lotus, au foudre, à l'aiguillon et au grain d'orge... »

Mais en trouvant le chemin suivi par Krishna, les jeunes femmes découvrent les traces des pas d'une femme à côté des siens. La jalousie les torture :

« Quels sont ces pas ? Quelle est la femme qui est passée ici, avec lui ?

Il faut qu'elle ait gagné le cœur du Seigneur, pour que, nous abandonnant, il se soit plu à l'emmener dans un lieu secret.

Elle n'a laissé ici nulle trace de ses pas : sans doute, le bien-aimé l'a-t-il portée dans ses bras...

Ici, il a cueilli des fleurs pour elle et s'est dressé sur la pointe des pieds : voyez ces pas à demi formés.

Ici, il a arrangé les cheveux de la bien-aimée. Il était assis pour disposer des fleurs sur sa tête. »

Ainsi s'irritaient les bergères, se montrant les unes aux autre les traces de celle que Krishna avait élue pour savourer les joies de l'union.

L'élue

« Krishna goûta le bonheur avec elle, bien qu'il trouve son bonheur et sa joie en lui-même, bien qu'il soit impassible...

Et elle s'estimait alors la plus belle de toutes les femmes :

– Il a délaissé les bergères qui l'adorent, disait-elle, et c'est moi qu'aime le bien-aimé.

A un certain endroit de la forêt, elle lui dit avec orgueil :

– Je n'ai plus la force de marcher ; emmène-moi où tu voudras.

Le dieu lui répondit :

– Monte sur mes épaules.

Et il disparut !..

L'épouse s'abandonna à sa douleur :

– O époux bien-aimé, où es-tu ? Montre-toi à mes yeux ! O ami, montre-toi à ton esclave infortunée. »

Krishna reste invisible. L'élue avait manifesté l'amour le plus parfait et elle a connu les joies de l'union mystique. Mais les extases mêmes dont elle jouissait ne la mettaient pas à l'abri d'une chute.

« S'imaginant être seule digne du privilège dont elle jouissait, elle a cru pouvoir en profiter pour renverser les rôles. Au lieu de servir le Divin, elle a voulu que le Divin la serve (la porte) [75]... »

Le châtiment survient : Krishna disparaît. Elle se retrouve dans le groupe des gopîs qui continuent de chercher ensemble, « le chemin du Bienheureux ».

Les bergères pleuraient et se lamentaient, quand il leur apparut en personne, le visage souriant, vêtu d'une longue robe jaune et paré d'une guirlande de fleurs.

Elles se levèrent toutes en même temps.

« L'une prenait sa main et la tenait avec joie dans les siennes ; une autre appuyait sur son épaule le bras du dieu.

Une jeune fille, brûlant de passion, posait sur ses seins le pied du bien-aimé.

Telle autre, l'introduisant dans son cœur par ses yeux aussitôt refermés, frissonnant de plaisir, l'y caressait, immobile et inondée de joie comme un ascète.

Toutes furent affranchies de la douleur qui naît de la séparation...

L'âme dégagée de chagrin, elles entouraient le bienheureux, et lui resplendissait au milieu d'elles, comme le Purusha entouré de ses énergies. »

Alors le Seigneur alla avec elles dans l'île de la Yamunâ. Il s'assit sur les tuniques tachées du safran de leurs seins. Et répondit à leurs questions.

Les bergères dirent :

« Quelques-uns aiment qui les aime ; d'autres qui ne

les aime pas ; d'autres encore n'aiment ni dans un cas ni dans l'autre. Oh ! daigne nous expliquer cela. »

Le Bienheureux leur répondit :

« Ceux qui aiment qui les aime, ô amies, n'ont en vue que leur intérêt propre ; il n'y a là ni affection ni vertu ; c'est un calcul égoïste et rien d'autre.

Là où l'amour n'attend pas de retour, comme chez les êtres compatissants, là est le devoir parfait, là est l'affection vraie, ô toutes belles.

Quant à moi, si je ne témoigne pas d'amour aux êtres qui m'aiment, c'est pour qu'ils s'adonnent à la dévotion.

De même, ô femmes, qui avez renoncé pour moi au monde, au Vedas et à tous les vôtres, c'est pour que vous vous tourniez vers moi que je me suis dérobé à vos yeux.

Je ne saurais méconnaître le mérite de votre dévotion irréprochable, vous qui m'avez aimé jusqu'à briser les chaînes des affections domestiques.

Que votre conduite méritoire soit à elle même sa récompense. »

La râsa-lîlâ

Alors Krishna commença la grande danse (*râsa-krîta*) avec les bergères qui formaient un cercle en se tenant par la main.

« Usant de la puissance mystérieuse dont il dispose et pénétrant entre chaque couple de femmes, il passait ses bras autour de leurs cous et chacune d'entre elles croyait l'avoir auprès de soi.

Le ciel se couvrit de centaines de chars divins où les Suras (les Dieux), accompagnés de leurs épouses, se consumaient de désirs.

Les tambours retentirent. Des pluies de fleurs tombèrent du ciel et les dieux célébrèrent avec leurs épouses la gloire immaculée de Krishna. »

Les gôpis agitaient leurs bracelets, les anneaux de leurs pieds et leurs clochettes. Elles frappaient la terre du pied, agitaient les bras, se brisaient la taille, faisaient flotter les voiles de leurs seins, secouaient sur leurs joues leurs boucles d'oreilles. La sueur inondait leurs visages. Leurs cheveux et leurs ceintures se dénouaient.

Tout en dansant, elles chantaient, variant leurs accords, et s'enivraient de plaisir, transportées de joie par les caresses du dieu. Excédée de fatigue par la danse, l'une appuyait son bras sur l'épaule de Krishna, laissant glisser ses bracelets et flotter les jasmins de sa guirlande. Une autre l'embrassait en tressaillant de plaisir. Une troisième prenait sa main pour la poser sur ses seins.

« Ainsi, parmi les embrassements, les attouchements, les amoureux regards, les jeux et les rires effrénés, Krishna goûtait le bonheur avec les bergères, comme l'enfant sourit à la vue de son image réfléchie.

L'ivresse qu'elles éprouvaient au contact de sa personne troublait tous leurs sens. Elles n'avaient pas la force de relever leur chevelure, leur robe ou le voile de leur sein, et elles laissaient tomber guirlandes et parures...

Le Bienheureux, se multipliant autant de fois qu'il y avait de bergères, goûta le bonheur avec elles.

Et, comme à la suite de ces violents ébats elles succombaient à la fatigue, le héros compatissant leur essuyait le visage avec amour de sa main bienfaisante.

Confondu au milieu d'elles et suivi des abeilles qu'attirait sa guirlande froissée par les étreintes de ses femmes et rougie du safran de leurs beaux seins, il entra dans l'eau pour s'y délasser.

Fidèle à sa promesse, il passa ainsi avec la troupe de ses femmes toutes les nuits égayées par les rayons de la lune et propices à l'amour qu'inspire l'automne et que célèbrent les poèmes... »

Le roi auquel le poète a fait ce récit des amours de Krishna s'étonne du comportement immoral d'un dieu qui, au mépris de la loi, connaît des femmes « qui ne sont pas à lui ».

Et le poète répond :

« Rien n'est bien, rien n'est mal pour le Seigneur, à qui tous les êtres doivent obéissance... »

Chapitre V
Le linga de Shiva

Le linga (phallus) de Shiva est le symbole de l'Absolu. Honoré sous l'aspect d'un court cylindre de pierre que surmonte une calotte ronde, il est, aujourd'hui encore, l'objet rituel le plus fréquent en Inde. Dans les temples shivaïtes, dans les rues, au bord des chemins, à l'intérieur des maisons. Les Shaïva, adorateurs de Shiva, le portent sur eux.

S'il surprend l'Européen moderne, le culte du linga n'aurait pas choqué un contemporain d'Alexandre ou de Tibère. Car nos ancêtres méditerranéens vénéraient autrefois le phallus tout autant qu'aujourd'hui nos cousins indiens.

A Athènes, d'immenses processions avaient lieu en son honneur. On les appelait « phallophories ». On y promenait en cortège, dans les rues de la cité, un phallus aussi gigantesque que possible, violemment peint en rouge. C'était une cérémonie officielle à laquelle les délégations des villes alliés assistaient et participaient.

Dans le cortège, des hommes s'attachaient à la ceinture des phalloi démesurés ou se déguisaient en satyres avec des peaux de bouc et des queues de cheval. Athénée de Naucratis, dans son *Banquet des savants* rapporte que les femmes, « quelquefois couvertes du simple voile de la nature, faisaient des tours, cabriolaient sur des épées, crachaient du feu [76]. » On se masquait. On s'injuriait. On dansait. De ces phallophories naquirent nos carnavals.

Quotidiennement, le phallus du dieu Hermès protégeait du mauvais œil. Les particuliers lui confiaient le seuil de leurs maisons. A chaque carrefour, on rencontrait son image. Et cet Hermès était l'objet de soins attentifs et de prières. On le frottait d'huile. On le couronnait d'anémones. On le saluait en passant.

En Italie, c'est Priape qui protège les seuils. Son effigie orne l'autel domestique de chaque foyer. Il y représente le pouvoir fécondant des ancêtres du maître de maison. Dans les jardins, le même symbole se nomme Fascinus. Taillé à la serpe dans un tronc d'arbre, barbouillé de vermillon, il détourne les maléfices et les mauvais esprits, sert d'épouvantail pour les oiseaux... et de gourdin, éventuellement, entre les mains du jardinier, pour châtier les voleurs.

En Italie toujours, le dieu qui « présidait aux semences liquides » se nommait Liber. Protecteur des liqueurs des fruits et des semences animales, on célébrait ses fêtes.

« Ce membre honteux, s'indigne saint Augustin, était placé sur un chariot que l'on conduisait dans la ville après l'avoir promené dans la campagne. »

A Lavinium, les célébration duraient un mois entier, pendant lequel « on proférait, s'étrangle une nouvelle fois l'auteur des édifiantes *Confessions*, les paroles les plus obscènes jusqu'à ce qu'enfin le chariot eût traversé la place publique et fût arrivé au lieu destiné à recevoir ce qu'il portait. Et la plus honnêtes des mères de famille venait couronner devant tout le monde cette infâme idole [77]... »

En Égypte, la fête de Min se déroule, suivant le témoignage d'Hérodote, « de la même façon, à cela près qu'il n'y a pas de chœurs [...] et qu'ils promènent des statuettes articulées [...] dont ils agitent le membre viril avec des cordes.

« Les femmes promènent ces statues dans les villes. Un joueur de flûte les précède [78]... »

Nous serions tristement condamnés à ne voir dans ces cérémonies que des rituels de magie agraire si les fidèles de Shiva ne nous en avaient pas conservé la profonde signification métaphysique.

« Axe primordial du monde, le linga montre, en se joignant au yoni, que l'Absolu se développe en pluralité, mais se résout en unicité. Il témoigne de la réduction du divers à l'Unique. L'ensemble *linga-yoni* qui souligne l'antagonisme des principes mâles et femelles, les détruit dans une non-dualité triomphante. Les éléments différenciés de la substance réintègrent l'Indifférencié, au point que la formule « deux en un » paraît insuffisante pour définir une si radicale fusion [79].

« Le monde se crée dans et par la diversité, il s'abolit dans le retour au germe, comme le couple mâle-femelle se crée dans la différence, mais trouve sa véritable existence dans l'abolition même de la différence [80]. »

Pour comprendre cette symbolique de l'Absolu qui justifie la suprématie de Shiva au sein de la Trimurtî, pas d'autre moyen que de se plonger dans le Shiva-Purâna, le recueil essentiel de la célébration de la gloire du Principe suprême. Ce Purâna nous conte les attributs du Dieu, ses emblèmes, ses noms, sa geste divine et l'origine des rites de son culte. Les passages que nous proposons ci-dessous sont extraits ou résumés de l'adaptation qu'en a donné Tara Michaël [81]. Il faut les lire, comme le recommande la traductrice, en prenant le temps « de se laisser pénétrer par ces mythes, les laisser vivre en soi et se décanter, les laisser déployer les facettes de leurs multiples significations, les applications diverses de leur symbolisme, pour les comprendre sans les intellectualiser [82]... »

Les questions des sages

Réunis dans la très ancienne et très sainte cité des Prayâga (l'actuelle Allahabad), au confluent du Gange et de la Yamunâ, les sages interrogent Romaharshana, le disciple de Vyâsa, compilateur des Veda, sur le moyen de ramener à la raison ceux qui avaient déserté les anciennes coutumes et les chemins de la vertu.

Le barde médita longuement sur Shiva puis se mit à parler :

« Autrefois, une dispute s'éleva entre les sages sur la Réalité la plus grande de toutes. Quel être est antérieur à toute la succession des étapes de la manifestation ? Quel est le Principe primordial, plus grand que ce qu'il y a de plus grand [83] ? »

Cette question requérait l'opinion d'un spécialiste. Ils résolurent de la poser à Brahmâ le Créateur.

« Joignant les mains et s'inclinant avec déférence devant Lui, ils s'exprimèrent humblement et Lui demandèrent :

– Quel est le Principe primordial, plus grand que ce qu'il y a de plus grand [84] ?

Brahmâ répondit :

« Celui devant qui les mots reculent, ne pouvant l'appréhender, et que l'esprit aussi est impuissant à saisir, Celui de qui l'univers tout entier et tous les éléments extérieurs et toutes les facultés psychiques émanent à l'origine, c'est Lui : Mahâdeva (Le grand dieu, Shiva), l'omniscient, le Seigneur de l'univers. On ne peut l'atteindre que par l'amour suprême, et par nul autre moyen [85]. »

Et Brahmâ de préciser les trois moyens essentiels de cet *amour suprême* qui mène à la Divinité :
– l'écoute (*shravana*),
– la glorification (*kîrtana*),
– la réflexion (*manana*).

L'écoute consiste à écouter tout ce qui est dit sur Shiva, où que ce soit, de quelque manière que ce soit, par qui que ce soit, « avec la même attention captivée que *lorsqu'on s'adonne aux ébats amoureux* [86].

« C'est le premier des moyens. Il implique la rencontre des hommes spirituels [...]. Car, pour les choses visibles, chacun peut voir par soi-même et agir en conséquence. La perception directe suffit. Mais, pour les choses invisibles, c'est aux oreilles qu'on a recours pour les connaître, en écoutant les textes révélés qui font autorité et le témoignage des sages qui ont atteint l'expérience spirituelle directe. La transmission des vérités sacrées se fait de bouche à oreille, et on doit écouter les exposés des maîtres et accueillir aussi les enseignements qui sont transmis à travers les rites, la sculpture, l'architecture, la musique, le chant, la danse, la récitation et la narration. Tout cela n'est rendu possible que par la Grâce de Shiva [87]. »

La glorification consiste à « célébrer tout haut, par la répétition de ses noms divins murmurés ou chantés avec extase, seul ou en groupe, par le chant, par la récitation et par la psalmodie, par les hymnes poétiques en langue sanscrite ou en langue régionale, la grande gloire du Dieu Shiva, ses exploits, ses attributs, ses noms, ses formes, ses jeux divins [88]. »

Manana, c'est *la réflexion*, l'action de réfléchir et de méditer. C'est penser constamment à Shiva.

« L'esprit aime à raisonner et à discuter. C'est par la grâce bienveillante de Shiva que l'esprit est à même de juger et d'évaluer l'efficacité des divers moyens d'adoration, c'est par cette même grâce que l'esprit est capable de comprendre les attributs de Shiva, d'appréhender ses formes, d'apprécier ses jeux divins, de réfléchir à la signification profonde de ses noms sacrés. S'absorber continuellement dans la contemplation de Shiva, méditer sur lui et penser à lui sans cesse, c'est *manana*, le plus important de tous les moyens [89]. »

Origine du culte du linga

Les trois méthodes exposées par Brahmâ sont certainement efficaces, mais si nous nous avérions incapables de pratiquer ces disciplines, que pourrions-nous faire « pour atteindre la libération spirituelle ? » interrogèrent les sages. « Existe-t-il un rite par lequel la Délivrance peut-être atteinte sans efforts et sans difficultés [90] ? »

Le Barde répondit à peu près :

Un homme incapable de pratiquer les trois méthodes doit adorer le linga tous les jours. « Cela lui permettra de traverser l'océan des existences [91]. »

« L'aspect informel, sans corps, de Shiva indique qu'il est le Brahman suprême et donc sans image, sans icône. Cet aspect informel, c'est le linga. Le linga est le signe de l'Absolu [92]. »

Shiva seul peut être glorifié comme sans nom, sans forme, transcendant, puisqu'il est identique au Brahman suprême, à la Réalité absolue.

Veut-on savoir comment s'est manifestée la prééminence de Shiva ?

C'était, il y a longtemps, très longtemps, dans la première ère cosmique. Brahmâ et Vishnu s'affrontèrent. Vishnu était assoupi sur le grand serpent qui forme sa couche, quand Brahmâ, passant par là, défia le dieu en lui reprochant de rester allongé à son passage : « Lève-toi, paresseux et reçois-moi, qui suis ton Seigneur [93] ! »

Vishnu garde son calme et répond avec courtoisie. Il invite Brahmâ à s'asseoir à ses côtés et l'interroge sur les motifs de son agressivité.

- Cher Vishnu, répond Brahmâ, sache que je suis venu avec la vitesse du temps. Je suis digne des plus grands égards, car je suis l'Aïeul et le Protecteur de l'univers, et ton protecteur aussi.

Vishnu répondit :

- Très cher, l'univers entier est à l'intérieur de moi, et tu t'appropries un rôle qui n'est pas le tien. Tu es né du lotus qui a surgi de mon nombril. Tu es donc mon fils et tes propos sont dépourvus de sérieux.

D'arguments en arguments, de propos offensants en reparties cinglantes, les dieux finirent par en venir au main, aux flèches et aux projectiles de toute nature si bien que les mondes menaçaient ruine. Alors les hommes et les dieux implorèrent Shiva, le suprême

Brahman. Il se rendit sur le champ de bataille et, assumant la forme d'une immense colonne de feu, il apparut entre les combattants.

Les dieux intrigués se demandèrent d'où venait cette colonne de feu et décidèrent d'en découvrir la base et le sommet...

Vishnu prit la forme d'un sanglier pour en chercher la racine, et Brahmâ celle d'un oiseau qui s'envola en quête du sommet. Peine perdue. Ni l'un ni l'autre ne devait en atteindre le commencement ni la fin... Puisqu'elle était, à l'image de la divinité, sans commencement ni fin.

Enfin Shiva sortit de la colonne de feu et les deux rivaux se réconcilièrent en se prosternant devant lui, car c'était lui le suprême Brahman.

L'adoration

Les sages du « colloque d'Allahabad », satisfaits sur ce point de doctrine, continuèrent cependant à interroger le poète, lui demandant comment le linga devait être établi pour procéder valablement à son adoration.

Romaharshana leur expliqua alors que le lieu devait être « un sol sacré ».

« Cela peut être la rive d'une rivière ou n'importe quel lieu où une adoration quotidienne est aisée. Le linga peut être de Terre, d'Eau ou de Feu.

Un petit linga est recommandé s'il est mobile et emporté avec soi par l'adorateur ou promené en procession, un grand linga est préférable s'il est fixe, stationnaire, comme dans un temple.

Le piédestal, dont la taille doit correspondre à celle du linga peut-être de forme circulaire, carrée ou triangulaire.

[...]

L'adoration de Shiva doit être accomplie avec un amour intense de tous les êtres variés, disent les sages. Le piédestal représente l'épouse de Shiva, Pârvatî, la Puissance qui est à la base de tout, et le linga représente l'être vivant.

De même que Shiva demeure toujours étroitement uni à la Déesse Pârvatî, de même aussi le linga adhère au piédestal pour toujours.

Tout culte au linga accompli avec un désir en vue accorde immédiatement les résultats souhaités. Tout culte accompli sans désir spécifique fait parvenir directement au plan de conscience de Shiva [94]. »

Quels résultats peut-on espérer de l'adoration du linga ?

« L'adoration d'icônes formées d'argile ou de terre permet d'atteindre tous les désirs que l'on chérit en son cœur. Les hommes et les femmes y sont également habilités [95].

[...]

Quand les adorateurs de Shiva consacrent leur être même à Lui, il leur accorde la Libération la plus haute, la complète identité à lui-même. Cette offrande de sa vie tout entière ne doit être faite qu'à Shiva [96].

La Déesse est la Mère de l'univers et Shiva en est le Père. L'affection envers le fils qui les honore et qui les aime s'intensifie naturellement dans le cœur des parents. Les parents ordinaires accordent des trésors cachés au fils qui les vénère et les sert spécialement. Que l'adorateur donc voie son Père et sa Mère présents dans le linga et qu'il leur rende un culte pour atteindre le Grand Bonheur caché [97]. »

Les bienfaits des prières

Le Grand Bonheur caché ne s'obtient pas sans de longues prières. Le Shiva-Purâna, ici encore doit être notre guide. Un guide difficile à suivre pour qui ne dispose pas de « notions » de yoga [98]. Mais les avantages retirés des dévotions qu'on a pour lui sont « instantanés » pour ceux qui ont une foi entière dans l'efficacité des noms du dieu. Car « Shiva est comme un incendie de forêt pour le bois sec des afflictions de ses fidèles ».

Par la dévotion, les souffrances sont apaisées :

« Les différentes sortes de souffrance qui ont les mauvaises actions pour racines peuvent être apaisées seulement en murmurant les noms de Shiva.

« Ce nectar des noms de Shiva désaltère ceux qui sont assoiffés et brûlés par la torridité du désert de l'existence. »

Par la dévotion, les péchés sont effacés :

« Des montagnes de péché sont détruites comme des arbres dans un incendie de forêt quand les noms de Shiva sont répétés avec dévotion. Des monceaux de fautes sont réduits en cendres sans difficulté.

« Celui qui régulièrement sanctifie son corps par les cendres sacrées et qui accomplit la psalmodie des noms de Shiva est libéré de tous ses péchés, même s'il en a commis d'innombrables et de terribles [99]. »

Enfin, la dévotion rend la « libération » accessible :

« Ceux qui traversent l'océan de l'existence phénoménale en recourant au vaisseau des noms de Shiva sont sûrs de détruire les causes de cette existence phénoménale [...], car, après avoir étudié tous les Veda, nos ancêtres en sont venus à la conclusion que le plus noble moyen de se délivrer du conditionnement de l'existence phénoménale est l'invocation des noms de Shiva [100]. »

« Pourquoi en dire plus, ô sages parfaits, conclut le barde Romaharshana, disciple de Vyâsa, le compilateur des Veda ? La puissance des noms de Shiva à détruire le mal est plus grande que la capacité des hommes à le commettre. »

LA LOI DU MONDE

Chapitre premier
La déesse et le serpent

Si, pour les auteurs du Cantique des Cantiques ou du Bhâgavata-Purâna, l'Essence divine est amour ; si la Création du monde est un acte d'amour ; si le linga de Shiva comme le phallus de Dionysos sont, pour les shivaïtes autant que pour les bacchantes, l'unique objet de leur adoration en leur qualité de symbole de l'Absolu ; et si, dans la célébration publique et solennelle des hyménées royales, il nous est donné de communier aux énergies divines du cosmos, comment comprendre la malédiction d'Ève, la condamnation de la chair et les tables de la Loi ?

Quand toutes les religions de l'ancien monde méditerranéen, aussi bien que celles du monde hindou pré-colonial ou que les cultes issus des cosmogonies supposées « primitives », s'accordent à considérer le processus de la propagation de la vie comme une participation à l'œuvre divin, l'exception de la religion hébraïque mérite d'être attentivement considérée. Et d'autant plus soigneusement analysée que nos lois et nos mentalités, nos réactions et nos comportements actuels continuent d'être conditionnés, dans la révolte autant que dans la soumission, par les interdits et les condamnations prononcées par les auteurs de la Genèse.

Car, dès les premiers versets de la Bible, le Dieu d'Israël condamne ses créatures. Que s'est-il donc passé au paradis ? Quels événements imprévus justifièrent la malédiction d'Ève et d'Adam, du serpent et la déchéance de l'humanité entière de son immortalité originelle ? Avons-nous compris ce qui s'y est produit ?

Que s'est-il donc passé au Paradis ?...

Le livre de la Genèse comporte deux récits.

Le premier nous rapporte comment Dieu créa le monde en six jours et se reposa le septième. « Le premier jour, il fit le firmament et les cieux ; le deuxième, le sec (la terre), l'amas des eaux (la mer) et la verdure ; le troisième fut consacré à la création du soleil de la lune et des étoiles. Au quatrième jour furent constitués les êtres vivants des cieux et des eaux, et le cinquième jour dieu conçut les êtres vivants du sec : le bétail, les reptiles, les animaux sauvages et l'Homme [101]. »

Le second récit [102], met en scène un dieu plus technicien qu'ingénieur ; et il « ajoute » à l'univers « un jardin et une femme » :

« Au temps où Yahvé Dieu fit la terre et le ciel, il n'y avait aucun arbuste des champs sur la terre et aucune herbe des champs n'avait encore poussé, car Yahvé Dieu n'avait pas fait pleuvoir sur la terre et il n'y avait pas d'homme pour cultiver le sol. Toutefois, un flot montait de la terre et arrosait toute la surface du sol. Alors Yahvé Dieu modela l'homme avec la glaise du sol, il insuffla dans ses narines une haleine de vie et l'homme devînt un être vivant.

Yahvé Dieu planta un jardin en Eden, à l'Orient, et il y mit l'homme qu'il avait modelé. Yahvé Dieu fit pousser du sol toute espèces d'arbres séduisants à voir et bons à manger, et l'arbre de vie au milieu du jardin, et l'arbre de la connaissance du bien et du mal. [...]

Yahvé Dieu prit l'homme et l'établit dans le jardin d'Eden pour le cultiver et le garder. Et Yahvé Dieu fit à l'homme ce commandement : "Tu peux manger de tous les arbres du jardin. Mais de l'arbre de la connaissance du bien et du mal tu ne mangeras pas, car, le jour où tu en mangeras, tu mourras certainement."

Yahvé Dieu dit : "Il n'est pas bon que l'homme soit seul. Il faut que je lui fasse une aide qui lui soit assortie." [...]

Alors Yahvé Dieu fit tomber une torpeur sur l'homme, qui s'endormit. Il prit une de ses côtes et referma la chair à sa place. Puis, de la côte qu'il avait tirée de l'homme, Yahvé Dieu façonna une femme et l'amena à l'homme [...].

Or tous deux étaient nus, l'homme et la femme, et ils n'avaient pas honte l'un devant l'autre. »

Tout allait donc pour le mieux dans le meilleur des paradis, avant que n'intervînt le serpent.

Qui était-il ?

« Le serpent était le plus rusé de tous les animaux des champs que Yahvé Dieu avait faits », affirme l'auteur de la Genèse.

Il dit à la femme :

– Dieu a dit : Vous ne mangerez pas de tous les arbres du jardin ?

Ève répondit :

– Nous pouvons manger de tous les fruits des arbres du jardin. Mais du fruit de l'arbre qui est au milieu du jardin, Dieu a dit : Vous n'en mangerez pas, vous n'y toucherez pas, sous peine de mort.

Le serpent répliqua :

– Pas du tout ! Vous ne mourrez pas ! Mais Dieu sait que, le jour où vous en mangerez, vos yeux s'ouvriront et vous serez comme des dieux, qui connaissent le bien et le mal...

La femme vit que l'arbre était bon à manger et séduisant à voir, et qu'il était, cet arbre, désirable pour acquérir le discernement. Elle prit de son fruit et en mangea. Elle en donna aussi à son mari, qui était avec elle, et il mangea. Alors leurs yeux à tous deux s'ouvrirent et ils connurent qu'ils étaient nus ; ils cousirent des feuilles de figuier et se firent des pagnes. »

Cependant Yahvé Dieu vint inspecter le jardin.

Adam et Ève entendirent soudain le pas de Yahvé qui se promenait dans le jardin, à la brise du jour. L'homme et sa femme alors se cachèrent.

Yahvé appela l'homme :

« Où es-tu ? dit-il.

– J'ai entendu ton pas dans le jardin, répondit l'homme ; j'ai eu peur et je me suis caché.

Yahvé est surpris :

– Et qui t'a appris que tu étais nu ? Tu as donc mangé de l'arbre dont je t'avais défendu de manger ?

Adam est obligé d'en convenir. Mais il plaide les circonstances atténuantes :

– C'est la femme que tu as mise auprès de moi qui m'a donné de l'arbre, et j'ai mangé !

Alors Yahvé dit à la femme :

– Qu'as-tu fait là ?

Ève cherche également une excuse :

– C'est le serpent qui m'a séduite et j'ai mangé.

Alors Yahvé maudit le serpent :

– Parce que tu as fait cela, maudit sois-tu entre tous les bestiaux et toutes les bêtes sauvages. Tu marcheras sur ton ventre et tu mangeras de la terre tous les jours de ta vie. Je mettrai une hostilité entre toi et la femme, entre ton lignage et le sien. Il t'écrasera la tête et tu l'atteindras au talon.

Yahvé maudit la femme. Il lui promit de multiplier les peines de ses grossesses et de ses enfantements :

– Ta convoitise te poussera vers ton mari et il dominera sur toi. »

L'homme est maudit enfin, parce qu'il a écouté « la voix de la femme » et qu'il a mangé de l'arbre interdit ; et non seulement la femme, le serpent et l'homme sont maudits, mais le sol aussi :

« A force de peines tu en tireras subsistance tous les jours de ta vie.

Il produira pour toi épines et chardons et tu mangeras l'herbe des champs.

A la sueur de ton visage tu mangeras ton pain, jusqu'à ce que tu retournes au sol puisque tu en fus tiré.

Car tu es glaise et tu retourneras à la glaise. »

Le récit est logique. Le serpent, la femme et l'homme ont désobéi. Ils sont punis. On comprend moins bien la suite. Car, aussitôt après avoir été maudit, l'homme appela sa femme Ève (la Vivante ou Celle qui donne vie) ; Dieu fabrique « pour l'homme et à sa femme des tuniques de peaux... » et se plaint :

« Voilà que l'homme est devenu comme l'un de nous, pour connaître le bien et le mal ! Qu'il n'étende pas maintenant la main, ne cueille pas aussi de l'arbre de vie, pour en manger et vivre éternellement ! »

Dieu chasse donc Adam, Ève et le Serpent du jardin d'Eden. Il envoie Adam « cultiver le sol d'où il avait été tiré » ; puis il poste, devant l'entrée du jardin des anges (les Chérubins) et « la flamme d'un glaive fulgurant » pour en interdire l'accès et « garder le chemin de l'arbre de vie ».

Saint serpent ?

Ne les connaissons-nous pas trop bien ces récits de la Genèse, pour les avoir si souvent écoutés, lus, relus ou entendus commenter ? Il nous sont si familiers et les interrogations qu'ils suscitent si habituelles qu'une question majeure est curieusement éludée :

« Qui donc est le serpent ? »

C'est le premier coupable et le premier puni.

Ne lui trouvez-vous pas une grande sagesse et une science étonnante à ce *serpent qui parle* ? Toutes les autres créatures sont muettes, Ève n'a pas de nom et lui, il interroge, argumente, connaît les plans de la divinité et propose « la pomme ».

Le scribe nous affirme qu'il est « le plus rusé des animaux que Yahvé Dieu a faits ». Mais, nous qui savons que les dieux des cosmogonies affectionnent de revêtir des apparences animales, ne pouvons-nous pas nous demander s'il ne s'agit pas, en réalité, d'un dieu ?

N'avons-nous pas déjà noté qu'un serpent ailé naissait de l'Œuf primordial des théogonies orphiques ? N'est-ce pas sur le dos du serpent Nanda que Brahmâ ou Shiva reposent entre deux cycles de création ? Gardien du nadir, Nanda porte le monde sur son dos et en assure la stabilité.

Comme un acteur irremplaçable, le serpent joue un rôle dans toutes les cosmogonies.

C'est Atoum, en Égypte, qui a « craché » la création entière, après avoir émergé par lui-même des eaux primordiales. Les sources anciennes hésitent sur la nature du crachat. Suivant la tradition héliopolitaine, c'est de la masturbation du serpent Atoum que naquirent Chtou et Phténis, le premier couple de dieux, qui, à leur tour, engendrèrent le ciel et la terre : Geb et Nout qui engendrèrent les hommes. Alors Atoum se dressa devant sa création, comme le Livre des Morts le rapporte, et affirma : « Je suis ce qui demeure ; [...] le monde retournera au chaos, à l'indifférencié ; je me transformerai alors en serpent qu'aucun homme ne connaît, qu'aucun dieu ne voit [103] ! »

Les enfers égyptiens sont entièrement placés sous sa domination.

En Égypte également, nous retrouverons, à une époque plus tardive, la déesse-cobra. Le hiéroglyphe « cobra » signifie aussi *déesse*. Son effigie surmonte la couronne des deux pays.

Le « cobra » Isis décore la tiare de pharaon.

Dans la Crète pré-achéenne le Grand Serpent est l'époux de la déesse Eurynomè, fille aînée du Chaos :

« Au commencement Eurynomè, déesse de toutes choses, émergea nue du Chaos. Mais, ne trouvant pas un endroit où poser ses pieds, elle sépara la mer d'avec le ciel et dansa sur les eaux. Sa danse émut les vents. Elle s'empara du vent du nord et, le frottant entre ses mains, elle en fit un serpent. Et voilà qu'apparût Ophion, le grand serpent. Eurynomè dansait pour se réchauffer ; elle dansait devant Ophion, et lui, ému par le désir, s'enroula autour de ses membres divins et s'unit à elle. Ayant pris la forme d'une colombe, elle pondit l'œuf universel. Puis elle donna l'œuf du monde à couver à Ophion qui s'enroula sept fois autour pour le réchauffer. De cet œuf sortirent leurs enfants, c'est-à-dire tout ce qui existe : le soleil, la lune, les planètes, les étoiles, la terre avec ses montagnes, ses rivières, ses arbres, ses plantes et toutes les créatures vivantes [104]. »

Cette association du Serpent et de la grande Déesse se perpétuera dans le temps et se retrouvera partout.

En Crète, jusqu'à l'époque classique, les statues qui représentent la déesse ou ses prêtresses enroulent autour de leurs bras et de leurs mains des serpents. L'attitude générale des statuettes démontrent qu'elles en sont les maîtresses. Et, quand sir Arthur Evans fouille le palais de Knossos, il découvre des « objets cylindriques en argile » décorés de serpents. Il les appelle des *tubes à serpents* et conjecture, à juste titre sans doute, que ces tubes étaient utilisés pour nourrir les serpents sacrés « conservés dans le sanctuaire de la déesse crétoise ».

En Grèce, l'interprétation du symbolisme du serpent est plus complexe. Il appartient d'abord à Eurynomè, puis à Athèna. Symbole de la sagesse, il illustre l'égide (le bouclier) de la déesse et se tient, en permanence, à ses côtés. A Athènes, un temple, l'Erechteïon, mitoyen de celui d'Athèna, lui est consacré.

Avant les invasions doriennes, il ne fait pas de doute que le sanctuaire de Delphes fut d'abord consacré au serpent Pytho. Pausanias assure que le premier site du temple avait été construit par des femmes et que c'était une déesse qui y dispensait ses oracles, par la bouche d'une prêtresse. La ville s'appelait Pythô et la prophétesse : Pythie. Quand les prêtres d'Apollon, après le meurtre du grand serpent Python, s'emparèrent du site oraculaire, ils conservèrent son rôle à la Pythie.

Dans les cosmologies suméro-babyloniennes, c'est la Déesse Tiamat, dépeinte comme un serpent ou un dragon, qui détient, au début des temps, « les tablettes de la destinée », avant qu'elles ne lui soient dérobées par le dieu Mardouk.

L'inventeur de l'écriture, scribe du paradis, dessine la déesse Nindaba sous la forme d'un serpent. De nombreuses figurines, datant de quatre mille ans avant J.-C., la représentent sous la forme d'une femme à tête de serpent. Son culte est attesté par des poteries, dès les quatrième et troisième millénaires.

Plus tard Ishtar sera représentée, assise sur son trône royal, tenant un sceptre autour duquel s'enroulent les deux serpents médicinaux de Mercure.

La malheureuse Ève et le pauvre Adam n'ont donc pas à faire à un comparse ou à un second rôle.

Androgyne, le serpent-principe habite les couches profondes de la terre et de la conscience. « Lié à l'idée même de la vie [105] », le rusé serpent de la Genèse est bien un avatar du grand Serpent invisible, « causal et intemporel, maître du principe vital et de toutes les forces de la nature [106] ».

Il est le Vieux dieu qui anime et maintient le monde. Sous la forme du serpent qui se mange la queue, Ouroboros, il symbolise à la fois les cycles de manifestation et de résorption de l'univers et l'union sexuelle autoféconde des origines.

Il est le Créateur antérieur à YHWH.

« L'être même du serpent, affirme Jacob Böhme, a été une grande force. Le comprennent bien les savants connaisseurs de la nature, à savoir qu'il réside dans le serpent un art excellent, et qu'il y a même de la vertu dans son être [107]. » Médecins, pharmaciens et psychologues qui l'ont choisi pour emblème, le savent bien. Sa vertu s'exprime dans le caducée hermétique « qu'il faut tenir en main » pour assurer le salut des êtres.

Parce qu'il est l'allié de la femme, les Patriarches le combattront.

Dans des cérémonies de conjurations qui avaient lieu à l'occasion de tempêtes ou d'éclipses, les prêtres d'Héliopolis piétinaient son effigie dans la cour du temple du Soleil [108]. L'allié de la Déesse (qui partage bien souvent avec elle la souveraineté du monde souterrain et des enfers) est l'ennemi des dieux solaires, et notamment de Rê, qu'il avale tous les soirs et recrache chaque matin.

Comme Rê combat Atoum (ou Apophis), Zeus combattra Typhon et Apollon, Python avant que Yahvé ne l'affronte et ne le diabolise définitivement.

La nature du péché et la punition d'Ève

Plus camouflée encore que l'identité véritable du serpent, est la nature du péché.

Sait-on pourquoi Ève fut punie ? Elle a goûté du fruit d'un arbre défendu : c'est un péché de gourmandise. Il est curieux que la dégustation d'une friandise ouvre les yeux du premier couple humain et lui fasse prendre conscience de sa nudité.

L'œuvre de chair ? Il n'en n'est pas question. Le texte est formel : c'est après « la chute », après l'exclusion du jardin d'Eden qu'« Adam connut Ève, sa femme » ; et qu'elle conçut, « avec l'aide de Dieu », Caïn ; puis mis au monde « Abel, frère de Caïn [109] ».

Le Dieu du premier récit de la Genèse ne paraît pas hostile à la reproduction sexuée. A peine a-t-il créé, à son image, le mâle et la femelle, il les bénit : « Fructifiez, dit-il, multipliez, remplissez la terre et la soumettez. Régnez sur les poissons de la mer, sur les oiseaux des cieux et sur tous les animaux qui rampent sur le sol [...]. Je vous donne toute herbe portant semence sur toute la surface de la terre, ainsi que tous les arbres fruitiers portant semence ; ce sera votre nourriture. A toutes les bêtes de la terre, à tous les oiseaux des cieux, et à tout être qui rampe sur le sol, pourvu du souffle de vie, je donne toute herbe verte pour nourriture. Et il en fut ainsi. Dieu considéra toute son œuvre et vit que cela était très bon [110]. »

Et comment concilier cette « diabolisation » de la chair à laquelle les interprétations judaïques et chrétiennes nous convient avec l'hymne nuptial du Cantique ?

Le « crime » d'Ève paraît principalement consister en une conversation avec un dieu concurrent de Yahvé. Supposons que la dégustation du fruit d'un certain arbre consacré au Vieux serpent fasse partie d'un rite religieux ? Alors la colère de Yahvé, qui se dit lui-même jaloux, s'explique. Il avait accordé des avantages sans nombre à ses créatures. Elles régnaient, avec sa permission sur l'univers créé par lui. Et dès qu'il a le dos tourné, ses créatures se livrent à l'adoration d'un autre dieu ? On comprend sa colère. Et la rigueur du châtiment.

Ève et les filles d'Ève paieront cher cet entretien dans un jardin avec un concurrent... parce que la manducation d'un fruit est l'un des rites d'un culte ennemi [111].

En assimilant, à notre avis contre le sens du texte, acte de chair et premier péché, les théologiens hébraïques et les premiers propagateurs de la religion chrétienne vont torturer l'humanité toute entière, et dénaturer le Créateur en en faisant le contempteur d'une vie qu'il a voulue sexuée. Le parti pris antisexuel né à l'occasion de ce contre-sens, en justifiant, depuis plus de soixante siècles, une misogynie totalement étrangère aux « primitives » civilisations égyptiennes ou sumériennes, ne favorisera guère l'épanouissement de l'humanité.

Car l'homme, d'après les textes hébraïques, a rejeté sur sa compagne l'entière responsabilité de la faute, justifiant une répression implacable de l'être féminin. Un permanent mépris qui donne la nausée.

Quel honnête homme peut lire sans dégoût la quotidienne prière hébraïque qui remercie Dieu « de ne l'avoir pas fait femme » ? Qui peut n'être pas choqué par les propos des pseudo-zélateurs du Christ, étrangers à tout pardon, qui s'acharnent encore et toujours sur les filles d'Ève :

« Pendant l'instruction, la femme doit garder le silence, en toute soumission. Je ne permets pas à la femme d'enseigner ni de faire la loi à l'homme. *Qu'elle se tienne tranquille.* C'est Adam, en effet, qui fut formé le premier, Ève ensuite. Et ce n'est pas Adam qui se laissa séduire, mais la femme qui, séduite, se rendit coupable de transgression [112]... »

Saint Paul aux Corinthiens :

« Je veux cependant que vous le sachiez, le chef de tout homme, c'est le Christ ; le chef de la femme c'est l'homme. L'homme, lui, ne doit pas se couvrir la tête, parce qu'il est l'image et le reflet de Dieu ; quant à la femme, elle est le reflet de l'homme. Et ce n'est pas l'homme, bien sûr, qui a été créé pour la femme, mais la femme pour l'homme...

Et l'honnête homme ne peut pas ne pas être horrifié par les massacres que l'éradication des cultes de la Déesse-Mère et de son parèdre serpentaire, « justifièrent ».

Massacres pour la Terre promise

Chacun se souvient que Yahvé promit aux Hébreux captifs des Égyptiens de leur offrir la terre de Canaan. Hélas ! elle n'était plus un désert depuis longtemps.

La guerre de conquête fut menée avec une sauvagerie impitoyable. « Selon les coutumes de l'époque », voudrait-on espérer. Non. L'honnête sauvagerie des polythéistes de ces temps-là veut que l'on fasse la guerre aux hommes et que les femmes et les enfants, qui constituent un butin appréciable, soient épargnés. Les impitoyables Achéens qui ravagent Knossos ou Troie font provision de captives ; les razzias de Pharaon, en Nubie ou en Lybie, fournissent une main d'œuvre abondante aux grands chantiers. Les Troyens d'Italie enlèvent les Sabines. Les conquérants de Canaan inaugurent, sur l'ordre de Yahvé, la guerre idéologique et la purification ethnique.

Une guerre de religion est masquée derrière l'aventure de la conquête.

La Palestine, qui subit longuement l'influence de Sumer, adore Asthoreth, la très féminine déesse de l'amour, la complice heureuse du Serpent. Le centre de la Cité, c'est son temple. A elle appartiennent la plus grande partie des terres arables et des animaux domestiques. Sa prêtresse est la garante de l'égalité des sexes et de la liberté des femmes.

Les archéologues en conviennent : Canaan appartenait à la Déesse. L'objet religieux que l'on retrouve le plus fréquemment dans les fouilles des sites préhébraïques est la fameuse plaque d'Astarté. Originaires de Mésopotamie (où elles sont attestées dès 3200 avant J.-C.), ces plaques de forme ovale sont constituées d'une argile sur laquelle a été moulée la silhouette nue de la déesse Ashera, de face, les bras levés, et tenant dans ses mains des lys ou des serpents ou les deux à la fois.

Yahvé va ordonner de démolir les autels : ceux des Amorites, des Cananéens, des Hittites, des Périzzites, des Hivvites et des Jébuséens qui peuplent Canaan :

« Vous mettrez leurs idoles en pièces et vous couperez leurs pieux sacrés... Gardez-vous de pactiser avec les habitants du pays. Ne faites pas alliance avec eux, car, lorsqu'ils se prostituent à leurs dieux et leur offrent des sacrifices, ils vous inviteraient à *manger* de leurs sacrifices [113]. »

Yahvé livra donc au pouvoir de son peuple toutes les villes et tous les rois de Canaan : le roi Sihon et la ville de Yahaç, Og, le roi de Bashân et tout son peuple. « Nous le battîmes et rien n'en réchappa... Nous nous emparâmes de soixante villes en tout... Tous les hommes, femmes et enfants dans chaque cité furent passés au fil de l'épée [114]. »

A Jéricho, Josué fit brûler « la ville et tout ce qu'elle contenait, appliquant l'anathème à tout ce qui se trouvait dans la ville, hommes et femmes, jeunes et vieux [115]... »

La population de Aï fut passée au fil de l'épée. « Le total de tous ceux qui tombèrent ce jour-là, tant hommes que femmes fut de douze mille, tous gens de Aï. Josué fit pendre le roi [116]. »

A Maqqedah, on extermina tout ce qui s'y trouvait de vivant *sans en laisser échapper personne*. Libna subit le même sort. Puis Lakish. Et Gézer. Et Eglôn. Et Hébron. Et Débir. Ainsi Josué conquit tout le pays : « La Montagne, le Négueb, le Bas-Pays et les pentes arrosées, avec tous leurs rois. *Il ne laissa pas un survivant* et voua tout être vivant à l'anathème [117], comme Yahvé, le Dieu d'Israël l'avait ordonné... »

Ce qu'il faut bien appeler un génocide (un *gynocide* serait peut-être plus exact) s'est-il avéré efficace ?

A-t-il définitivement assuré la supériorité de Yahvé sur la Déesse et le Vieux Serpent ? Non. Il eût fallu, pour triompher durablement, exterminer aussi toutes les populations environnantes. Les déesses des peuples voisins réapparaîtront souvent dans l'histoire du peuple hébreu. Les textes bibliques et les découvertes archéologiques confirment que les cultes de Baal et d'Astarté ont continué à fortement influencer les populations des royaumes d'Israël et de Juda.

Une résistance de plusieurs siècles

Le livre des Rois atteste qu'« à l'imitation des nations d'alentour, les Israélites proférèrent des paroles inconvenantes contre Yahvé leur Dieu. Ils se construisirent des hauts lieux partout où ils habitaient, depuis les tours de garde jusqu'aux villes fortes. Ils se dressèrent des stèles et des pieux sacrés [118] sur toute colline élevée et sous tout arbre verdoyant. Ils sacrifièrent sous tous les hauts lieux à la manière des nations que Yahvé avait expulsées devant eux et ils y commirent de mauvaises actions... »

Édictées sous Moïse, les peines promises aux réfractaires étaient pourtant dissuasives :

« Si ton frère, fils de ton père ou fils de ta mère, ton fils, ta fille, l'épouse qui repose sur ton sein ou le compagnon qui est un autre toi-même, cherche, dans le secret à te séduire en disant : « Allons servir d'autres dieux » [...] parmi les dieux des peuples proches ou lointains qui vous entourent [...], tu ne l'écouteras pas, ton œil sera sans pitié, tu ne l'épargneras pas et tu ne cacheras pas sa faute.

« Oui, tu devras le tuer, ta main sera la première contre lui pour le mettre à mort et la main de tout le peuple continuera l'exécution. Tu le lapideras jusqu'à ce que mort s'ensuive [119]... »

Cependant les fidèles d'Ashtoreth ou d'Ishtar, d'Adonis ou de Tammouz ne désarmeront pas. Dans les trois premières décennies du VIe siècle avant Jésus-Christ, Ezéchiel devra encore « prophétiser » contre eux. Et annoncer la visite d'un chérubin vêtu de lin, aux ordres de Yahvé, qui commandera aux « fléaux de la ville » de la parcourir et de frapper. « N'ayez pas un regard de pitié, n'épargnez pas les vieillards, les jeunes gens, les vierges, les enfants, les femmes, tuez et exterminez tout le monde [...]. Souillez le Temple, emplissez les parvis de victimes, sortez.

Ils sortirent et frappèrent à travers la ville. »

A plusieurs reprises des reines d'origine étrangère [120], s'empareront du pouvoir et les cultes de la Mère seront officiellement restaurés. Sous l'influence de son épouse araméenne Maacah, le roi Rehoboam (Ammonite par sa mère) édifia des statues « païennes » et une *ashera* en l'honneur d'Ashtoreth. Jézabel, qui régna aux côtés d'Achab, hérita la royauté de Juda et rétablit, pendant six ans, la religion de la Déesse. Jehu y mettra bon ordre en organisant le massacre des familles royales d'Israël et de Judée. Puis il fit jeter par une fenêtre la reine Jézabel « jusqu'à ce que son sang éclabousse les murs et les chevaux ».

Qu'est devenu le Dieu d'Amour et de l'Amour chanté par le Cantique ?

Où est passé le Créateur qui bénissait la multiplication des créatures ?

Dans cette guerre millénaire menée par les adorateurs du Dieu unique contre les Déesses et leurs fidèles, Yahvé-Dieu, le Donneur de Vie, le Dieu qui ne dit pas « Je suis » mais « Je vis vivant » sera complètement défiguré.

En éradiquant les religions de la Déesse-aux-serpents, les yahvistes allaient empoisonner les amours humaines et imposer une triste loi que les gnostiques, les amoureux et les sages appelleront pour la maudire : « la Loi du Monde ».

Chapitre II
La sexualité, vouloir de Dieu

> Ô Croyants, ne rendez pas illicite,
> Ce que Dieu a rendu licite...
> MAHOMET

Huit portes permettent d'entrer au paradis d'Allah. Sur la première, est inscrite la première sourate du Coran : « Il n'y a de Dieu qu'Allah et Mahomet est son prophète. » Par cette porte pénètrent les prophètes, les martyrs et « les hommes au cœur tendre ».

Par la deuxième porte entrent ceux qui se purifient et font leurs prières régulièrement. La troisième est réservée à ceux qui font l'aumône. Par la quatrième passent ceux qui savent commander le bien et dissuader de faire le mal. Par la cinquième, ceux qui résistent à leurs passions. La sixième est réservée aux pèlerins ; la septième aux combattants de la foi ; et la huitième enfin aux hommes pieux, purs de regards indiscrets et de concupiscence, qui n'ont accompli, sur terre, que de bonnes actions.

Chacune des portes conduit à un Paradis différent. Le premier, composé de perles blanches, est « La Maison de la Licéité ». Le deuxième, composé d'améthystes rouges, est « La Maison de la Paix ». Le troisième, tout en émeraudes vertes, est « Le Jardin de la Retraite ». Le quatrième, décoré de coraux rouges et jaunes, est « Le jardin de l'Éternité ». Le cinquième, en argent blanc, est « Le Jardin des Jouissances délicieuses ». Le sixième, d'or rouge, est « Le Jardin du Paradis ». Le septième, taillé dans un gigantesque diamant rouge, est « Le Jardin de l'Eden ». Le huitième enfin, pivot de l'éternité, donne sur tous les autres paradis. C'est « le lieu de l'éternelle Stabilité ». Composé de briques d'argent et de briques d'or alternées, son sol est recouvert d'argile, de musc et de poussière d'ambre. L'herbe qui y pousse est du safran. Outre le fleuve de la Clémence qui traverse tous les Paradis, quatre fleuves abondants y prennent source dans une coupe, centre des centres des mondes [121].

Les béatitudes des élus

En premier lieu, Dieu offre à boire à ses invités. De l'eau le samedi, du miel le dimanche, du lait le lundi et le mardi du vin. Quoiqu'on boive, on s'enivre et plane pendant mille ans jusqu'à une montagne de musc odorant qu'on atteint le mercredi. On y boit de l'eau de la montagne et on s'envole pendant mille ans encore pour atteindre un château. Dans ce château, des lits sont disposés et des coupes préparées. Chacun s'asseoit sur un lit et reçoit du vin de gingembre dont il boit. On est alors le jeudi. D'un nuage blanc, pendant mille nouvelles années, des perles pleuvent sur les élus. A chaque perle, une houri est accrochée. Puis les élus s'envolent à nouveau pendant mille ans avant d'aboutir au « Siège de la Sincérité » qu'ils atteignent un vendredi. Là, ils s'assoient pour savourer l'ivresse finale, à la Table de l'Eternité...

Qui sont ces houris qui tombent d'un nuage blanc sur les genoux des élus ? Des créatures divines, très féminines, très maquillées, plutôt amoureuses de leurs époux. Leurs visages sont polychromes : blancs, verts, jaunes et rouges. Leurs cheveux, de soie grège. Leurs corps sont composés de safran, de musc, d'ambre et de camphre :

« Des orteils aux genoux elles sont en safran, des genoux aux seins en musc, des seins au cou en ambre, du cou au sommet de la tête en camphre [...]. Sur leurs poitrines, elles portent écrit le nom de leur mari associé à l'un des noms de Dieu [122]. »

Elles peuvent être aussi transparentes et leurs corps parfois si diaphanes « que l'on peut voir les os à travers la chair et la mœlle à travers les os tout comme le buveur peut distinguer le rubis du vin à travers le cristal [123]... »

Tout musulman qui observe pieusement le Ramadan, est marié par Dieu à une houri. Il installe l'élu et sa fiancée « dans une tente creusée dans une perle blanche. Chaque houri est revêtue de soixante-dix voiles. Chaque homme dispose de soixante-dix alcôves taillées chacune dans une hyacinthe rouge. Sur chaque alcôve sont disposés soixante-dix lits, sur chaque lit une houri attend l'élu. Elle est entourée de mille négresses qui tiennent chacune un bol et nourrissent la femme et le mari ».

Au Paradis, dans des vêtements qui changent de couleur soixante-dix fois par heure, on embellit de jour en jour. On y est imberbe. On y mange et on y boit à volonté. Tous les appétits sont centuplés. A quoi serviraient tant de houris si l'on n'était doté, par la grâce du Dieu clément et miséricordieux, des capacités correspondantes ?

On y fait donc l'amour de la même façon que sur terre mais avec des avantages inconnus ici-bas :

« La verge de l'Élu ne se replie jamais. Son érection est éternelle.

– Chaque fois que l'on couche avec une houri, même si ce n'est pas la première fois, elle est vierge.

– Chaque jouissance peut se prolonger quatre-vingts ans !...

– Chaque coït correspond à une sensation si délicieuse, tellement inouïe en ce bas monde que, si on l'y éprouvait, on en tomberait évanoui [124]... »

Plus remarquable encore : même avec ses épouses terrestres, l'élu peut goûter les délices des amours paradisiaques et s'entendre dire, de la propre bouche de ces mêmes épouses, des propos inédits ou impensables sur terre.

Un exemple : « Par la puissance de Dieu, nous ne trouvons rien au Paradis de plus beau que toi [125] ! »

Sacralisation de l'amour

Si le Paradis est la patrie des amours accomplies, c'est parce que, pour le musulman, l'amour est un bienfait de Dieu et l'amour charnel une expression de l'Être même.

« La complémentarité des sexes est à la fois loi du monde, explique Abdelwahab Bouhdiba, signe de perfection humaine, *volonté de Dieu et miracle renouvelé de la Création* [126]. »

« Quand un homme regarde son épouse, disait le Prophète, et qu'elle le regarde, Dieu pose sur eux un regard de miséricorde. Quand l'époux prend la main de l'épouse et qu'elle lui prend la main, leurs péchés s'en vont par l'interstice de leurs doigts. Quand il cohabite avec elle, les anges les entourent de la terre au zénith. La volupté et le désir ont la beauté des montagnes [127]. »

La fraîcheur de cette bénédiction divine est bien apaisante pour qui se souvient des propos adressés par saint Paul aux Corinthiens :

« Il est bon pour l'homme de ne point toucher de femme. Toutefois, pour éviter l'impudicité, que chacun ait sa femme et que chaque femme ait son mari [128]... »

Et le même Paul, aux Celtes installés en Turquie, les Galates :

« Marchez selon l'Esprit, et vous n'accomplirez pas les désirs de la chair. Car la chair a des désirs contraires à ceux de l'Esprit, et l'Esprit les a contraires à ceux de la chair ; ils sont opposés entre eux [...]. Ceux qui sont à Jésus-Christ ont crucifié la chair avec ses passions et ses désirs [129]... »

La civilisation occidentale a été profondément torturée par ces condamnations de Paul. Et les athées les plus affranchis, les païens les plus honnêtes de notre temps, d'une manière ou d'une autre, en restent les victimes. Oublions-le. Car rien n'est plus contraire à la réalité humaine et rien n'est plus opposé au quotidien mystère de notre incarnation, rien de plus incompréhensible que le malheureux Paul.

Pour le fidèle d'Allah, l'amour est la loi de la vie et du monde. Il s'agit de l'accepter et de la vivre comme telle. Et de s'en réjouir. Car la sexualité épanouie, l'amour réalisé dans la joie sont une manière de remercier Dieu des bienfaits qu'il nous prodigue. « Assouvir le désir dans la joie et le remerciement, affirme Abdelwahab Bouhdiba, est [...] la meilleure des voies à suivre, celle en tous cas que Dieu nous recommande et que Mahomet, par l'exemple et la parole, a tracée devant nous [130].

L'amour est le plus joyeux des dons du Ciel. »

La sexualité témoigne d'un « dessein divin. Elle exprime le vouloir de Dieu ».

Certains compagnons pauvres qui accompagnaient le Prophète dans son hégire de La Mecque à Médine lui dirent un jour :

– C'est l'argent qui emporte toute la rétribution promise par Dieu dans l'au-delà ! Les riches prient tout comme nous prions. Ils jeûnent tout comme nous jeûnons ! Mais en outre, ils peuvent, avec le surplus de leurs biens, faire l'aumône, alors que nous nous n'avons pas de quoi faire l'aumône !

Le Prophète leur répondit alors :

– Vous pensez que Dieu ne vous a pas donné de quoi faire l'aumône ? Mais chaque glorification de Dieu est une aumône ! Chaque exaltation de Dieu est une aumône ! Chaque commandement du bien est une aumône ! Et dans chaque œuvre de chair, il y a une aumône !

Étonnés, les compagnons du Prophète lui demandèrent :

– Comment, Envoyé de Dieu, nous satisferions nos désirs et nous recevrions pour cela une rétribution ?

– Le faire d'une manière illicite implique bien un châtiment ! De même le faire d'une manière licite implique une rétribution [131] !

Ainsi la sexualité est-elle assimilée par l'Islam tour à tour à un acte de piété, une aumône, une prière et à une préfiguration des délices célestes. « S'y adonner joyeusement, c'est manifester sa reconnaissance à Dieu, auteur du miracle continu et jaillissant du renouvellement de la vie [132]. »

Aussi l'Islam considère-t-il, contrairement à la tradition chrétienne qui valorise le célibat et l'abstinence, que c'est un devoir de se marier, de veiller à ce que les célibataires se marient et un devoir sacré de satisfaire régulièrement aux obligations conjugales.

Hors du mariage et de l'accomplissement de l'amour, point de salut !

Se marier, c'est accomplir la moitié de la religion, assurait Mahomet.

L'amour est la moitié de la foi.

Le Prophète avait des raisons démographique évidentes de l'affirmer. Il enjoint d'aimer et de procréer parce qu'il « tirera gloire du nombre des croyants au jour du Jugement ». Mais c'est fondamentalement aussi parce que la rencontre des époux, au sens où elle est féconde et créatrice, participe de la puissance divine.

Bouhdiba l'exprime parfaitement : « L'homme seul est un être impuissant ; la femme seule aussi est un être impuissant. Leur rencontre seule [...] est créatrice. Seule cette rencontre, préméditée par la Providence de Dieu, permet la grossesse et la naissance à la vie. C'est là une prérogative divine qui permet à l'homme de dépasser la nature et de réaliser une véritable mission sexuelle que l'Islam apprend à réaliser dans la joie, l'exaltation et l'ivresse de la création. La jouissance sexuelle renvoie à Dieu. La femme n'est pas un bien que posséderait l'homme, ni un mal en elle-même et encore moins un moyen de jouissance ou un objet de plaisir. L'homme, à son tour, n'est pas un bien que sa femme posséderait, ni même un moindre mal pour elle ou un moyen de plaisir ou de simple jouissance. Ce qui compte c'est la relation d'affection qui les unit. Aussi l'amour en Islam est-il une véritable prière. »

Maudits soient celles et ceux qui se soustraient à la prière !

La femme qui se dérobe et dort ailleurs que dans le lit de son mari « est maudite par les anges jusqu'à ce qu'elle revienne ».

Quel qu'en puisse être le prétexte, aucun des époux n'a le droit de se soustraire à l'autre.

La tradition est formelle : « Il n'est pas permis à l'un des deux partenaires de s'adonner, sans le consentement de l'autre, à des pratiques religieuses surrogatoires de nature à rendre impossible ou à retarder l'œuvre de chair. Le délai légalement imparti pour l'accomplissement de l'acte conjugal est de quatre mois. Il ne saurait être prolongé pour raisons de chasteté mystique [133]. »

Un adage courant veut que « dévotion n'exonère point des droits de la chair ».

De la même façon, le célibat est honni :

« Ceux qui vivent en célibataires sont de la pire espèce ; ceux qui meurent en célibataire sont de la plus ignoble [134]. »

C'est un devoir d'aider autrui à se marier :

« Mariez les célibataires vivant parmi vous, ainsi que ceux qui sont vos esclaves, hommes et femmes qui sont honnêtes ! S'ils sont besogneux, Allah les fera se suffire par sa faveur [135]. »

Pour les mêmes raisons, un fils pieux doit veiller à remarier un père réduit au veuvage et le divorce est considéré par le prophète comme « la chose licite la plus haïssable pour Dieu ».

Louons Dieu !

La réalisation et le salut passent par l'accomplissement de l'amour et de la sexualité. C'est par l'amour physique que l'on atteint l'unité fondamentale de la chair et de l'esprit. Louons Dieu pour l'amour qu'il nous porte et l'amour qu'il a créé. C'est à quoi nous invite le cheik Suyûti, exégète réputé du Coran.

Ainsi commence-t-il son œuvre :

« Louange à Dieu qui créa les femmes minces pour recevoir les assauts impétueux des membres virils !

Louange à Dieu qui créa les verges droites et dures comme des lances pour guerroyer dans les vagins et guère ailleurs !

Louange à Celui qui fit que notre préférence doit toujours aller aux filles et jamais aux garçons !

Louange à Celui qui nous fit don du plaisir de mordiller et de sucer les lèvres, de poser poitrine contre poitrine, cuisse contre cuisse, et de déposer nos bourses au seuil de la porte de la clémence !

Vous qui croyez, puisse Dieu être pour vous clément, soyez attentifs, usez pleinement de tant de plaisirs, si délicats !

Gloire et salut éternels à ceux d'entre vous qui savent embrasser comme il faut une joue délicate, donner l'accolade qui convient à une taille fine, monter à propos les sexes les plus gros et les arroser bien vite de la douceur de leur miel [...] !

Rendons grâce à Dieu de manière convenable, frottons et enfonçons, buvons le vin et réchauffons, heurtons et retirons, exigeons et frappons à la porte, sachons alterner les coups les plus fiers avec les plus énergiques... »

Mêmes exhortations chez Nafzâwî [136] :

« Louanges à Dieu, qui a fait que le grand plaisir pour l'homme réside dans l'huis de la femme, et que le grand plaisir de la femme réside dans l'instrument de l'homme, de telle sorte que l'huis ne se délasse, ne se réjouit, ne se met en forme, ne s'apaise que si l'instrument qu'il désire entre en lui, et que l'instrument ne se divertit et ne se calme que s'il entre dans l'huis, le rapprochement de celui-ci avec celui-là, leur cohabitation, leur rencontre, leur réunion, provoquant la lutte entre eux, les coups de cornes, la bataille acharnée et, après le mélange des deux buissons touffus, aboutissant à une propension au pilonnage chez l'homme et à un mouvement de montée et de descente chez la femme, avec accompagnement de secousses brusques, de vacillations, de paroles douces, de bruissements, de ronronnements, de sourires, tout cela dans l'approche simultanée des deux plaisirs, jusqu'à la sensation suprême suivie de la projection.

Louanges à Dieu qui a fait que la plus violente convoitise et la plus grande saveur résident dans cette opération, l'accolement étant l'élément principal, aidé par les baisers sur les sommets des deux joues, sur le cou, sur la bouche, par la succion de la lèvre fraîche, qui font, sur-le-champ, se dresser l'instrument.

Louanges à Dieu, le Sage, qui a orné, en mettant en œuvre sa prudence et son habileté, les poitrines des femmes avec des seins, leurs cous avec des gorges, leurs pommettes avec des couleurs vives, et leur a donné une certaine avidité pour recevoir la rosée.

Louanges à Dieu qui a donné aux femmes des yeux minaudiers et des cils acérés comme des sabres fourbis, qui leur a façonné des ventres lisses et bombés, les embellissant avec le merveilleux nombril, les plis, les hanches, la lourde croupe partagée en deux masses ; qui, en dessous, a étiré les cuisses et a mis entre elles un appareil redoutable, étonnant, qui ressemble à la tête du lion en largeur, surtout quand cet appareil est bien en chair, surtout quand il est élevé, monumental – appareil que l'on nomme "huis", pour lequel combien d'hommes sont morts, en soupirant après sa présence, en gémissant et en s'affligeant de l'avoir perdu.

Louanges à Dieu qui a dressé ensuite tout cela, mettant en œuvre Sa puissance et Sa sagesse, sur deux mâts merveilleux, ni trop courts ni trop longs, qu'Il a embellis par les ciselures des genoux et des jarrets, des orteils, du talon, de l'os cubique, des ongles, de la cambrure du pied.

Louanges à Dieu, qui a plongé les femmes dans l'océan de la beauté, de la joie, du bonheur, de la passion, les rendant pour l'homme des créatures auxquelles on adresse des supplications ; qui les a sensibilisées aux vêtements propres et recherchés, aux ceintures brillantes ; qui les a dotées d'une bouche savoureuse, faite pour le sourire.

Gloire à Dieu, Lui, le Grand, le Sublime, qui a créé les femmes, les ornant de chair et de pulpe, de cheveux, de gorge, de taille élancée, de beaux seins, les dotant de coquetterie et d'une tendance à la développer de telle sorte qu'Il en a fait des objets de séduction pour les hommes.

Gloire à Dieu, le Tout-Puissant, qui a subjugué les hommes en les exposant à l'amour des femmes, de telle sorte qu'ils ne trouvent l'apaisement et le repos qu'auprès d'elles...

Je loue Dieu, moi, Son serviteur, qui ne puis me détacher de l'amour des femmes, qui me trouve même fixé définitivement dans des sentiments affectueux à l'égard de ces fines beautés. Je ne connais aucun moyen qui me permette de me détourner d'elles, de renoncer à leur rencontre, d'appliquer mes efforts à la poursuite d'autres buts... Je témoigne qu'il n'y a pas d'autre dieu que Dieu seul [...]. Je témoigne que Mahomet, notre maître, notre prophète et notre chef, est le serviteur et l'Envoyé de Dieu !... »

Les trois amours d'Ibn 'Arabî

Il en témoigne aussi, Muhyî ad-Dîn Ibn 'Arabî, musulman andalou, « le plus grand Maître », qui composa, en platonicien averti, en poète, en théologien et en amoureux accompli, un traité sur l'amour.

Il avait épousé une jeune Andalouse, Maryam bint 'Abdûn, qui représentait, à ses yeux, l'idéal de la vie spirituelle. Ce mariage occasionna cependant dans sa vie une crise profonde qui en bouleversa le cours. A la suite d'une maladie qui le mit aux portes de la mort, il abandonna son existence de lettré et de haut fonctionnaire pour se consacrer à la vie spirituelle. Il s'installera définitivement à Damas, en 1224, après avoir parcouru d'Andalousie, le Maghreb, l'Égypte, la Palestine et l'Anatolie.

Accueilli à La Mecque par un vénérable maître iranien, il avait fait la connaissance de la sœur de ce shaykh, également remarquable par sa piété et ses connaissances, et de sa fille Nizâm, « qui avait reçu du Ciel le triple don de la beauté, de la connaissance et de la sagesse ».

C'est à la mémoire de Nizâm qu'il composa son immortel diwân : *L'Interprète des ardents désirs.*

Dans son traité, que nous citons d'après la traduction de Maurice Gloton, notre poète-théologien le confesse :

Je vins à parcourir les royaumes de Dieu,
Tant les terres d'Orient que celles d'Occident
Afin de rencontrer l'être à ma convenance [137].

Quand il s'engage à parler de l'amour, le lecteur le moins averti comprend qu'il appuie son système sur des états qu'il a lui même vécus et goûtés intimement :

Je demeure attaché à celle dont l'amour
Est bien l'équivalent de vingt pèlerinages.
Je n'ai toujours pas compris son intense passion,
Et je ne puis davantage la supporter !
Mon œil ne fut pas apte à jeter un regard
Sur la beauté parfaite émanant de sa face.
Pas plus que mes oreilles n'entendirent jamais
Proclamer la mention qu'on aurait faite d'elle.
Jusqu'au jour où je vis pendant un face à face,
Le fulgurant éclair jaillissant du Vivant.
Il m'a comblé un jour, m'accordant Ses bienfaits
Et montré Son courroux pour le reste du temps !

Et pourtant,

L'amour est savouré
Mais son essence incomprise.

Car l'amour n'est pas définissable.

« Il [...] n'entre pas dans les données que l'on puisse définir. Le connaît celui en qui il s'établit et dont il est l'attribut sans toutefois que cet être soit en mesure de connaître sa nature et de nier sa réalité. »

Cette puissante énigme a la forme d'une énergie qui attire ou aspire l'être, comme l'éros socratique, vers son origine divine. « Que cette attraction, précise M. Gloton, soit provoquée directement dans l'individu, ou bien par la médiation d'autres personnes ou d'autres causes qui ne sont que le prétexte de l'actualisation de ses virtualités, que cette affection soit pure ou apparemment pervertie, chacun porte en lui les possibilités de l'amour et nul ne saurait s'y soustraire, comme nulle créature ne peut exister sans son Créateur et nul serviteur sans son Seigneur... »

Ibn 'Arabî distingue trois sortes d'amour : divin, spirituel et naturel (ou physique).

« L'amour *divin* est celui que Dieu a pour nous.

[...] L'amour *spirituel* est celui de l'amant qui s'empresse à satisfaire l'aimé. Rien ne demeure chez lui, ni visée, ni volonté qui puisse s'opposer à l'aimé.

[...] L'amour *naturel* est celui de l'amant qui recherche la pleine satisfaction de ses désirs, peu importe que cet empressement plaise ou non à l'aimé. »

L'amour naturel

Le premier, stade de l'amour naturel est qualifié par le philosophe d'amour élémentaire. Car il est comparable à l'attraction que les divers éléments exercent les uns sur les autres : « Il est comparable à l'ambre jaune et aux objets qui s'attachent à lui en les attirant par sa vertu propre (l'*aimant-ation*). »

Cet amour tire son origine du bien-être et du bienfait, « car le naturel de l'être n'est jamais capable d'aimer l'autre pour lui, c'est uniquement pour soi qu'il aime les choses en désirant s'y unir ou s'en approcher, comme cela a lieu chez l'animal ou chez l'homme pour l'animalité qui est en lui ».

L'individu ne fait que reproduire en lui-même une simple attraction spontanée qui le pousse à s'unir à un être particulier : « C'est cette union qui est l'objet fondamental de son amour. »

Il est alors permis d'affirmer que l'amant aime l'existence de l'aimé « accessoirement » (parce que l'amour qu'il exerce se porte sur lui) et non « essentiellement ».

L'amour spirituel

« Dans l'amour spirituel, l'amant allie la raison et la connaissance. Par la raison, il fait preuve de sagesse et, par celle-ci, il montre sa science. Ainsi parvient-il à ordonner les choses selon l'ordre de la sagesse sans pour autant modifier par elle la place qui leur revient. Il sait donc quand il aime [...] ce qu'est cet individu dans lequel, et seulement en lui, il veut que se réalise l'objet de son amour. »

L'amant spirituel désire aussi l'union après avoir cherché l'existence effective de l'objet de son amour. Et cette union est extatique :

Le moment de l'extase est celui de l'union
Et celui de l'amour. Mangez donc et buvez !

Pendant un dévoilement véritable qui se présenta à lui, en contemplation, Ibn 'Arabî improvisa les vers suivants :

Zaynab m'a conquis par la passion d'amour.
En dehors d'elle aussi je ne sais me conduire,
Mais lorsque m'apparut la lumière de l'être
M'embrasant tout entier, la ténèbre s'enfuit.
Je me donnais à elle par intense affection.

La finalité de l'amour spirituel est donc la réunification ou identification qui implique que l'essence de l'aimé devienne l'essence même de l'amant, et l'essence de l'amant, l'essence même de l'aimé.

Le terme de l'amour chez l'homme est bien l'union.
L'union de deux esprits et l'union de deux corps...

L'amour divin

On l'aura compris : l'amour n'a pas d'autre origine que Dieu. Il est, fondamentalement, « désir de Dieu ».

Ce phénomène généralisé d'attraction et de convergence propre à l'amour « est une trace de la Beauté, qualité éminemment divine, qui exerce son pouvoir de *transformation* et de *sanctification* sur les choses et les êtres créés selon les principes mêmes de l'harmonie ».

« Voici donc chacun pris dans les rets de l'Amour, d'une manière ou d'une autre sans pouvoir s'en dégager. » La créature façonnée par Dieu retourne vers Lui cet amour dont il a déposé le germe en elle. Ainsi atteindra-t-elle, en établissant une relation privilégiée avec l'aspect sanctissime de l'Être, à l'Epopteia platonicienne, à la connaissance de la Réalité divine.

La destruction des déesses arabes

Les descriptions enchanteresses du paradis de Suyuti, les exercices pratiques recommandés par Nafzâwi et la sûre science d'Ibn 'Arabî ne doivent pas nous faire oublier que l'Islam demeure une religion monothéiste et patriarcale. Que l'homme y domine absolument l'épouse, et que la « pudeur » au quotidien déréalise les « croyantes ».

La supériorité de l'homme est théologiquement fondée :

« Les hommes sont supérieurs aux femmes et ont autorité sur elles du fait de la prééminence que Dieu leur a accordée et du fait aussi des dépenses qu'ils font de leurs propres deniers. Les femmes vertueuses (sont celles qui) reviennent à Dieu et gardent les secrets (de leurs époux) comme Dieu fait lui-même. Les femmes dont vous craignez la rébellion, vous pouvez les morigéner, les laisser seules au lit (ou même) les battre. Mais si elles vous obéissent, suspendez les mauvais traitements. Car Dieu est Auguste et Grand [138]. »

Le « voile » assure la pudeur :

« Dis aux croyants qu'ils baissent leurs regards et soient chastes. Ce sera plus décent pour eux. Allah est bien informé de ce qu'ils font.

Dis aux croyantes de baisser leurs regards, d'être chastes, de ne montrer de leurs atours [139] que ce qui en paraît. Qu'elles rabattent leurs voiles sur leurs gorges ! Qu'elles montrent seulement leurs atours à leurs époux...

Revenez tous à Allah, ô croyants ! Peut-être serez-vous bienheureux [140]. »

Pour assurer la suprématie d'Allah et la domination du mâle, les Arabes avaient dû, comme les Hébreux, effacer les déesses de leur panthéon. Destruction plus récente et moins sanglante sans doute qu'en Canaan et dont l'histoire nous a conservé le souvenir.

Dans le *Livre des idoles* qui est l'un des documents clefs sur les religions préislamiques, les trois déesses Al-Lat, Al-Uzza et Al-Manat sont identifiées comme ayant une importance particulière, au VIIe siècle, dans la péninsule arabique tout entière. C'était l'époque bénie de la Jahiliya (la « barbarie » préislamique) où l'homme s'agenouillait devant le corps féminin pour solliciter sa bénédiction.

« Un univers ciselé au rythme du désir féminin », assure Fatna Ait Sabbah, et dans lequel « l'homme était fragile et les femmes solides. Un univers où le vagin (était) le siège d'énergies sans cesse renouvelées et le pénis sans force et sans espoir [141] ».

« Al-Uzza, explique Ibn Al Kalbi, était la plus importante des idoles des Quraïs. Ils accomplissaient des pèlerinages en son honneur, lui dédiaient des offrandes et cherchaient à s'en approcher par l'intermédiaire des sacrifices. »

Al-Uzza était respectée par tous les Arabes et son culte s'étendait de l'Arabie à la Mésopotamie. Grande déesse, probablement proche d'Ishtar et de Déméter, elle présidait à la fécondité de la terre et aux phénomènes de la génération.

Elle était la déesse de la tribu dans laquelle est né le Prophète...

Al-Uzza occupait donc une place prééminente, mais n'était pas l'unique représentation du divin féminin. Deux autres déesses, Al-Manat et Al-Lat étaient également honorées dans les tribus des Aws, des Hazraj et des Taqif.

Le Coran s'emploie à les déprécier :

Avez-vous considéré Al-Lat et Al-Uzza,
et l'autre, Manat, la troisième ?
Le mâle est-il pour vous
et pour lui la fille ?
Quel partage inique !
Ce ne sont vraiment que des noms
que vous et vos pères leur avez attribués.
Dieu ne leur a accordé aucun pouvoir [142].

Al-Lat, Al-Manat, Al-Uzza devaient effectivement devenir des noms sans pouvoir, car dorénavant, le pouvoir des mots viendrait de Dieu, d'Al-Lah. Et pour qu'Allah puisse monopoliser le privilège de nommer l'univers, c'est-à-dire de le créer par son discours, il fallait qu'il réussisse à couper le cordon ombilical avec la Déesse, mère ou fille. Car les fidèles des trois déesses, peu contrariants, en avaient fait, dès les premières prédications du Prophète, des filles d'Allah et les appelaient « Banat Al-Lah », Filles de Dieu.

Les protestations de Mahomet ne se firent pas attendre :

Dieu aurait-il des filles,
et vous des fils [143] *?*

Ils attribuent des filles à Dieu.
Gloire à Lui !
alors qu'ils n'en veulent pas pour eux-mêmes [144] *!*

En dépit des menaces proférées par le Prophète et ses premiers disciples, les Quraïs et l'ensemble des Arabes continuaient à vénérer Manat jusqu'à ce qu'il fît détruire son temple, en la huitième année de l'hégire.

Al-Lat subit le même traitement quand la tribu de Taïf se convertit à l'Islam.

Enfin, le Prophète chargea Khalid Ibn Al Walid de détruire Al-Uzza.

Il l'affronta sous la forme d'une « femme abyssine aux cheveux ébouriffés, grinçant des dents... D'un coup de sabre, Khalid lui fendit la tête et elle fut transformée en un morceau de charbon ».

Le Prophète se réjouit : « C'était Al-Uzza. Après elle, il n'y aura plus de Al-Uzza pour les Arabes. Certes, elle ne sera plus adorée après ce jour... »

Entre Allah et les hommes, l'amour n'avait plus besoin d'intermédiaire féminin.

Chapitre III
L'ivresse de la transgression

La Loi du monde nie l'Amour et toute sagesse sacrée ; elle s'oppose à toute métamorphose, et ne laisse espérer sanctification ou salut qu'au conformiste. Pour Moïse, la beauté n'est pas un attribut divin. Tandis qu'Ibn 'Arabî y voit, comme dans l'amour humain, un écho et un appel de la beauté et de l'amour infinis de la divinité. A cet appel, quelqu'en soit la forme, nous devons répondre. Ce sont la leçon de Socrate, la morale de Platon et l'impératif catégorique de Dionysos.

Du bon usage de l'amoureux délire

Pour Socrate, qui se flattait de n'être pas un philosophe, mais de posséder seulement une « érotikê » (c'est à dire une science de l'amour), comme pour Platon le délire amoureux introduit au monde divin des Idées.

Il peut nous sembler étrange, aujourd'hui, que les auteurs grecs, tellement imprégnés, par ailleurs, de mesure et de raison, aient autant célébré le délire. C'est que nous en avons oublié la nature profonde : le délire est un don des dieux : « Le délire est pour nous la source des plus grands biens quand il est l'effet d'une faveur divine. »

A défaut d'être prophétique ou religieux (quand il culmine dans la « possession » dionysiaque), le délire peut-être poétique (quand les Muses l'inspirent), ou érotique (εροτικος = amoureux). Pour Socrate et

Platon, celui-ci est le plus beau de tous. Il conduit à la connaissance parfaite.

Gardons-nous donc de redouter le délire amoureux ou d'essayer de nous y soustraire ! Car c'est pour notre félicité que ce délire nous est donné. C'est alors, « quand la vue de la beauté terrestre réveille le souvenir de la beauté véritable, que l'âme revêt des ailes. » L'enthousiasme qui nous élève ainsi est « le plus enviable, en lui-même et dans ses causes », pour celui auquel il se communique...

Platon en parlait par expérience. Un jour, il fut suffoqué d'amour pour un jeune homme excessivement beau : Dion. C'est à sa beauté que, de l'aveu même du philosophe, nous devons tout le système platonique. C'est l'amour de Dion qui fit naître le délire dans le cœur du philosophe, et ce délire introduisit son âme au monde divin, sa véritable patrie, par l'Epopteia, la contemplation, qui est le degré suprême de la connaissance divine.

« Dans l'état amoureux, l'âme tout entière bouillonne et se soulève ; elle éprouve le même malaise que ceux qui font des dents : la croissance des dents provoque des démangeaisons et une irritation des gencives ; c'est ce qui arrive à l'âme dont les ailes commencent à pousser : la pousse des ailes provoque une effervescence, un agacement, des démangeaisons du même genre. L'âme, aiguillonnée de toutes parts, se débat dans la souffrance. Mais, d'un autre côté, elle se réjouit au souvenir de la beauté. Sa frénésie l'empêche de dormir la nuit et de rester en place pendant le jour. Elle court avidement du côté où elle pense voir celui qui possède la beauté. Quand elle l'a vu [...], elle sent s'ouvrir les issues fermées naguère et, reprenant haleine, elle ne sent plus l'aiguillon ni la douleur [...].

« Cette affection, les hommes l'appellent Eros (le Désir), et les dieux Ptéros [145], parce qu'il donne des ailes [146]. »

Tel était le secret de l'amour que les philosophes antiques portaient aux beaux jeunes gens : ascèse de beauté en même temps que passion de l'unité, l'amour était le principe d'une ascension spirituelle que les ailes de l'âme symbolisaient. Loin de rendre aveugle, l'amour rendait l'illumination possible.

Les ailes que la passion procure à l'âme permettent à l'amoureux de « s'évader de la vie terrestre pendant la durée de cette vie ».

L'amour est une voie royale d'accès à la science totale.

Dionysos, le libérateur

Guthrie a souligné la coïncidence : l'apogée du culte dionysiaque est contemporaine de l'âge classique de l'art grec.

« Ainsi le Grand Libérateur apparaît historiquement au moment où, avec la perfection de l'éloquence et de l'écrit, s'instaure, dans la cité, le triomphe du Logos hellénique. Les transes, les possessions apparaissent alors comme une revanche de la nature sur la Loi, fille de la raison, qui tend à l'opprimer [147]. »

Nous noterons une autre coïncidence. Sous le nom de Zagreus ou Sabazios, Dionysos, (« le deux fois né »), est issu, selon les versions crétoises, phrygiennes et orphiques de sa légende, de l'union de Zeus et de Perséphone, le Dieu du Ciel et la grande déesse cthonienne, reine des enfers. Pour s'unir à Perséphone le grand Dieu polymorphe s'est transformé en serpent. *Dionysos est le fils de la Terre et du serpent...*

On comprend ainsi que, dans ses mystères, on laissait un serpent glisser « sur le sein de l'initié », et que dans ses orgies [148], ses fidèles aient mêlé des serpents à leurs coiffures ou l'aient porté entre leurs mains. Car c'est un dieu sauvage que le dieu, qui, en déliant l'âme humaine des chaînes de la raison, en restituant à l'homme son être serpentaire, tente de lui donner à communier à cette harmonie des origines qu'on suppose « fille de l'excès [149] ».

Suivant une autre version de son origine, ce dieu étrange est le fils de Zeus et de Sémèlé, né à Thèbes. Partout, il se présente comme un étranger. Quand Euripide, au sommet de son art, nous le dépeint, il est vêtu, à la mode lydienne, d'une *bassara* qui descend jusqu'aux chevilles. Son teint est blanc, ses cheveux bouclés sont blonds, ses joues roses. Des ménades asiatiques lui font cortège. A sa main : le thyrse couronné de lierre. Le dieu se présente : « Me voici venu, au pays des Thébains, moi fils de Zeus, Dionysos qu'a enfanté la foudre... J'ai changé ma forme divine pour celle d'un mortel... J'ai quitté la Lydie, la Phrygie, les remparts de la Bactriane, la terre des Mèdes, l'Arabie heureuse, l'Asie....

« Là-bas, j'ai institué des chœurs, instauré mes rites pour manifester ma divinité aux mortels. Thèbes est la première ville de terre grecque qui se soit levée à mes hurlements, où j'aie attaché la nébride [150] sur le corps des Bacchantes [151] et mis le thyrse [152] entre leurs mains... »

Tel se présente à nous le dieu du vin et de l'ivresse, le dieu du délire prophétique, le dieu de la démence, de la sagesse et de la foi mystique. Sa sagesse n'est pas feinte ; malheur à celui qui s'oppose à ses œuvres, ses liturgies, ses orgies. Malheur à qui ne reconnaît pas son origine divine !

Dans la légende thébaine, sa mère Sémèlé, fille de Cadmos et d'Harmonie, aimée de Zeus, voulut que son amant se présentât à elle dans toute sa gloire. Et le Dieu lui accorda ce privilège. Mais, incapable de supporter la vue des éclairs qui environnaient le dieu, elle succomba dans sa vision [153]. Zeus s'empressa alors d'arracher l'enfant qu'elle portait dans son sein et le cousit dans sa cuisse. Trois mois plus tard naquit [154], le dieu doublement né, une première fois de la femme, une deuxième fois du dieu, Dionysos.

Ne sachant comment cacher à son épouse Héra le fruit de son infidélité ni comment le protéger de sa colère, le roi des dieux recommanda de revêtir son rejeton de vêtements féminins. Héra ne fut pas dupe et frappa de folie sa nourrice. Mais Zeus veillait sur l'enfant et, le transformant en chevreau, il le confia aux Indes à des nymphes nourricières qui devinrent, plus tard, pour le service rendu, les étoiles de la constellation des Hyades.

Dionysos, aussi bien qu'Osiris ou Noé, découvrit la vigne et son usage. Mais le dieu, frappé de folie par

Héra, la jalouse épouse de Zeus, erra d'Égypte en Syrie et d'Asie en Phrygie jusqu'à ce que la souveraine Cybèle le purifie en l'initiant aux rites de son culte.

Revenu en Thrace où régnait le roi Lycurgue, Dionysos manqua d'en devenir le prisonnier. Par bonheur, il lui échappa en se réfugiant, au cœur d'une mer maternelle, chez Thétis, la Néréide. Cependant, le malheureux Lycurgue réussit à capturer les Bacchantes qui accompagnaient le dieu. Atteint de folie lui-même, il crut pouvoir abattre la vigne en tuant son fils et en se coupant la jambe... En vain. Sa nation fut alors affligée d'une stérilité sans répit jusqu'à ce que l'oracle de Delphes rendit un verdict impartial : la colère de Dionysos ne serait apaisée que si Lycurgue, qui lui avait résisté, était mis à mort. Ce que son peuple s'empressa de réaliser, l'écartelant à quatre chevaux.

Dionysos est un dieu rancunier. Il ne pardonne à personne de n'être pas reconnu comme le fils de Zeus et chaque individu qui s'oppose à sa consécration le paie de sa raison et de sa vie. Partout où il apparaît et n'est pas reconnu, un désastre s'impose.

« Il entraîne les femmes à sa suite... »

Comme Krishna, il entraîne les femmes à sa suite, loin des métiers à tisser et des navettes, dans la montagne, pour célébrer son culte ; mais ses cérémonies ne sont pas celles du dieu de Vrindâvan. Aux gôpis les étreintes, aux bacchantes les chasses sauvages ; car il est doux au dieu, « après la course des thiases [155], de chasser le bouc et de l'égorger pour boire son sang... »

N'importe l'âge ! Toutes et tous sont appelés aux cérémonies du dieu : il « n'a pas distingué si c'est le jeune homme qui doit participer aux chœurs ou le vieillard. Il veut recevoir les honneurs de tous également [156] ». Penthée, un oncle du dieu, refuse de se compter au nombre de ses fidèles et se plaint des malheurs que le dieu provoque dans sa cité : « Nos femmes ont quitté leurs maisons sous le prétexte des bacchanales. Elles courent par les montagnes ombreuses, honorant par des chœurs une nouvelle divinité, un certain Dionysos, à ce qu'on dit ; et, chacune de son côté, elles se tapissent, dans la solitude, pour s'asservir aux étreintes des mâles... »

Penthée veut résister au dieu étrange et étranger. Il a fait enfermer toutes les bacchantes qu'il a surprises et se propose de pourchasser dans la montagne celles qui lui ont échappé. Il menace le dieu : « Si je le surprends, il cessera de frapper la terre avec son thyrse et de secouer sa chevelure : je lui couperai la tête. »

Tirésias, l'infaillible devin prophétise le triomphe de Dionysos : « Il y a deux divinités, qui tiennent le premier rang aux yeux des hommes. L'une est la déesse Déméter, ou la Terre, donne-lui le nom que tu voudras ; c'est elle qui nourrit les mortels. L'autre, c'est le fils de Sémélè (Dionysos). Il a inventé un breuvage, le jus de la grappe, et l'a introduit parmi les mortels pour délivrer les hommes de leurs chagrins en leur donnant à boire la liqueur de la vigne... »

« Quoique tu croies, roi, reçois le dieu en cette cité... »

Mais Penthée n'entend pas l'exortation de Tirésias. Il ordonne à ses gardes de poursuivre le dieu

« corrupteur d'épouses ». Dionysos se rend lui-même à Penthée et se laisse enchaîner. Il comparaît devant le roi.

Penthée : « Tu n'es pas sans beauté, étranger ; tu peux séduire les femmes. Ta longue chevelure respire le désir... »

Dionysos l'avertit : « Toi, Penthée, tu paieras le prix de tes insultes à Dionysos ! Car c'est lui que tu offenses en me mettant dans les fers... »

Par ses métamorphoses, le dieu échappe au roi. Veut-il l'enchaîner ? Il retrouve un taureau dans les chaînes qu'il a passées à l'étranger. Et les chaînes tombent d'elle-même quand le dieu revient à l'étable où le roi avait voulu l'enfermer.

Soudain, c'est le toit du palais qui s'effondre. Bientôt, ce sera lui la victime offerte en expiation de l'impiété.

La bacchanale

Sur les hauteurs, la bacchanale est endormie. Un serviteur du roi y a surpris, à l'aube, trois thiases.

« Elles dormaient toutes, les membres détendus ; les unes appuyaient leur dos au tronc d'un sapin ; les autres, sur des feuilles de chêne, à terre, avaient posé leurs têtes au hasard.

Alors la mère de Penthée, Agavé, sœur de Sémèlé, dressée au milieu des Bacchantes, les éveille : "Elle pousse un cri pour les tirer du sommeil, en entendant les mugissements des bœufs cornus."

Elles chassent le sommeil de leurs yeux. Laissent tomber leurs cheveux sur leur épaules ; relèvent leurs nébrides et les attachent avec une ceinture de serpents. »

L'essence de la bacchanale nous est révélée : c'est un retour aux harmonies paradisiaques, aux temps antérieurs à la séparation des espèces, à l'intimité de la femme et du Serpent (la ceinture de serpents vivants), au vivant indifférencié :

« Certaines, dans leurs bras, tiennent un chevreau ou des louveteaux sauvages. Celles qui, venant d'accoucher, avaient encore le sein gonflé et avaient abandonné leurs nouveaux-nés, leur donnent un lait blanc. Elles se mettent des couronnes de lierre, de chêne, de smilax fleuri. L'une prend un thyrse, en frappe un rocher d'où sourd une eau limpide comme la rosée ; une autre abaisse sa férule vers le sol et, là, le dieu fait jaillir une source de vin. Celles qui avaient soif de lait, du bout de leurs doigts grattaient la terre et trouvaient des ruisseaux du blanc breuvage ; des thyrses entourés de lierre distillaient des flots de miel sucré. »

Un homme « qui fréquente la ville » vient troubler la cérémonie du retour aux origines. Il convainc quelques pâtres de se joindre à lui afin de capturer Agavé pour plaire au roi.

Agavé les découvre. Elle s'écrie : « O mes chiennes rapides, nous sommes poursuivies par des hommes ! Allons ! Suivez-moi, suivez-moi. Armez vos mains de thyrses. »

Les hommes prennent la fuite pour échapper aux bacchantes qui veulent les déchirer.

« Elles fondent sur des bœufs qui paissaient la tendre verdure... L'une tient sous ses ongles une génisse mugissante aux mamelles gonflées. D'autres déchirent en lambeaux de jeunes vaches. On peut voir des côtes, des sabots fourchus lancés en tous sens. Des membres pendent aux sapins ; les branches dégouttent de sang. Des taureaux furieux et qui, dans leur rage, les attaquent de leurs cornes sont renversés à terre, entraînés par les mains de mille jeunes femmes... »

Puis les bacchantes, « courant aux plaines qui s'étendent dans les vallées », vont se livrer au pillage dans les villages avoisinants.

« Elles s'abattent comme des ennemis et saccagent tout de fond en comble. Elles enlèvent les enfants des maisons [...]. Dans leurs cheveux, elles portent un feu qui ne les brûle pas. »

Les habitants se jettent sur leurs armes...

« Le fer de leurs traits ne fait pas de blessures ; mais elles, avec leurs thyrses qu'elles lancent, elles blessent leurs adversaires, leur font tourner le dos pour fuir [...].

Puis elles reviennent là d'où elles étaient parties, aux sources mêmes que le dieu avait fait jaillir pour elles. Elles y lavent le sang qui les couvre ; les gouttes qui coulent le long des joues, les serpents les lèchent de leurs langues ; ils sèchent leurs corps qui brillent... »

Le supplice de Penthée

Penthée souhaite monter une expédition punitive contre les Bacchantes. Pour les approcher, le dieu étranger lui suggère de se travestir :

« Enveloppe-toi donc d'une robe qui descendra jusqu'à tes pieds ; sur ta tête une mitre, un thyrse dans ta main ; une peau tachetée de faon... »

Puis il conduit sa victime au lieu de son supplice, le hisse au sommet d'un pin « pour mieux voir ».

Et il ordonne la curée :

« O jeunes femmes, j'amène celui qui se rit de vous, de moi et de mes orgies. Allons ! Vengez-vous de lui !

Les bacchantes s'élançent ; à travers la ravine de la vallée et les précipices, elles bondissent. Elles voient (Penthée) posté dans le sapin. D'abord, elles lui lancent des pierres avec la main, de toutes leurs forces ; d'autres lancent leurs thyrses, à travers les airs, prenant pour cible l'infortuné Penthée. [...] Il est trop haut pour qu'elles l'atteignent. « Elles attachent mille mains au sapin et l'arrachent du sol. Penthée est précipité à terre. Il sait son malheur proche. Il cherche à se faire reconnaître :

– C'est moi, mère. Je suis Penthée, le fils que tu as mis au monde. Aie pitié de moi, mère ! Oui, c'est moi ! Je suis coupable, mais ne tue pas ton fils. »

Mais elle est possédée du dieu.

« Elle n'écoute pas son enfant. Elle prend son bras gauche dans ses mains et, un pied sur le flanc de l'infortuné, elle le lui arrache de l'épaule... Penthée gémit avec ce qui lui reste de souffle. D'autres poussent des hurlements. L'une emporte un bras. Une autre, un pied avec sa sandale. Elles mettent à nu ses flancs qu'elles déchirent. Toutes ont les mains couvertes de sang et se lancent, comme des balles, les chairs de Penthée. Ses membres gisent éparpillés, parmi les rochers escarpés, ou sur les aiguilles des pins de la forêt... Sa mère a pris sa tête entre ses mains. Elle l'accroche à la pointe de son thyrse et la porte, comme celle d'un lion de la montagne, à travers le Cithéron [157]. Elle laisse ses sœurs dans le chœur des Ménades [158]. Elle retourne à Thèbes, fière de sa proie funeste... »

Toujours sous l'emprise du délire bachique, elle apostrophe les Thébains : « O vous qui habitez la ville de Thèbes aux belles tours, venez voir cette prise que nous, filles de Cadmos, avons faite d'une bête sauvage. Nos propres mains ont suffi pour pour déchirer ses membres en morceaux. »

Elle brandit alors, au sommet de son thyrse, la tête de son fils tandis que des serviteurs apportent, sur une civière, les restes de Penthée. Progressivement, elle revient à elle.

Le délire bachique l'abandonne. Elle s'adresse alors au dieu :

« Dionysos nous t'implorons, nous avons été coupables. »

Mais il est trop tard pour se plaindre. La cruelle vengeance du dieu est accomplie.

Dionysos :

« Il est trop tard maintenant pour me reconnaître ; lorsqu'il le fallait, vous ne le vouliez pas. »

Et le chœur conclut :

« Innombrables sont les manifestations de la volonté divine; innombrables aussi les événements qui s'accomplissent contre notre attente. Ceux que nous attendons ne se réalisent pas ; ceux qu'on n'attendait pas, un dieu leur fraye la voie... »

L'affaire des bacchanales

La résistance du roi de Thèbes au Dieu du délire libérateur trouvera un lointain écho dans « l'affaire des bacchanales » et Penthée paraîtra vengé par l'inflexible patriarcat de la République romaine. Nous devons le récit de ce drame à Tite-Live.

Ce sont les mésaventures d'un jeune chevalier romain spolié par son beau-père qui déclenchent l'enquête. Le parâtre souhaitant se défaire de son pupille suggéra de l'initier aux bacchanales qui avaient lieu, la nuit, à Ostie, dans le bois sacré de Stimula, déesse de la volupté, et, à Rome, sur l'Aventin.

D'après Tite-Live [159], c'est un Grec de basse condition qui avait introduit le culte en Étrurie, « un prêtre de bas étage, ministre d'un culte mystérieux et nocturne ». On soupçonnait des crimes, des sacrifices humains.

La mère de notre chevalier ayant donc décidé de faire initier son fils, elle l'informa qu'il devrait, pendant dix jours, conserver une abstinence absolue. Il prévient sa maîtresse, une courtisane fameuse, l'affranchie Hispala. Et elle, tout éperdue, lui dit alors : « Que les dieux t'en préservent ! Mieux vaudrait la mort et pour toi et pour moi ! » Hispala avait assisté à ces initiations. Elle savait que c'était le repaire de toutes les « infamies ». Une fois intronisé, on était livré aux prêtres, comme une victime, dans un lieu qui retentissait d'affreux hurlements, du son des instruments, du bruit des cymbales et des tambourins... Elle le conjure de ne point s'y soumettre.

Convoquée et interrogée par le Consul, Hispala révèle l'origine de ces mystères interdits

« Ce sanctuaire était d'abord uniquement réservé aux femmes ; aucun homme n'y était admis. Trois jours étaient déterminés, chaque année, pour les cérémonies d'initiation. Elles avaient lieu en plein jour. Les initiées étaient, tour-à-tour, investies des fonctions de prêtresses. Une certaine Paculla Annia, une Campanienne, avait réformé les rites tandis qu'elle exerçait le sacerdoce. C'était elle qui avait admis les hommes aux mystères, en initiant ses fils. Elle avait établi que les cérémonies auraient lieu la nuit, et, au lieu de trois fois par an, cinq fois par mois. »

« Depuis que les deux sexes se trouvaient confondus et que l'obscurité de la nuit favorisait toute licence, il n'y avait pas de crime, pas d'horreur qui ne se commît dans ces mystères. Les hommes s'y livraient, entre eux, à d'infâmes débauches. Et, si quelqu'un s'y déclarait rebelle [...], il était immolé comme victime. »

« Ne reculer devant aucune horreur était le comble de la perfection religieuse. »

« Les hommes, feignant un délire prophétique, s'agitaient avec frénésie, en débitant des oracles ; les femmes, en costume de bacchantes, les cheveux épars, courraient vers le Tibre, tenant à la main des torches ardentes qu'elles plongeaient dans l'eau, et qui, formées d'un mélange naturel de souffre et de chaux vive, en ressortaient tout allumées. »

« On attribuait aux dieux la disparition de malheureux qu'on jetait, au moyen de terribles machines, dans des souterrains mystérieux. Ce sort était réservé à ceux qui ne voulaient pas se lier par serment aux initiés, s'associer à leurs crimes ou se prêter à d'infâmes débauches. »

Les archives romaines assurent que l'on comptait une multitude d'initiés qui formaient comme un second peuple dans Rome. Des personnes des deux sexes, appartenant aux plus nobles familles, étaient compromises.

A la suite du rapport du Consul au Sénat, les sénateurs décrétèrent une enquête extraordinaire sur les bacchanales et les sacrifices nocturnes. Il fut décidé que les prêtres qui présidaient à ces sacrifices devaient être recherchés, non seulement à Rome, mais dans toute l'Italie.

Les triumvirs furent chargés d'établir des postes dans les différentes parties de la ville, pour empêcher toute réunion nocturne. La nuit même les postes établis par les triumvirs aux portes de la Ville, arrêtèrent un grand nombre de fugitifs et les forcèrent à rentrer. Beaucoup d'autres furent dénoncés aux magistrats. Quelques-uns, hommes et femmes, se donnèrent la mort.

Le nombre des conjurés s'élevait, dit-on, à plus de sept mille personnes des deux sexes. On sut que les chefs de cette association étaient les plébéiens Marcius et C. Atinius, le Falisque Opertinius et le Campanien Minius Cerrinius ; que c'était à eux que remontait l'origine de tous les crimes ; qu'ils avaient été les grands-prêtres, les fondateurs de ce culte impie. On prit soin de les arrêter au plus vite. Amenés devant le Consul, ils avouèrent tout et leur jugement ne se fit pas attendre.

Tous ceux qui s'étaient rendus coupables de meurtres ou d'attentats à l'honneur, de faux témoignages, de fausses signatures, de testaments supposés ou de crimes du même genre, furent punis de la peine capitale

Parmi les condamnés, il y eut un nombre considérable de femmes. Les femmes qui devaient mourir étaient remises à leurs parents ou à leur tuteurs pour qu'ils les fissent exécuter eux-mêmes, en particulier.

Tite-Live finit laconiquement sur une formule très romaine :

« On en eut plus à exécuter qu'à en mettre en prison... »

En vain.

Car il fut rapporté que la mère d'Auguste, comme celle d'Alexandre le Grand, avait été « visitée » en songe par un serpent.

César autorisa alors les cérémonies bachiques. Et le dieu du délire et de la transgression finit par jouer un rôle important dans la très officielle religion impériale.

Chapitre IV
Les fêtes du sang

Le troisième jour des fêtes de la Grande déesse Cybèle était nommé : « Le jour du sang ».

Le plus honoré de ses serviteurs, le grand prêtre, l'Archigalle se saignait le bras et présentait son sang en offrande sur l'autel. Les autres prêtres, perdus dans une transe frénétique, insensibles à la douleur, se coupaient avec des tessons de verre ou se lacéraient la peau avec des poignards pour répandre, eux aussi, sur l'autel, le sang qui jaillissait de leurs blessures. Ils se frappaient avec des fouets à trois lanières, garnies d'osselets, qui leur déchiraient le dos et les épaules.

Ils marchaient sur le feu et le feu ne les brûlait pas « à cause de l'inspiration divine qui était en eux ».

Jamblique et Lucrèce attestent que « si on les brûle, ils ne le perçoivent pas [160] ».

« Certains sont traversés par des pointes de fer et ne le sentent pas ; d'autres reçoivent dans le dos des coups de hache ou se tailladent les bras sans s'en apercevoir. Leurs actions n'ont aucun caractère humain ; le transport divin les fait passer où l'on ne peut passer ; ils se jettent dans le feu, ils traversent les fleuves. Ils ne sont plus maîtres d'eux-mêmes, ne vivent plus d'une vie humaine, mais d'une *vie divine* qui les inspire et possède entièrement. »

Comme les bacchantes possédées par le dieu, les galles, épris de la déesse, connaissent le délire extatique, l'enthousiasme proprement dit [161], et franchissent les limites de la condition humaine.

Aucun crime n'est crime aux bacchantes, aucun supplice n'est douleur aux Galles.

Car ils ont « tout » sacrifié à la déesse : ils se sont émasculés pour elle.

La castration des galles

Pourquoi ?

C'est en souvenir d'Attis, raconte-t-on.

Attis est un jeune dieu phrygien. Aimé du dieu hermaphrodite Agdistis, cet amour le rendit fou et il s'émascula dans son délire, entraînant à l'imiter tous ceux qui étaient présents. Il en mourut. Mais, suivant Pausanias ou Arnobe, un amandier ou des violettes naquirent de sa tombe, témoignant qu'il vivait [162].

Plus tard, sa légende se compliqua, s'étoffa ou se simplifia étrangement. Attis devint simplement, chez Ovide, un jeune homme d'une si rare beauté qu'il fut aimé par la Déesse d'une passion chaste. Cybèle voulut en faire le gardien de son temple. Elle y mit comme condition qu'il garderait sa virginité. Mais le jeune homme ne put résister à la nymphe Sagaritis. Pour le punir, Cybèle le rendit fou. Il s'émascula, sous un pin, et mourut. Zeus consentit à ce que son corps ne se corrompît pas. Cybèle l'enterra, mais ses cheveux continuèrent à pousser et son petit doigt (?) à remuer.

Un amandier poussa sur sa tombe. Du sang qui avait coulé de sa blessure étaient nées des violettes qui entouraient le pin.

La nymphe Sagaritis était morte aussi. Et de son sang aussi, des violettes avaient poussé [163].

Les fêtes du printemps

C'est aux fêtes du printemps, qu'en souvenir d'Attis, les Galles se mutilaient.

D'après Lucrèce, la Déesse quitte, le quatre avril, son temple romain du mont Palatin. Son effigie conduit un char attelé de deux lions. Une couronne en forme de tour ceint le sommet de sa tête.

« Parée de ce diadème, l'image de la divine Mère est promenée au milieu des frissons de la foule. Divers peuples, fidèles au culte antique, lui donnent pour escorte des troupes de Phrygiens, parce que c'est en Phrygie que sont nées les premières céréales, et de là qu'elles se sont répandues sur la terre. »

« Les tambourins tendus tonnent sous le choc des paumes. Les cymbales sonnent autour de la statue, les trompettes retentissent et le rythme phrygien de la flûte jette le délire dans les cœurs. Le cortège brandit des armes, pour jeter dans les âmes ingrates et les cœurs impies la terreur sacrée de la puissance divine [164]. »

Sur le parcours, comme aux Fêtes-Dieu d'autrefois, « il neige des pétales de roses...

« De nombreux musiciens jouent de la flûte et font retentir des tambourins ; d'autres chantent des cantiques inspirés et sacrés, tandis que les galles se tailladent les bras et, les uns les autres, se frappent sur le dos.

Les danseurs de la déesse, les Curètes phrygiens, jouent entre eux capricieusement et bondissent en cadence, « tout joyeux du sang qui les inonde [165]... »

Dans la vie ordinaire les galles se signalent par leurs travestissement. Ils portent de longues robes dont les manches, serrées aux poignets, recouvrent tout le bras. Distincte de la robe blanche du prêtre, celle des galles est de lin fin ou de soie. La couleur la plus répandue est le jaune : jaune pâle tirant sur le vert, jaune safran, jaune rouge ou ton de feuilles de vigne sèches. Elles sont souvent brodées de lancéoles et de losanges pourpres. Les galles ne se coupent pas les cheveux. Leur chevelure, « teinte en blond, pommadée, frisée et ondulée », est maintenue par une résille. Les galles se maquillent, se peignent le tour des yeux, prolongent leurs sourcils avec un crayon à la mine de plomb et s'épilent le corps à la pierre ponce [166].

C'est donc au dernier jour des Fêtes du printemps que se mutilent les futurs galles, rapporte Lucien de Samosate [167].

Il indique qu'à Hiérapolis la cérémonie avait lieu à l'occasion des Fêtes du bûcher, ou Fête des flambeaux.

« [...] après avoir coupé de grands arbres [168], (les fidèles et les servants de la déesse) les dressent dans la cour, et amènent ensuite des chèvres, des brebis et d'autres têtes de bétail vivantes qu'ils suspendent aux arbres. Ils y ajoutent aussi des oiseaux, des étoffes, des objets en or et en argent. Lorsqu'ils ont terminé tous ces préparatifs, ils portent autour des arbres les idoles sacrées et mettent le feu au bûcher [169].... »

Tout adolescent qui tient à être galle rejette alors ses vêtements et s'avance en jetant un grand cri au milieu de l'assemblée. Il se saisit d'un poignard et se châtre lui-même.

Puis il se met à courir à travers la cité, « en portant en ses mains ce qu'il s'est coupé. Dans quelque maison qu'il jette ce dont il s'est privé, il doit en recevoir des vêtements féminins et une parure de femme [170]... »

Pourquoi ?

Dans le monde antique, l'émasculation était regardée comme un crime et devait être prohibée [171]. La coutume des prêtres eunuques est interdite par les lois babyloniennes et judaïques, helléniques et romaines, pour la bonne raison que ceux qui desservent les autels, que ce soient ceux de la Déesse ou de tout autre divinité, doivent être virils et sans tares comme les victimes qu'ils offrent « à la source de toute vie [172]... »

Que font alors ici ces galles, supposés renoncer à tout amour humain, pour l'amour de la Déesse ?

Atteignons-nous, dans la cruauté de ce rite, à l'apogée de la Loi du péché, la loi du monde ?

De nombreuses interprétations de l'émasculation rituelle ont été proposées par les historiens des religions.

Pour Franz Cumont [173], cette offrande sanglante constituait, dans les cultes agraires primitifs, « un moyen de féconder la terre, de rendre des forces à la nature languissante. »

Chez Mario Meunier, cette idée procède d'un ardent désir de communion parfaite avec la Magna Mater. Le prêtre eunuque s'assimilait si complètement à elle qu'il « participait à son pouvoir dispensateur de vie [174] ».

Graillot voit dans ce rite « le degré suprême de la cathartique [175] phrygienne ».

« Il réalise la communion parfaite entre l'homme et le dieu. Mais, à l'origine, l'éviration ne comportait pas cette idée de perfection et de sainteté. Comme les autres effusions de sang, et sous une forme atténuée, elle était un sacrifice de rançon. A l'origine, on sacrifiait quelques-uns des plus beaux adolescents de la tribu. Puis le sacrifice partiel par l'ablation et l'oblation des organes virils, put racheter le sacrifice complet de la vie. Chez d'autres peuples, il s'était atténué jusqu'à la simple circoncision, qui consacre une classe privilégiée ou tout un peuple. Chez les Phrygiens, il garde son caractère sauvage mais aussi sa vertu plénière. Nul sacrifice n'apaise mieux la Divinité. Il est, pour le myste [176], la plus complète des expiations. Rien n'égale sa vertu car il confère la chasteté perpétuelle qui est l'état de perfection. Les galles, qui se sont séparés du monde profane, sont marqués du sceau d'élection et d'alliance qui leur assure après la mort une béatitude éternelle. »

Dans le langage imagé des Mystères, leur acte sanglant devient « la moisson sacrée et ineffable d'Attis », dieu du blé. Ces moissonneurs « qui ont coupé l'épi mûr avec la faucille » savent que des grains de blé renaît la Vie nouvelle.

Leur mutilation les assure de leur résurrection et de leur félicité éternelle.

Cette même mutilation devint, plus tard, un symbole du renoncement aux appétits charnels. L'empereur Julien, dans son traité *Sur la Mère des Dieux* se reconnaît redevable à la Déesse de lui avoir commandé de se mutiler « non du corps sans doute, mais de tous les appétits déraisonnables ».

Sans doute Origène, un Père de l'Église qui s'émascula lui-même, nous donne-t-il la signification la plus profonde : la section du sexe qui sépare fait retourner le galle à l'Androgyne primordial : « Attis se mutile, c'est-à-dire se sépare des parties matérielles et inférieures de la création, pour passer à l'existence éternelle de là-haut, où il n'y a ni mâle ni femelle, mais une nouvelle créature, un homme nouveau qui est androgyne [177]. »

Par son sacrifice, il abolit la différence et s'immortalise.

En signe de résurrection, témoins de l'immortalité conquise, un amandier et des violettes pousseront sur la tombe du jeune dieu.

Chapitre V
Jusque dans les étoiles

Les violettes poussent aussi sur la tombe de la nymphe Sagaritis, car l'amour, seul l'amour, immortalise.

Il est antérieur à la vie ont affirmé les cosmogonies orphiques et brahmaniques. Il est plus fort que la mort, nous a révélé le Cantique.

L'amour d'Isis et d'Osiris, qui s'aimèrent dans le ventre de leur mère (*in utero*), se perpétue au delà de la mort, jusque dans les étoiles.

L'inceste divin

On se souvient qu'avant de connaître César, Cléopâtre VI avait épousé son frère Ptolémée XV. Était-ce une coutume propre à la famille Ptolémée ? On pourrait le croire quand on constate, pour faire court, que Ptolémée VIII épousa sa belle-sœur puis sa nièce, que Ptolémée XII épousa sa belle-mère, ou que la fille de Cléopâtre IV, Bérénice III, épousa ses deux demi-frères. Mais en agissant ainsi, la dynastie macédonienne se conformait seulement à l'antique usage qui voulait, chez les bâtisseurs des pyramides, qu'on accédât au trône par les femmes.

Les historiens modernes voient dans ces mariages incestueux une stratégie de conservation du pouvoir dans une seule famille... C'est faire bien peu de cas de la réelle intensité du sentiment religieux qui prévalait chez les Égyptiens.

En réalité, le pharaon n'était pas, pour ce qui concernait son existence physique, engendré par son père mortel, mais par Amon-Rê qui s'unissait effectivement à la reine qui devenait sa mère [178].

Les cérémonies qui président à la naissance du futur souverain nous sont connues par les textes des pyramides. Ils ne sont pas invariables, mais s'ordonnent le plus souvent de la façon suivante : c'est Amon-Rê qui informe en premier lieu les dieux, lors de leurs assemblées solennelles, de la prochaine naissance d'un nouveau roi. Thot prononce alors le nom de la reine qui sera mère. Puis Amon-Rê, sous les traits du roi régnant, se rend auprès de la reine endormie, qui s'éveille en percevant le parfum du dieu et sourit à Sa majesté. Amon-Rê lui annonce le nom du futur roi et s'unit à la reine. Khnoum, le dieu bélier créateur, façonne le corps de l'enfant sur son tour de potier ; Heket insuffle la vie à la figure de terre. Khnoum et Heket conduisent la reine enceinte vers le lieu de l'accouchement. Naît alors l'enfant roi bientôt allaité par la déesse Hathor.

Ainsi en allait-il de la création de l'enveloppe charnelle du souverain. Son accession au trône, dont les implications cosmiques étaient considérables, obéissait à une autre logique qui faisait de lui, après les cérémonies initiatiques convenables, la réincarnation du divin Horus, fils d'Isis et d'Osiris, petit fils de Geb, la terre.

Les « individualités » apparemment concernées ne sont que les supports humains de l'Énergie divine en œuvre dans le monde. « Le père humain, le pharaon régnant, n'est qu'un "passage", explique Jean Hani, il sert seulement d'intermédiaire à la puissance divine. » La mère humaine conçoit « spirituellement ». Pour éviter la déperdition de cette Énergie vitale et transfiguratrice de l'Univers, il convient d'en réserver l'exercice et les vertus aux membres d'une même famille désignée par des dieux qui pratiquent eux-mêmes l'inceste pour les mêmes essentielles raisons.

L'exemple venait d'En-Haut.

Se souvient-on qu'Isis et Osiris étaient jumeaux ? Et que leur passion l'un pour l'autre fut si vive qu'ils s'unirent dans le ventre de leur mère ?

On ne peut que rapporter ici, pour l'importance des jeux symboliques dont elle témoigne, la geste entière, d'après Plutarque, des amours de la déesse et du dieu, sa mort, son démembrement, sa résurrection, et son triomphe final, en la personne d'Horus (son fils posthume – sa réincarnation) sur les génies du Chaos représentés par le serpent Typhon.

La « fable » est tortueuse à souhait. Nous ne pouvons en escamoter le moindre détail en raison des informations qu'elle transmet sur le polymorphisme [179] d'Isis, cette déesse dont les fidèles, dans l'Empire romain finissant, feront le prototype d'un monothéisme féminin qui concurrença sérieusement le christianisme.

« Les mathématiciens, nous avertit Plutarque, disent que l'arc-en-ciel est une image du soleil et que la variété de ses couleurs est l'effet de la réfraction que ses rayons éprouvent dans la nuée. De même cette fable est la représentation d'un objet qui réfléchit naturellement notre pensée sur un autre (en nous) qu'il s'agit de découvrir. »

A chacun de se nourrir, suivant son appétit, des multiples sens cachés de la fable.

Les amours d'Isis et d'Osiris

« La déesse Rhéa, rapporte Plutarque, avait eu un commerce secret avec Saturne. »

Jaloux, le Soleil, qui s'en était aperçu, prononça une malédiction contre elle : elle ne pourrait accoucher dans aucun mois ni aucune année...

« Mercure, qui aimait cette déesse et qui en était "bien traité", joua aux dés avec la Lune et lui gagna la soixante-dixième partie de ses clartés. Il en forma cinq jours, qu'il ajouta aux trois cent soixante de l'année. Les Egyptiens appellent ces jours : les jours épagomènes, et les célèbrent comme l'anniversaire de la naissance de leurs dieux. »

Osiris naquit le premier jour. Au moment de sa naissance, on entendit une voix annoncer que le maître de toutes choses arrivait à la lumière...

« Le second jour naquit Arouëris, ou Apollon, que quelques uns appellent l'ancien Horus. Le troisième jour Typhon vint au monde, non à terme et par la voie ordinaire, mais en s'élancant par le flanc de sa mère qu'il déchira. »

Isis naquit le quatrième jour, dans les marais.

Et le cinquième Nephtys.

Dans les entrailles de Rhéa, les filiations n'étaient pas si simples puisqu'on estime généralement qu'Osiris et Arouëris avaient eu pour père le Soleil, qu'Isis était la fille de Mercure, et Typhon et Nephtys, leurs demi-frères, étaient les enfants de Saturne.

« On rapporte encore que Typhon épousa Nephtys ; et qu'Isis et Osiris, épris d'amour l'un pour l'autre, s'unirent dans le sein de leur mère. De cette union formée dans les ténèbres naquit Arouëris, que les Égyptiens appellent le vieil Horus, et les Grecs Apollon.

Dès qu'il fut monté sur le trône d'Egypte, Osiris retira les Égyptiens de la vie sauvage et misérable qu'ils avaient menée jusqu'alors ; il leur enseigna l'agriculture, leur donna des lois et leur apprit à honorer les dieux. Ensuite, parcourant la terre, il adoucit les mœurs des hommes, les attirant presque tous par la persuasion, par les charmes de la parole et ceux de la musique.

Pendant son absence, son demi-frère Typhon n'avait osé rien entreprendre, parce qu'Isis administrait le royaume avec autant de vigilance que de fermeté, mais il tendit des embûches à Osiris lors de son retour et fit entrer dans la conjuration soixante-douze complices. Il fut secondé aussi par la reine d'Ethiopie, qui se nommait Aso. »

Comment procéda-t-il ? D'une manière bien peu subtile à notre avis. Et il fallait que l'heure d'Osiris fut marquée par les destins pour que Typhon réussisse à le berner si facilement.

« Typhon donc avait pris furtivement la mesure de la taille d'Osiris et avait fait faire un coffre de la même grandeur, très richement orné, qu'on apporta dans la salle d'un festin qu'il offrit en l'honneur d'Osiris. Tous les convives admiraient le coffre. Typhon affirma, comme en plaisantant, qu'il en ferait présent à celui des convives qui, s'y étant couché, le trouverait justement à sa taille. Chacun d'eux l'essaye. Il ne convient à personne. Osiris y entre et s'y étend. Il est à sa pointure... A l'instant les conjurés accourent, ferment le coffre, et pendant que les uns en clouent le couvercle, les autres font couler sur les bords du plomb fondu pour le sceller définitivement. Puis ils le jettent dans le Nil, d'où il fut poussé par le courant jusqu'à la mer...

Cette conjuration eut lieu le 17 du mois d'athyr [180] où le soleil parcourt le signe du Scorpion, la vingt-huitième année du règne d'Osiris assurent certains historiens ; d'autres disent de son âge et non pas de son règne. »

La quête d'Isis

« Isis ne fut pas plus tôt informée du décès d'Osiris, qu'elle coupa une boucle de ses cheveux et prit une robe de deuil...

Elle courait de tous côtés, livrée aux plus cruelles inquiétudes, et s'informant auprès de tous ceux qu'elle rencontrait du coffre fabuleux et funèbre qui faisait l'objet de ses recherches. Enfin, elle rencontra de petits enfants à qui elle fit la même question. Ils l'avaient vu par hasard et lui dirent par quelle embouchure les amis de Typhon l'avaient poussé dans la mer...

Isis apprit, par la même occasion, qu'Osiris, son frère, son époux, avait eu, par erreur et sans le faire exprès, commerce avec Nephtys, sa sœur, qui en était amoureuse, et qu'il l'avait prise pour Isis... Elle se mit alors à la recherche de l'enfant que sa mère avait exposé aussitôt après sa naissance. Conduite par des chiens qui allaient à la découverte, Isis le trouva, non sans peines, et se chargea de le nourrir. Elle le prit ensuite pour son gardien et son compagnon de voyage et lui donna le nom d'Anubis.

Elle apprit bientôt que le coffre, porté par les flots de la mer auprès de la ville de Byblos (en Phénicie), avait été déposé doucement sur un buisson, qui, en peu de temps, était parvenu à un tel degré de grandeur et de beauté, que son tronc avait enveloppé et recouvert entièrement le coffre, en sorte qu'on ne pouvait l'apercevoir. Le roi du pays, frappé de la grandeur de cet arbre [181], en avait fait couper le tronc qui cachait le coffre en son sein. Il en avait fait une colonne qui soutenait le toit de son palais.

Isis en fut avertie par une révélation céleste. Elle se rendit à Byblos et s'assit auprès d'une fontaine, les yeux baissés, versant des larmes, sans adresser la parole à personne. Elle salua seulement les esclaves de la reine, leur parla avec bonté, arrangea leurs cheveux, et leur communiqua l'odeur délicieuse qui s'exhalait de son corps. La reine, frappée de la coiffure de ses esclaves et de l'odeur agréable qu'elles répandaient, voulut connaître l'étrangère. On la fit venir, et la reine, dont elle devint l'amie, lui donna un de ses enfants à nourrir. »

La reine s'appelait Astarpé.

« Isis, pour nourrir l'enfant, lui mettait, au lieu de mamelles, le doigt dans la bouche ; la nuit, elle le passait dans le feu pour consumer ce qu'il y avait en lui de mortel, et prenant la forme d'une hirondelle, elle allait se placer sur la colonne et déplorait la perte d'Osiris. Une nuit, la reine l'ayant observée, et voyant son fils dans les flammes, elle jeta de grands cris, et le priva par là de l'immortalité. Alors la déesse se fit connaître et demanda la colonne qui soutenait le toit. Elle lui fut accordée, et, ayant coupé le tronc, elle l'enveloppa d'un voile, y répandit des parfums et le remit au roi et à la reine. »

A l'époque de Plutarque, cet arbre et son voile, étaient exposés, à Byblos, dans le temple d'Isis, où le peuple l'honorait.

« Une fois le coffre dégagé, la déesse se jeta dessus et poussa des cris si affreux, que le plus jeune des fils du roi en mourut de frayeur. Isis, accompagnée de l'aîné, s'embarqua avec le coffre, et fit voile pour l'Egypte...

Isis se rendit ensuite à Butis, où son fils Horus était élevé. Elle déposa le coffre dans un lieu éloigné de la vue des hommes ; mais Typhon, en chassant la nuit au clair de lune, trouva le coffre, et, ayant reconnu le corps d'Osiris, il le coupa en quatorze parties, qu'il dispersa de côté et d'autre. Isis l'apprit. Elle monta sur une barque faite d'écorce de papyrus, et parcourut les marais voisins pour les chercher... A mesure qu'Isis trouvait une partie du corps d'Osiris, elle lui élevait une sépulture dans le lieu même.

Et c'est pour cela, explique Plutarque, qu'on voit en Egypte plusieurs tombeaux d'Osiris. D'autres disent qu'elle fit faire plusieurs représentation d'Osiris et qu'elle en donna une à chaque ville, en leur faisant croire que c'était le corps même du "prince". Elle voulait qu'il fût plus largement honoré, et que, si Typhon venait à l'emporter sur Horus, et cherchait à découvrir où était le tombeau d'Osiris, le grand nombre de ceux qu'on lui montrerait le découragerait de découvrir le véritable...

Il n'y eût que le phallus d'Osiris qu'Isis ne retrouva point, parce que Typhon l'avait immédiatement jeté dans le Nil, où le lépidote, le pagre et l'oxyrinque l'avaient dévoré... »

Pour remplacer cette perte, la déesse en fit faire une représentation et elle consacra le phallus dont les Égyptiens célébrèrent la fête « jusqu'à l'époque de Dioclétien »...

La résurrection d'Osiris

« Depuis le séjour des enfers, Osiris apparut à son fils Horus, et l'instruisit dans l'art des combats. Puis il lui demanda quelle action il regardait comme la plus glorieuse : "C'est, répondit Horus, de venger les torts qu'auraient essuyés un père et une mère".

On dit qu'une foule d'Égyptiens passèrent alors dans le parti d'Horus. »

La concubine même de Typhon, nommée Thouëris, l'abandonna.

« Le combat entre les deux puissances célestes dura plusieurs jours et Horus remporta la victoire.

Mais Isis ayant trouvé Typhon enchaîné, ne le fit point périr [182]. »

Au contraire, elle le délia et lui rendit sa liberté.

« Horus, dans l'indignation qu'il en conçut, porta la main sur sa mère et lui arracha les marques de la dignité royale qu'elle portait sur sa tête. »

L'affaire connut des suites judiciaires : Typhon intenta un procès à Horus sur sa légitimité. Mercure témoigna, le fit reconnaître par les dieux, et vainquit Typhon dans deux autres combats.

Isis, enfin, retrouva le phallus d'Osiris. Elle le lui restitua et, ce faisant le ressuscita. Elle eût commerce avec Osiris ressuscité. Elle en conçut un fils boiteux qui naquit avant terme. On lui donna le nom d'Harpocrate.

L'âme d'Isis brille maintenant dans les cieux au rang des astres. Elle est appelée Sothis par les Égyptiens et La Canicule par les Grecs.

La constellation d'Horus est Orion, celle de Typhon la Grande Ourse.

Puissent-elles nous éclairer !

Chapitre VI
La folie Tristan

« Quand le soir tomba, sur la nef qui bondissait vers la terre, ils s'abandonnèrent à l'amour ».

Ce couple moderne qui « fait l'amour en mer » est un couple célèbre.

On le nomme Tristan. Elle s'appelle Yseult.

Sur le bateau qui la conduit vers l'époux, Yseult aime et maudit Tristan ; Tristan aime Yseult et maudit sa mission.

Puis les vents sont tombés. Le long du mât, les voiles se sont dégonflées.

Tristan a fait atterrir sur une île. Chevaliers et mariniers sont descendus au rivage. Yseult est demeurée, avec une servante, sur le navire.

« Tristan vînt vers la reine. Il tâchait de calmer son cœur. Comme le soleil brûlait [183] et qu'ils avaient soif, ils demandèrent à boire. L'enfant chercha quelque breuvage, tant qu'elle découvrit le coutret confié à Brangwen par la mère d'Yseult ».

Dans ce coutret est enfermé un philtre qui rend amoureux. « Ceux qui en boiront ensemble, avait prédit la mère d'Yseult, s'aimeront de tous leurs sens et de toute leur pensée, à toujours, dans la vie et la mort. »

« J'ai trouvé du vin, leur cria la servante. »

« Non, ce n'était pas du vin, c'était la passion, c'était l'âpre joie et l'angoisse sans fin, et la mort », commente le poète.

« L'enfant emplit un hanap et le présenta à sa maîtresse. Elle but à long traits, puis le tendit à Tristan, qui le vida.

« A cet instant, Brangwen entra et les vit qui se regardaient en silence, comme égarés et comme ravis. Elle vit devant eux le vase vide et le hanap. Elle prit le vase, courut à la poupe, le lança dans les vagues et gémit : “Malheureuse ! Maudit soit le jour où je suis née et maudit le jour où je suis montée sur cette nef ! Yseult, amie, et vous, Tristan, c’est votre mort que vous avez bue” [184] ! »

Les exploits de Tristan

Tristan est le fils de Rivalen, duc de Loonois, et de Blanchefleur, sœur de Marc, roi de Cornouailles. Orphelin dès sa naissance, il a été élevé par le sénéchal de son père, Rohalt-le-Foitenant, et enseigné par maître Governal, son écuyer. Quand il rejoint, anonymement, vers ses quinze ans, la cour de son oncle, le roi Marc, il est le plus beau, le plus courageux et le plus habile des chevaliers. A l’époque où le récit de ses épreuves commence, la Cornouailles est tenue de payer un tribut humain au roi d’Irlande. Un géant, frère de la reine d’Irlande, le Morholt, vient réclamer, tous les quatre ans, trois cent jeunes gens et autant de jeunes filles qu’il emmène en Irlande et qu’on ne revoit pas. Tristan affronte le géant. Il le tue, après un âpre et long combat, non sans dommage : le Morholt l’a blessé avec une arme empoisonnée. La blessure pourrit dangereusement. Pas un médecin, pas un saint, pas même une sorcière cornouaillaise qui sache guérir sa plaie. Tristan alors choisit la mer pour tombeau. Sans espoir de retour, il s’embarque sur une *barge* sans voiles, sans rames et sans gouvernail, n’emportant avec lui que sa harpe.

Les vents et les courants le portent sur la côte d'Irlande. S'il était reconnu, le vainqueur du Morholt serait perdu. Mais le blessé choisit de s'appeller Tantris. La sœur du Morholt, reine d'Irlande et mère de la blonde Yseult, experte guérisseuse, avec l'aide de sa fille, le soigne longuement, savamment.

Sans savoir qui il est, elles le sauvent.

La véridique histoire de Tristan finirait-elle à cet instant, elle suffirait, d'un point de vue initiatique, à nous enseigner l'essentiel.

Savoir : il nous est toujours possible d'affronter et de vaincre le mauvais géant qui nous rançonne. On n'en sort pas indemne. Mais les blessures qu'il nous inflige sont guérissables.

Suffit de savoir embarquer, sans gouvernail, sans rames et sans voiles, à la grâce de Dieu. Oublier son nom d'homme. Et ruser avec les parentes du monstre. D'où vient la blessure, viendra aussi l'onguent.

Afin, cependant, de nous enseigner davantage, le conte continue.

Notre héros, rétabli, est à peine revenu au royaume de Cornouailles, que les barons, jaloux de sa gloire, et peu envieux de voir un jour Tristan hériter la royauté [185], s'emploient à convaincre le roi Marc de prendre épouse. Marc hésite jusqu'au jour où, au cours d'un conseil qui a lieu pour en débattre, une hirondelle dépose sur sa coupe un long cheveu de femme blonde. Le roi y trouve un prétexte à lever la séance : « Voilà qui nous indique la voie. L'oiseau a désigné qui doit être mon épouse. La dame à qui ce cheveu appartient sera reine et nulle autre !... »

Tristan s'offre à quérir la dame aux cheveux d'or. Il soupçonne que c'est un cheveu d'Yseult que l'hirondelle a apporté, et s'en retourne en Irlande.

Le pays est alors ravagé par un redoutable dragon qui crache flamme et fumée par la gueule et ravage tout sur son passage. Tristan tue le dragon. Une nouvelle blessure requiert les soins de l'habile reine qui reconnaît en lui le meurtrier du Morholt, son frère. Mais il est pardonné, à cause de son nouvel exploit, et, comme le roi d'Irlande avait fait publier que sa fille Yseult serait à celui qui vaincrait le dragon, Tristan peut « enlever » la princesse pour la conduire à son futur époux, le roi Marc. Avant l'embarquement, la mère d'Yseult a brassé, selon son haut savoir de magicienne, une potion herbée, qu'on appelle aussi le boire amoureux, dont elle confie un barillet à Brangwen, lui recommandant de n'en donner à boire qu'au roi Marc et à la belle Yseult, quand ils seront couchés pour la nuit de leurs noces. L'efficace de ce breuvage est tel que ceux qui en goûtent s'aiment merveilleusement pendant trois années [186].

Il leur assure, ensuite, un amour que rien ne peut briser.

Retrouvons nos héros sur la nef qui tranche les vagues.

A mesure qu'elle s'éloigne des côtes d'Irlande, Yseult se lamente. Sous le pavillon où le protocole l'a recluse, elle pleure au souvenir de son pays. Quand Tristan s'approche d'elle pour « l'apaiser par de douces paroles », elle s'irrite. Elle le repousse et la haine gonfle son cœur.

« L'ayant conquise, Tristan la dédaignait. Arrachée par la ruse à sa mère et à son pays, il l'emportait, comme une proie, vers la terre ennemie ! Le beau conte du cheveu d'or n'était que mensonge. C'est à un autre qu'il la livrait...

« Chétive, se plaignait-elle, maudite soit la mer qui me porte ! Mieux aimerais-je mourir sur la terre où je suis née que vivre là-bas [187] !... »

Mais l'Amour triomphe des convenances. Le vin herbé est un alibi qui ne leurre pas les amants. Yseult se sait éprise de Tristan. Elle le défie : « Je gage que vous avez plus peur d'une femme que d'un dragon ? » Tristan sourit. Yseult regrette les heureux moments passés à l'écouter harper. « Ah ! Je voudrais encore ouïr vos beaux poèmes et vos belles histoires, mon doux seigneur, apprendre encore de vous l'art des contes et des lais... »

Tristan fait le naïf : « Pourquoi m'appeller seigneur ? Ne suis-je pas, au contraire, votre vassal ? N'êtes-vous pas ma reine et ma dame ? »

Yseult : « ... Tu le sais que ta force me domine et que je suis ta serve ! »

Tristan : « Yseult, qu'est-ce qui vous tourmente ? »

Elle : « Tout ce que je sais me tourmente, et tout ce que je vois. Ce ciel me tourmente, et cette mer, et mon corps et ma vie ! »

« Elle posa son bras sur l'épaule de Tristan ; des larmes éteignirent le rayon de ses yeux, ses lèvres tremblèrent ; il répéta : "Amie, qu'est-ce donc qui vous tourmente ?" Elle répondit : "L'amour de vous." Alors il posa ses lèvres sur les siennes [188]. »

Et, le soir même, ils s'adonnèrent à l'amour.

Le vent gonfle à nouveau les voiles. La nef avance. Le port est bientôt en vue. Tristan remet Yseult à Marc. Yseult reçoit l'anneau et ceint la couronne. Brangwen se substitue à elle, pendant la nuit de noces, afin que le roi ne puisse soupçonner la reine de n'être pas vierge. Le roi est satisfait de son épouse et l'on mène grande liesse pendant plusieurs jours. Puis les fêtes finissent. Le roi reprend ses chasses et ses occupations ordinaires. Yseult revoit Tristan en cachette. Le nain Frocin les surprend en train de s'accoler et de s'embrasser « sur la bouche ». Le comte Andret voit les amants « gésir » dans le lit du roi. Tristan est exilé.

S'agit-il maintenant, pour nos héros, d'épreuves initiatiques encore ou des tribulations ordinaires d'amants dont l'entourage réprouve la passion ?

Pouvons-nous encore deviner ou comprendre quel message délivrent leur geste et leurs propos ?

Sans doute. Si nous savons suivre, avec une sympathie étymologique [189], leurs pas et *pourpensements*.

Quatre épisodes sont essentiels à la compréhension de l'histoire : le rendez-vous « au pied du pin », l'exil en la forêt de Morrois, le jurement du Mal Pas, la floraison des tombes. Nous rapporterons les trois premiers d'après l'authentique Béroul, et aurons recours au Tristan de Bédier pour les dernières scènes [190].

L'entrevue sous le pin

Tristan donc est exilé. Avant qu'il ne parte les deux amants ont un rendez-vous secret au pied d'un pin qui surplombe une mare. Le nain Frocin, qui a lu dans les astres leur projet de rencontre, en a informé Marc. Le roi se dissimule dans le pin. Yseult arrive au lieu du rendez-vous. Va-t-elle se trahir ? Grâce à Dieu, non. Elle aperçoit le reflet du roi dans l'eau et prévient Tristan par un discours habile.

« Sire Tristan, par Dieu le roi [191]*,*
Quel péché me faîtes-vous commettre,
Me mandant à cette heure !
Et elle feint de pleurer.
Par Dieu, qui fit l'air et la mer,
Ne me mandez plus jamais.
Car je vous assure, Tristan,
Quelqu'en soit ma peine,
Je n'y viendrais pas. »

Après cette déclaration de principe bien faite pour rassurer le roi, la reine subtile va se disculper, développer une apologie vraisemblable de leur comportement et requérir contre les félons qui l'ont dénoncée.

Elle prend d'abord Dieu à témoin que :

Personne, excepté celui qui (l)'eût pucelle,
N'a joui de (ses) amours un seul jour.

Puis elle s'adresse à Tristan :

« Les félons de cette cour [...],
Font croire au roi, me semble-t-il,
Que nos amours s'accordent ensemble.
Sire, vous n'en n'avez le goût,
Ni moi, par le Dieu Tout-Puissant,

N'ai volonté de galanterie
Qui tournerait à vilainie.
Mieux vaudrait que je fusse brûlée
Et mes cendres répandues au vent
Plutôt que vivre amour
Avec autre homme que mon seigneur ! »

Le roi sait-il pourquoi elle aime Tristan ?

« Certes, Tristan, le roi ne sait pas
Que je vous aime pour l'amour de lui :
Vous m'êtes cher parce que
Vous êtes son parent.
Je pensais bien autrefois que ma mère
Aimait beaucoup les parents de mon père.
Elle disait que jamais femme
N'avait pour son seigneur un amour vrai
Si elle n'en n'aimait la parentelle.
Et je sais bien qu'elle disait vrai.
Sire, pour lui je t'ai beaucoup aimé
Et j'ai perdu sa confiance... »

Tristan :
« Ses hommes lui ont fait accroire
De nous aucune chose qui soit vraie... »

Yseult :
« Que voulez-vous dire, Tristan ?
Le roi mon sire est très courtois
Et jamais de lui-même il n'eût telles
Pensées si elles ne lui furent soufflées.
Ainsi peut-on homme dévier
Le faire mal-faire et le tromper... »

Comme ils ont l'âme basse et combien sont laids, les barons félons qui abusent son époux ! Ceux-là qui n'eurent pas le courage d'affronter le Morholt feraient mieux de se taire, car c'est en souvenir des soins qu'il reçut d'elle que Tristan est justifié d'aimer Yseult.

« Mieux eût-il valu que vous mourûtes
De la blessure que vous eûtes
En la bataille que vous fîtes
Avec mon oncle ? Je vous guéris.
Que vous m'en aimiez
N'est pas merveille, par ma foi !
Et ils ont fait entendre au roi
Que vous m'aimiez d'amour vilaine... »

Le roi serait bien avisé de croire les gens pour ce qu'ils sont et non pour ce qu'ils disent. Et si tels sont les vassaux de Marc,

« Qu'ils voient ainsi Dieu et son règne,
Aucun d'eux ne verra la face (de Dieu)
Ni n'entrera dans son Royaume."

En deux vers, Yseult révèle le grand secret et la magie de l'histoire : c'est un amour divin qui les unit. A travers les épreuves, le Dieu d'Amour les a réunis. Qui qualifie leur amour de « vilaine » blasphème le vrai Dieu, le Dieu de l'Amour, le Dieu d'Amour [192] et n'en connaîtra pas le Royaume [193]. Car il n'est si grand péché que de confondre Dieu d'Amour et Roi du Monde. Les amants ont fait la distinction.

En la forêt Morrois

L'entrevue sous le pin a convaincu le roi de l'innocence des amants. Tristan revient à la cour. Mais le délégué du « dieu » ennemi des amants, un nain qui prophétise en observant les mouvements de l'étoile Lucifer [194], ourdit un nouveau piège. Il sème de la farine entre le lit d'Yseult et celui de Tristan. Tristan a deviné la machination. Il saute d'un lit à l'autre. Mais dans l'effort, une vieille blessure se rouvre et le sang qui en coule rougit le sol. Marc et les barons (Godoïnë, Guenelon et Danoalan), surgissent. Les amants sont confondus. Condamné à mort, Tristan s'évade et délivre Yseult qui devait, pour son châtiment, être livrée aux lèpreux. Ils échappent à leurs poursuivants.

Tristan s'en va avec la reine...
Yseult s'esjouit, ne s'inquiète plus.
La nuit, ils dorment sur un mont
En la forêt de Morrois où ils sont.
Là, Tristan est aussi sûr
Qu'à l'abri du mur d'un château.

Il fait une cabane : avec l'épée qu'il tient
Tristan tranche les branches,
Fait l'armature. Sous épaisse jonchée
Yseult la dissimule.
Tristan s'asseoit avec la reine.
Gorvenal, qui sait la cuisine,
De bûche sèche fait bon feu.

Pas facile de cuisiner !
Ils n'avaient ni lait ni sel

Cette fois-ci en leur hôtel.
La reine était fort lassée
Pour la peur qu'elle avait eue.
Le sommeil la prend. Elle veut dormir.
Sur son ami, elle veut dormir.

Seigneurs, ainsi vivent longtemps,
En la forêt profonde, les amants.

Ils sont longtemps « en ce désert », jusqu'à ce qu'un forestier les trahisse et les dénonce au roi qui les découvre.

Au lieu dit, Marc

... délace son manteau
Dont les agraphes sont d'or fin :
Dévêtu, c'est un bel homme.
Il sort l'épée de son fourreau,
Furieux s'avance et souvent dit
Qu'il veut mourir s'il ne les tue !
L'épée nue, il entre dans la loge,
Lève l'épée pour un coup,
En telle colère qu'il se troubla
Tandis que le coup s'abattait sur eux.
S'il les tuait, ce serait un grand deuil !
Quand il vit qu'elle avait sa chemise,
Qu'entre eux avait espace,
Que leurs bouches n'étaient pas jointes,
Et quand il vit l'épée nue
Qui entre eux deux les séparait,
Et les braies que Tristan avait :
« Dieu, dit le roi, qu'est-ce que cela peut-être ?
Là, je vois tout de leur façon d'être !

Je ne sais que faire :
Les tuer ou m'en aller ?
Ils vivent au bois depuis longtemps.
Je veux bien croire, si j'ai du sens,
Que s'ils s'aimaient follement,
Jamais ils n'eussent ces vêtements.
Entre eux ne serait pas l'épée.
Autrement seraient-ils assemblés !
J'avais volonté de les tuer :
Ne les toucherai. Je ravalerai ma colère.
Ils n'ont volonté de folle amour.
N'en ferai rien. Ils dorment ;
S'ils étaient blessés par moi,
Je commettrais une grande faute.
Et si j'éveille cet endormi
Qu'il me tue ou que je le tue,
On en dira beaucoup de mal [195] .
Je leur ferai démonstration
Telle que, quand ils s'éveilleront,
Ils devineront, certainement,
Qu'ils ont été trouvés dormants,
Et que j'eus d'eux pitié.
Que je ne voulus les occire,
Ni moi ni gens de mon empire.
Je vois, au doigt de la reine
L'anneau de pierre émeraudine
Que lui donnais (Comme elle est belle !) ;
Et j'en ai un qui fut à elle.
J'ôterai le mien de son doigt.
[...]
Si doucement l'enlève que le doigt ne bouge.
La première fois, il le mit en forçant,
Mais elle avait les doigts si grêles

Que, sans effort, lors s'en alla.
Bien sait aussi le roi tout doux tirer
D'entre eux l'épée qui les sépare.
Et il y met la sienne en place.
Et s'en va, les laissant dormir.

La majorité des traducteurs ou commentateurs de la geste voient dans l'échange des épées un signe de pardon. C'est aussi ce que chante Béroul : ému, troublé, le roi les épargne. Mais, dans l'esprit des temps celtiques pendant lesquels s'élabora la légende, nous y verrons plutôt un hommage hautement symbolique.

L'épée du souverain remise à Tristan, dans son sommeil, est le geste par lequel le roi Marc reconnaît que la souveraineté véritable appartient aux amants et que l'amour est royauté.

A leur réveil, nos amoureux ne se sentent pas pardonnés. Ils prennent peur, au contraire. Et chacun pleure le sort de l'autre.

La reine vit sur son doigt
L'anneau qu'elle lui avait donné.
Le sien avait été ôté.
Elle cria : « Sire, pitié !
Ici, le roi nous a trouvés.
Il lui répond : « Dame, c'est vrai.
Maintenant, il faut quitter Morrois.
Il a pris mon épée et m'a laissé la sienne :
Bien eût pu nous avoir occis.
– Vraiment, Sire, c'est mon avis.
– Belle, il n'y a plus qu'à fuir.
Il nous laissa pour nous trahir.

Il était seul. Il pense vraiment
Nous prendre. Il est allé chercher ses gens.
Enfuyons-nous vers Galles. Dame,
Le sang me fuit. »

L'amour aussi fuit les amants. Les trois années durant lesquelles le philtre accomplissait son plein effet sont achevées.

Au lendemain de la Saint-Jean
Furent accomplis les trois ans
Qui étaient assignés au vin.

Les amants reviennent au monde. Ils prennent conscience de la « triste » vie qu'ils s'affligent l'un à l'autre. Une porte solsticiale s'est refermée. L'heure du « repentir » a sonné. Tristan implore le Dieu du monde :

A Dieu, qui est sire du monde,
Je crie merci, et le prie de me donner
Telle force d'âme que je puisse
Laisser en paix la femme de mon oncle.

Ainsi fut fait. L'ermite Ogrin plaide leur cause auprès du roi. Marc reprend sa femme. Tristan doit s'éloigner. Mais les effets du philtre, absolus pendant trois ans, ne cessent jamais en fait. Yseult et Tristan ont des rendez-vous secrets dans la maison du forestier Orri. Les barons continuent de soupçonner la reine, qui s'en plaint à son époux.

La belle Yseult, qui sait parler,
Tout simplement a dit au roi :

« Sire, quel mal dit-on de moi ?
Chacun peut dire ce qu'il pense.
A part vous, personne ne me défend :
Et pour cela, ils me cherchent du mal.
Puissent-ils être malement maudits
De Dieu, le Père céleste,
Pour toutes les fois qu'ils m'ont froissée ! »

Pour se disculper définitivement, elle obtient de prouver son innocence par un jugement de Dieu dont elle arrangera les circonstances.

« Si le Seigneur Dieu me vient en aide,
Jamais ne leur ferai d'excuse (aux barons)
Sauf une dont je déciderai.
Je me soucie bien peu des radotages.
S'ils veulent avoir mon serment
Ou bien passer par loi d'épreuve,
Jamais ne décideront si rudes conditions
Que je ne les remplisse. A la date
Qu'ils voudront, j'aurai, au lieu dit,
Avec moi, le roi Artus et sa mesnie.
Si je suis disculpée devant lui,
Qui m'aura vu justifiée saura bien combattre
Contre Cornot ou contre Saisne [196],
S'ils veulent encore me calomnier.
Voilà pourquoi il me convient qu'Artus
Et les siens y soient et voient si je suis justifiée.

Le jurement du « mal pas »

Elle fait prévenir Tristan par Périnis, son page, ami du héros.

« Dis lui qu'il connaît un marais,
Au bout du pont, au Mal Pas :
J'y ai déjà sali ma robe.
Qu'il vienne sur la butte, au bout du pont,
Un peu avant la Lande Blanche,
Vêtu comme un mendiant.
Qu'il porte avec lui un gobelet de bois
(Et une bouteille par-dessous),
Attaché par des nœuds avec une courroie ;
A l'autre main, qu'il tienne un bourdon,
Et qu'il apprenne bien son rôle.
Qu'il se tienne sur la butte, au jour dit,
Le visage bien boutonneux ;
Et tende un gobelet devant lui
A tous ceux qui passeront là
Leur demandant l'aumône simplement.
Ils lui donneront or et argent :
Qu'il me garde l'argent, jusqu'à ce
Qu'en privé, en chambre quiète, je le voie. »

Au jour fixé, Tristan est au Mal Pas.

Sur la butte, au bout du marais,
Tristan s'asseoit en attendant.
Il a planté devant lui son bourdon
Bien attaché à un cordon
Suspendu à son cou.
Alentour sont terres mouvantes.
Sur la butte, il se tient fermement.
Il ne semble pas contrefait,
Car il est grand et bien bâti.
Ni nain, ni tort, ni bossu.

Il a très bien ulcéré son visage.
Quand chacun passe devant lui,
Il dit en se plaignant : « Malheur à moi !
Jamais je ne pensais mendier
Ni me servir un jour de ce métier,
Mais on n'y peut rien désormais.
Tristan fait tirer les bourses aux passants
Et s'arrange si bien que chacun donne.
Il le reçoit. On ne dit mot.
Tel a été sept ans mendiant
Ne sait si bien contrefaire la misère.
Au nom de Dieu, la tête bien inclinée,
A tous venants, Tristan chine l'aumône.
Même aux coureurs à pieds
Et aux garçons les moins prisés
Qui vont mangeant par les chemins.
L'un donne, l'autre le frappe.
Vilains et misérables
Le traitent de fou ou de mendiant.
Tristan écoute. Ne répond rien
Et leur pardonne, au nom de Dieu. »

Tous les témoins dont la reine a requis la présence sont là. Ils ont franchi le gué. Survient la reine. Par ce côté du gué, Yseult vient seule. Il y a foule sur l'autre bord : Marc et Arthur, les deux rois avec leurs équipages. Yseult arrive avec son palefroi ; elle le fouette et il traverse le marais.

Elle s'adresse à son amant déguisé en lépreux :

– *Je veux avoir affaire à toi.*

Et il répond :

– Franche reine, et de bon air,
A toi irai sans me dérober,
Mais ne sais ce que tu veux dire.
– Je ne veux pas salir mes robes.
Tu me serviras d'âne pour me porter
Tout doucement dessus la planche...

Tristan s'exécute. Yseult l'enfourche comme un âne. Il lui fait traverser les planches. Alors, elle peut jurer ce qu'elle veut. « *Oyez, Seigneurs, comme elle fut rusée !* » car elle jure en effet, sans craindre de prendre Dieu et les saintes reliques à témoin :

« Seigneurs, par la Grâce de Dieu,
Je vois ici de saintes reliques.
Ecoutez donc ce que je jure ici
Et dont j'apporte la garantie au roi :
Par Dieu et saint Hilaire,
Par cette châsse et toutes les reliques
Qui sont au monde,
Et ne sont pas ici, je jure
Qu'entre mes cuisses n'entrèrent
D'autres hommes que le lépreux
Qui me fit traverser le gué
Et le roi Marc, mon épousé. »

Ainsi Yseult a-t-elle pris Dieu à témoin de son « innocence ». Le Dieu qui « sonde les reins et les cœurs » est-il dupe ou complice de la forfaiture ? La mise-en-scène est habile, et Yseult, à l'instant, ne ment pas. Si ce n'est « qu'entrer entre ses cuisses » ne peut avoir le même sens au sujet d'un âne ou à propos d'un roi. Le roman des amants est tissu de mensonges, d'impostures et de faux serments. Ils osent prendre Dieu à témoin qu'ils ne s'aiment pas, ni de *fine amor*, ni de *fole amor*, ni même d'*amor vilaine*... Un soupçon s'insinue : le Dieu des amants ne peut pas être le même Dieu que celui de Marc, de l'ermite Ogrin ou des barons ni tout-à-fait le même que le Dieu du poète.

N'importe quel théologien, qui n'aurait pas lu le texte même de Béroul, nous convaincrait facilement que les amants invoquent la Miséricorde de Dieu et le roi Sa rigueur, tandis que le poète et le bon père Ogrin savent composer avec les deux. Mais si l'on serre le texte d'un peu près, l'astuce ne tient pas. Les attributs de la puissance divine sont soigneusement répartis entre deux personnes, et la théologie discrètement exposée ici est assurément gnostique.

D'un côté, le Père *esperital*, *vrai père* ou *père céleste « qui jamais ne mentit »*, le Dieu régulièrement invoqué par les amants et la fidèle Brangwen, mais très rarement par le roi.

De l'autre, *cel seignor qui fist le mont* (le monde), *et totes les choses qui i sont*, le démiurge, invoqué par le roi, par Ogrin et les barons félons [197].

Le Père céleste est Amour et ne connaît que l'Amour. Le démiurge est partagé entre Rigueur et Miséricorde.

Quand Tristan invoque « le sire du monde », c'est pour obtenir la force d'âme qui lui permettra de se renoncer, d'abandonner Yseult, de se soumettre à la pesanteur des convenances. Quand Marc invoque le Père céleste, c'est qu'il a pris conscience, en un éclair, d'un Dieu Autre, et qu'au nom de ce Dieu-là, il doit non seulement pardonner aux amants, mais les vénérer et leur rendre l'hommage de l'épée.

Avec le Dieu du monde, tous les arrangements sont possibles. Il accepte et recommande (« l'on doit », affirme Frère Ogrin) que l'on « mente habilement, pour ôter le mal et couvrir la honte ». C'est aussi le Seigneur Dieu (*Damledé*) du poète : un Dieu bien honnête qui accomplit pour les amants de grands miracles et « les protège comme il lui plaît [198] », un Dieu « pleins de pitié » et qui ne veut pas la mort du pécheur. Le Dieu auquel Tristan croit (*icel Deu en qui je croi*), et auquel Yseult et Brangwen adhèrent, n'entre pas dans ces catégories. Il est au-delà du bien et du mal. C'est le Dieu qui permet à Brangwen de se substituer à Yseult pour la nuit des noces, le Dieu qui fait tourner à l'avantage des amants le piège de l'entretien sous le pin, le Dieu qu'ils invoquent dans ce qui paraîtrait, sans son auguste complicité, d'effroyables parjures.

Quand Yseult a fait à Brangwen le récit de la rencontre sous le pin, elle s'en est réjouie :

« Dieu, qui jamais ne mentit,
Nous a porté grand secours, ma Dame,
Quand il vous a fait quitter
Le rendez-vous sans rien faire plus,
Si bien que le roi n'a geste vu
Qui ne puisse être qu'en bien tenu.
Grands miracles vous a fait Dieu,
Qui est vrai père et tel
Qu'il n'a cure de faire souffrir
Ceux qui sont bons et loyaux. »

Loyaux envers l'époux ? Certes non ! Mais loyaux à l'Amour, au Dieu d'Amour et à eux-mêmes. Intégralement.

« Le passionné, a raison de souligner Michel Cazenave, ne connaît plus le sens de ces mots vulgaires : péché, interdit, mal, coupable [199]... » Nos amants en usent et en jouent pourtant, mais non d'un point de vue moral qui leur est (à peu près totalement) étranger, mais du point de vue de l'Amour (qui condamne le monde).

Tristan est-il exilé ? Yseult reproche au roi son péché, car c'est un grand péché (contre l'Amour) que le bannir [200]. Et elle clame haut et fort que, quoique le roi entreprenne, Dieu reste leur véritable ami (*verais ami*).

Car le Dieu d'Yseult et de Tristan est « le dispensateur de la passion vivante », le fiancé du Cantique des Cantiques. Non le potier de l'Eden, mais le Vivant de la Genèse [201].

La floraison des tombes

Peu après la scène du Mal-Pas, Tristan quitte la reine et la Cornouailles, comme il l'avait promis à son oncle en lui rendant Yseult-la-blonde [202]. En Bretagne, il épouse Yseult-aux-blanches-mains, la sœur d'un ami, « pour sa beauté et pour son nom ». Mais il ne parvient pas à l'aimer réellement et le mariage reste blanc.

Blessé à nouveau au combat, Tristan fait prévenir la reine dont la science peut seule le guérir. Il est convenu que le bateau qui emporte le messager arborera, à son retour, une voile blanche si Yseult est à bord, noire sinon.

Yseult accourt. La voile est blanche. Mais l'Yseult de la petite Bretagne, « folle de jalousie », annonce qu'elle est noire. Tristan en meurt. L'Yseult irlandaise ne débarque que pour embrasser son ex-amant et mourir à son tour de chagrin.

« Elle se tourna vers l'orient et pria Dieu. Puis elle découvrit un peu le corps, s'étendit près de lui, tout le long de son ami, lui baisa la bouche et la face et le serra étroitement : corps contre corps, bouche contre bouche, elle rend ainsi son âme ; elle mourut auprès de lui pour la douleur de son ami [203]. »

Quand le roi Marc sut la mort des amants, il fit ouvrer deux cercueils pour les faire ensevelir à Tintagel.

« Auprès d'une chapelle, à gauche et à droite de l'abside, il les ensevelit en deux tombeaux. Mais pendant la nuit, de la tombe de Tristan jaillit une ronce verte et feuillue, aux forts rameaux, aux fleurs odorantes, qui, s'élevant par-dessus la chapelle, s'enfonça dans la tombe d'Yseult. Les gens du pays coupèrent la ronce : au lendemain, elle renaît aussi verte, aussi fleurie, aussi vivace, et plonge encore au lit d'Yseult la blonde. Par trois fois, ils voulurent la détruire ; vainement.

Enfin, ils rapportèrent la nouvelle au roi Marc : le roi défendit de couper la ronce désormais [204]. »

Dans la plupart des versions, le roman en prose excepté, deux arbres poussent sur les tombes et entrecroisent leurs feuillages. Chez Eilhart [205], ce sont un rosier et une vigne qui naissent de la tombe d'Yseult et de Tristan.

C'est Eilhart qui a raison : le rosier d'Aphrodite aussi bien que la vigne de Dionysos sont des symboles d'amour et d'immortalité.

Chapitre VII
La gnose et le serpent

Attis et Saragitis, Isis et Osiris, Yseult et Tristan justifient la proclamation du Cantique :

« L'amour est plus fort que la mort... »

Ils révèlent aussi que l'amour est sacré, que la signification liturgique et les implications cosmiques de l'acte d'amour sanctifient ses acteurs humains ou divins et qu'il assure leur salut.

Si une déesse ou un dieu s'opposent à l'amour, s'ils se montrent jaloux [206] de cette immortalité que l'amour procure à « leurs » créatures, c'est qu'ils ne sont ni la bonne déesse ni le vrai dieu.

Ainsi l'entendront les gnostiques des premiers siècles de notre ère.

Le bon et les mauvais dieux

La gnose, d'une manière générale, est la science de la sagesse et du salut. On appelle aussi de ce nom un mouvement philosophique et religieux dont l'antiquité réelle n'était pas réellement soupçonnée avant les découvertes des papyrus de Qumrân (en Judée) et de Nag' Hammâdî (en Égypte). On en savait seulement ce que les Pères de l'Église, Irénée de Lyon au IIe siècle, Tertullien, Origène, Clément d'Alexandrie au IIIe siècle, et Augustin ou Épiphane de Salamine, au IVe siècle, nous en avaient rapporté.

Il s'agit d'une sagesse issue, à l'origine, des mystères grecs.

Qu'enseignaient les mystères ?

Que la création du monde n'était pas d'une nature différente de celle de la procréation humaine, et que le monde est *engendré*.

Avant de signifier : naissance ou création, le mot genèse [207] désigne les organes génitaux, l'origine, la source de la vie. Le Principe.

Avec le concours d'un esprit féminin, émané, comme la shakti de Shiva, de lui-même, Dieu conçoit le monde, dans un saint mariage, une hiérogamie, dont on a de bonnes raisons de penser qu'elle était jouée et représentée, à Éleusis comme à Sumer, au public « initié ».

« Kyé ! Kyé ! » : « Fais pleuvoir ! Engendre !... »

Telle était l'invocation des mystes éleusiniens qui regardaient le ciel à la première évocation et la terre à la seconde, montrant, par là, que « la création de toutes choses provient d'un père et d'une mère [208] ».

Un fragment d'Eschyle nous donne à contempler cette divine conception :

« Un désir ardent d'étreindre la terre s'empare du chaste ciel, un désir s'empare de la terre de s'unir à lui.

« Du ciel assoupi jaillit un flot de pluie. La terre conçoit et enfante les mortels, la pâture des agneaux et le doux fruit [209] de Déméter. La pluie de la nuit de noces éveille le printemps de la forêt [210]. »

« Tout cela vient de moi », assure Aphrodite, déesse de l'Amour.

Philon, le gnostique, n'explique pas autrement la Genèse :

« Le créateur qui a fait ce monde, nous l'appellerons, à juste titre, le Père du créé et nous appellerons

Mère la Sagesse du Créateur avec laquelle Dieu s'est uni et dans laquelle il a engendré – non certes à la manière de l'homme – la création. Elle a reçu la semence de Dieu et elle a mis au monde, dans un enfantement parfait, le Fils unique, chéri, perceptible aux sens, le monde qui est le nôtre, le Cosmos [211]. »

Dans sa *Révélation*, Simon le Mage confirme que le Père était, avant la création, un seul être. Aussi longtemps qu'il garda sa Pensée « enfermée en Lui-même », Il était Un. Mais, « en se manifestant lui-même, de lui-même, il devint second ». Et fut appelé Père par sa propre Pensée.

« De même donc que le Père s'est fait sortir lui-même de lui-même, se manifestant à lui-même sa propre Pensée, de même la Pensée, une fois manifestée cacha en elle-même le Père, c'est-à-dire la Puissance. »

Il y eut alors une puissance mâle-femelle et sa Pensée.

« Et dès lors, ils se répondirent symétriquement – la Puissance ne diffère en rien de la Pensée – et sont un seul être ; la Puissance opère dans les régions supérieures, la Pensée en bas ; l'être qui résulte de leur manifestation sera donc constitué de même : tout en étant un seul et même être, il se trouve être deux, androgyne, ayant en lui l'élément féminin.

« Ainsi l'Esprit est dans la Pensée ; ils sont inséparables l'un de l'autre et, tout en étant un, ils se trouvent être deux [212]. »

Appliquée à la lecture du texte hébreu de la Genèse, cette forme de pensée, apparemment compliquée, en simplifie toutefois la lecture. Les deux premiers versets suffisent.

« Au commencement, Dieu créa les cieux et la terre... »

doit se lire :

« Du Dieu inconnaissable émane son Esprit : le Père céleste (les Cieux) et sa Pensée (la Terre).

Au deuxième verset, les Cieux et la Terre s'unissent pour engendrer le Fils de Dieu, le Démiurge ou Logos (l'Esprit qui plane sur les eaux).

Cette redistribution fondamentale des rôles dans le scénario de la création biblique va permettre aux gnostiques de répondre d'une manière satisfaisante à deux lancinantes questions de théologie morale :

- Comment le Dieu bon a-t-il produit un monde mauvais ?

Et aux nostalgiques :

- D'où nous vient ce désir d'être délivré de l'emprise du monde ?

Tout devient clair et supportable quand on sait que « le Dieu de l'Ancien Testament n'est pas le Dieu de bonté, mais le Dieu de justice", et que c'est un Dieu méchant.

« L'imperfection du Créateur ressort de son œuvre », argumente Simon le Mage.

« Envoyé par le Dieu bon pour créer le monde, il s'est fait passer pour le Très-Haut. Sous la domination de ce Dieu méchant, les hommes sont voués à la souffrance. Les âmes, issues du Dieu bon inconnu sont en captivité dans ce monde ; l'âme souffre dans la prison du corps humain, car ce corps dans lequel elle est enclose est plus ténébreux que les ténèbres elles-mêmes... »

Comment résister au Dieu mauvais et échapper à son emprise ?

Les noces saintes des esprits supérieurs nous indiquent la voie. L'amour que nous avons vu présider à la naissance du monde, cet amour charnel, ce mariage sacré, le gnostique va le ritualiser, le vivre et le revivre jusqu'à l'illumination. Car de l'actualisation de l'amour « principiel » dépend la connaissance parfaite des mystères qui conditionne renaissance et salut.

Autant la prière hermétique :

« Pénètre en moi, seigneur Hermès, comme l'enfant dans le sein de la femme [213] ! »

supporte une lecture métaphorique, autant l'invocation de Philon est d'une précision saisissante de réalisme :

« Descendez sur moi, vous tous, justes Logoi de la sagesse, unissez-vous à moi, faites couler en moi votre semence... et, quand vous verrez une âme vierge, profonde, féconde, n'allez pas plus loin, appelez-la à votre commerce et à votre étreinte, consommez-la et rendez la enceinte. »

Une telle théorie n'admet pas qu'on se dérobe aux pratiques qu'elle suggère.

Le salut consistant à délivrer l'homme de la tyrannie du maître de ce monde, c'est anéantir sa Loi que rendre aux désirs une liberté censurée par des commandements ineptes. Pour Epiphane le Gnostique, le désir est l'expression de la volonté première de Dieu. En en interdisant la libre satisfaction, c'est la Loi qui a introduit le péché dans le monde. « Dieu a créé pour tous les vignes qui ne chassent d'elles-mêmes ni le voleur ni le passereau. »

C'est la Loi qui a fabriqué le voleur et l'adultère :

« Dieu ayant tout créé pour la jouissance commune de l'homme (et de la femme), il a réuni l'homme et la femme pour un commerce commun, et il a accouplé pareillement tous les êtres vivants pour manifester sa justice comme la communauté dans l'égalité. Mais ceux qui ont (été créés) grâce à cela ont renié leur origine... Ils disent : "Que celui qui en épouse une la garde", alors que tous peuvent avoir part à elle, comme le montre l'exemple de tous les êtres vivants...

« Dieu a mis dans l'être un désir puissant et impétueux de propager l'espèce. Aucune loi, aucune coutume ne saurait l'exclure du monde car il est l'institution de Dieu. Ainsi la parole du législateur : « Tu ne convoiteras pas », est-elle ridicule. Et plus ridicule encore ce qui suit : « Le bien de ton prochain », car le même Dieu qui a donné à l'homme le désir de s'accoupler en vue de la génération ordonnerait de détruire le désir (et l'enlèverait à l'homme), alors qu'il ne le reprend à aucun (autre) être vivant ! Mais le plus risible de tout est encore « la femme de ton prochain », car c'est ramener de force la communauté à la séparation [214]... »

Un autre Épiphane, gnostique repenti et converti à « l'orthodoxie », témoignera, après avoir dénoncé ses petits camarades, que ces propos ne restaient pas lettres mortes et que les fidèles de Barbelo [215], mettaient leurs femmes en commun au cours de leurs cérémonies secrètes.

Dans leurs réunions, « ils servent des mets délicieux, mangent de la viande et boivent du vin, même les pauvres. Lorsqu'ils ont bien banqueté et se sont, si je puis dire, rempli les veines d'un surplus de puissance, ils passent à la débauche. L'homme quitte sa place à côté de sa femme en disant à celle-ci : "Lève-toi, et accomplis l'agapê avec le frère." »

Et « les malheureux ! », se lamente le nouveau saint homme, « ont commerce les uns avec les autres ; et, bien que je rougisse, à vrai dire, de raconter leurs pratiques immondes, je n'aurai pas honte de dire ce qu'ils n'ont pas honte de faire afin de soulever chez les lecteurs de leurs débordements un sursaut d'indignation...

« Une fois qu'ils se sont ainsi unis, comme si le crime de leur prostitution ne leur suffisait pas, ils élèvent vers le ciel leur propre ignominie : l'homme et la femme recueillent dans leurs propres mains l'émission de l'homme, s'avancent les yeux au ciel et, leur ignominie dans les mains, ils offrent au Père, à la Nature du Tout ce qu'ils ont dans les mains [...]. Ils font de même avec les menstrues de la femme [216]... »

Comble d'impudeur : ils invoquent le Christ !

Après avoir vécu en bonne intelligence avec « les gnostiques », s'être inspirés parfois de leurs travaux ou de leur forme de pensée [217], et les avoir accueillis parfois dans leurs rangs, l'Église naissante et l'hellénisme finissant maudiront la Gnose ; et ils la condamneront parce qu'elle ruine toute morale et toute propriété [218], parce qu'ils « blâment l'univers et critiquent Dieu » ; et, enfin, parce qu'une majorité de gnostiques vénère le Serpent.

La réhabilitation du serpent

Les gnostiques réhabilitaient, en effet, le Vieux Serpent de la Genèse.

Leur vénération pour lui était si notoire qu'ils s'appelèrent eux-mêmes ou furent nommés : Ophites (du grec : οφισ, le serpent), Sethiens (le dieu serpent égyptien) ou Naassènes (de l'hébreu *naschasch* : serpent).

On a vu combien pouvaient être positives les valeurs du Vieux Serpent associé à la Grande Déesse. Les Naassènes, Ophites, Pérates ou Sethiens ne prétendaient à rien d'autre qu'à lui restituer ses significations profondes. Son union avec la déesse ne symbolisait pas la luxure mais la fécondité ; il ne symbolisait pas la mort, mais l'immortalité ; il n'était pas le rebelle, mais l'Envoyé.

Les Ophites l'honoraient sous la forme du serpent Ouroboros, qui figure le cycle du devenir. *En to Pan* : Un (est) le Tout. C'est le serpent Océan qui entoure le monde sans « l'humidité » duquel aucun dieu ni aucun être au monde ne saurait exister. Il est identique au Logos créateur.

Pour les Pérates, le Logos, « puissance primordiale issue du Père », non seulement est identique au Serpent, mais « toutes les puissances qui régissent le monde sont également des serpents ».

« Moïse a appelé les étoiles les serpents du désert, qui mordent et tuent ceux qui croient avoir franchi la mer Rouge, argumentent les Pérates. Ainsi Moïse montra-t-il aux enfants d'Israël qui avaient été mordus par les serpents dans le désert le vrai et parfait Serpent : ceux qui eurent la foi en lui ne furent pas mordus... Ce Serpent est le Serpent parfait qui est rempli de toute plénitude, Celui qui met en lui son espérance ne sera pas détruit... Ce Serpent est la puissance de Moïse, la verge qui se changea en serpent... Ce serpent qui embrasse l'univers est le Logos sage d'Ève. C'est le mystère d'Éden ; c'est le fleuve qui sort d'Éden... Il a beaucoup d'adversaires, en aussi grand nombre que les serpents qui mordirent les enfants d'Israël dans le désert et dont les morsures furent guéries par ce Serpent parfait que Moïse dressa au milieu d'eux. C'est le sens des paroles : « Et comme Moïse a élevé un serpent dans le désert, ainsi faut-il que le Fils de l'homme soit élevé [219]... » Il est le seul dont la constellation céleste soit visible partout. Il est le grand « commencement » dont parle l'Écriture. C'est de lui qu'il est dit : « Au commencement était le Logos, et le Logos était auprès de Dieu et le Logos était Dieu..." C'est par lui qu'Ève a été faite [220]... »

D'où cette eucharistie particulière des Ophites qui faisaient circuler un serpent sur les pains de la Cène pour les bénir :

« Ils amoncellent des pains sur la table ; ils appellent un serpent qu'ils élèvent comme animal sacré. On ouvre la cage ; il sort, gagne la table, se déroule parmi les pains et, disent-ils, les transforme en Eucharistie. Alors ils rompent les pains et les distribuent aux communiants. Chacun baise le serpent sur la bouche et se prosterne devant l'animal [221]. »

Le règne du Vieux Serpent et de la Déesse s'achevait ainsi. Ils ne pouvaient cohabiter avec le nouveau dieu.

Leur temps était passé.

LES LITURGIES SEXUELLES DE L'EXTASE

Chapitre premier
Le bréviaire hindou de l'amour

> « Quand l'épouse aime le mari, ce n'est pas le mari, mais l'Atman qui est dans le mari, qu'aime l'épouse ; quand le mari aime sa femme, ce n'est pas la femme, mais l'Atman qui est dans la femme qu'aime le mari. »
> BRIHAD-ARANYAKA UPANISHAD

Savourer les fruits de l'arbre de Vie, en extraire les sucs et les essences immortalisantes qui le constituent nécessite une culture qui ne s'improvise pas. Les recettes de cette horticulture sacrée ne sont pas dans la Bible. Elles nous serons données en Inde dans le Kâma Sûtra et les Tantras, en Chine dans le Tao de l'art d'aimer.

Le Kâma Sûtra est un traité de savoir-vivre amoureux rédigé par Vâtsyâyana à l'intention des hommes de bien. On y enseigne l'art des approches amoureuses, la bonne façon de choisir une épouse, les devoirs et privilèges de l'épouse, la façon de se conduire avec les femmes des autres ou avec les courtisanes et des réflexions essentielles sur l'essence de l'amour et la nature des plaisirs.

Le point de vue de l'auteur est pratique. La loi ne permet pas les relations entre les castes, mais comme il n'est pas rare que des relations de ce type s'établissent hors mariage, il n'est pas indécent d'en parler. Au contraire, l'homme de bien sera moins désarmé devant les difficultés d'une situation, face à une courtisane avide, s'il a été averti, par la lecture du livre, de la psychologie des épouses d'autrui ou des courtisanes et de leurs ruses habituelles.

Aucun sujet n'est tabou. Vâtsyâyana aborde les étreintes, les modes de pénétration, les positions, la sodomie, la fellation comme des constantes du comportement érotique humain. Il est préférable de savoir, en fonction de ses goûts et « des coutumes locales » faire bien l'amour plutôt que mal. C'est meilleur pour la santé physique et mentale de « l'homme de bien ».

L'Inde traditionnelle attribue l'origine de la science érotique à Mallanâga, le prophète des anciens dieux, les Asuras. Puis Nandi, le compagnon du dieu Shiva, transmit cette science aux humains de l'ère actuelle. Au VIIIe siècle avant J.-C., Shvetaketa résuma son ouvrage, le Kâma Shâstra. Dans la suite des temps, le livre fut divisé en traités séparés par de nombreux auteurs et compilateurs si bien qu'au IVe siècle il était devenu difficile d'accès et Vâtsyâyana entreprit d'en réunir les fragments épars et de le résumer.

Aucun sujet n'échappe à son génie de la classification et à son honnêteté d'encyclopédiste. L'ensemble comporte sept parties divisées en trente-six chapitres.

Avec les commentaires en sanskrit de Yashodara et des extraits de ceux rédigés en hindi par Devadatta Shâstrî (entre les XIIe et XIVe siècles), c'est une Bible de plus de six cents pages qu'Alain Daniélou a traduite en français. A bien des égards, cette traduction est exceptionnelle. Aucune de celles que nous avions lu auparavant ne présentait la même précision dans le choix des termes techniques et cette intériorisation des modes de pensée qui inspire au traducteur le juste mot.

Un traité déroutant pour les malheureux puritains que nous sommes devenus. Mais, qui veut s'engager fermement sur la voie de la réalisation personnelle et de l'expérience mystique que peuvent procurer les extases amoureuses ne devra pas se contenter des extraits que nous avons choisi de présenter ici avec l'aimable autorisation de l'auteur. Il devra se mettre humblement à l'écoute du livre tout entier. Le lire et le méditer. Car chacun de ses chapitres, chacun de ses paragraphes, chacune de ses lignes, si exotiques ou choquants qu'ils puissent paraître à nos hypocrites esprits, témoignent d'une science et d'une sagesse sans laquelle nous ne sommes rien.

Nous avons rassemblés ici des extraits que nous n'avons pas voulu défigurer par des commentaires. Le lecteur y trouvera matière à se forger une opinion lui-même.

La nécessité d'un enseignement

« Vouloir inventer des procédés qu'on ignore, c'est comme vouloir lire un texte dans les rainures tracées dans le bois par des vers ; la réalisation est totalement impossible à l'ignorant » (Yashodara).

« Celui qui, ignorant les textes techniques, suit seulement sa fantaisie, ne connaît ni le succès, ni le bonheur, ni la félicité suprême. Un maître est celui dont les enseignements permettent de réaliser la vertu, le succès et le plaisir » (Devadatta Shâstrî).

« Un érotisme incontrôlé est contraire à toute réussite » (Kautilya, *Artha Shâstra*).

« Si l'homme et la femme ne se désirent pas, l'un et l'autre sont sur la défensive ; par pudeur ou par crainte, ils ne se livrent pas l'un à l'autre. Il faut alors trouver des expédients. Celui qui est ignorant des soixante-quatre postures qui expliquent la copulation, quel moyen a-t-il de parvenir à l'acte ? S'il ignore les façons de faire, il n'arrive à rien avec sa partenaire, qu'elle soit occasionnelle ou permanente. Il faut connaître les jeux préliminaires » (Yashodara).

« En même temps que l'étude de la sexualité il est essentiel d'étudier la musique (*sangîta*), qui fait partie de l'art amoureux. De même que l'érotisme est en relation avec la procréation, la musique est liée à la science des sons (*nâda vidya*), qui est un élément fondamental pour la compréhension de la création du monde. Le rapport des notes (*svara*) avec les divinités, les prophètes (*rishi*), les planètes, les constellations, les couleurs, les rythmes ne sont pas des spéculations mais ont une signification profonde et correspondent à une réalité » (Devadatta Shâstrî).

« Dès avant l'adolescence la femme doit étudier puis, une fois mariée, continuer ses études près de son mari » (Vâtsyâyana).

« Beaucoup de gens croient qu'il n'y a aucun intérêt, pour le couple, à connaître l'art érotique, que la nature leur apprend tout. Les gens qui croient cela, lorsqu'ils franchissent le pas du milieu de la vie deviennent malheureux et désespérés. Leur vie commune n'a plus aucune saveur, ils développent une mutuelle hostilité. Souvent ils perdent confiance l'un dans l'autre » (Devadatta Shâstrî).

Essence de l'amour et de l'érotisme

« L'amour est nécessaire pour satisfaire l'esprit, la morale pour satisfaire la conscience et, pour la paix de l'âme, la recherche spirituelle. Sans nourriture et sans vêtements le corps s'amaigrit et s'affaiblit. Sans érotisme l'esprit est agité et insatisfait. Sans vertus la conscience se dévoie. Sans spiritualité l'âme se dégrade. C'est pourquoi, tout en ayant en vue la vie spirituelle, il faut gagner de l'argent et jouir des femmes » (Devadatta Shâstrî).

« [...] si le profit et le plaisir sont contrôlés par la morale, ils peuvent être des instruments de progrès spirituel... » (Devadatta Shâstrî).

« On doit s'accommoder des risques éventuels. Mais on ne renonce pas à mettre sa nourriture sur le feu de crainte qu'un mendiant vienne réclamer sa part et on ne renonce pas à semer le blé par crainte des bêtes sauvages » (Vâtsyâyana).

« Les êtres sont issus du bonheur (*ânanda*). Nés du bonheur toutes les choses et tous les êtres vivent de bonheur et se dissolvent dans le bonheur. Le bonheur est tout » (*Taittirîya upanishad*).

« L'esprit était seul. Il se savait mâle mais ne connaissait nul autre en dehors de lui. Sa première parole fut : « Je suis », mais il n'en éprouvait pas de jouissance. C'est pourquoi il désira être deux. Le deuxième était l'objet du désir qui, peu après, prit des formes multiples. »

« Ce désir, origine de tout, est l'éros procréateur. Mais, lorsque la dualité se manifeste, dans la pensée naît aussi la peur. De la peur naît le rejet puis, de nouveau, se manifeste l'attachement car seul on ne peut pas jouir. »

« Dans le Shiva Purâna il est dit que : "C'est de l'Eros que naît le pouvoir de créer." [...] Les Shaïva (adorateurs de Shiva) et les Shakta (adorateurs de Shakti) considèrent la création comme une copulation.

Nada, le son primordial, représente la copulation de Shiva et de Shakti. L'idée est que la dualité précède la naissance du verbe (*shabda*) et la dualité implique le rapport de deux principes, leur copulation. Le respect, la dévotion, l'amour, la tendresse, la sympathie, l'amitié, les approches, les enlacements, les baisers sont tous des manifestations d'attirance d'un rapport de nature érotique. L'Eros est un embrasement du mental. Tous les systèmes philosophiques considèrent que "Kâma est un principe antérieur au Verbe créateur" (Rig Veda). »

« En vérité le désir est la semence de la pensée, la première chose qui apparaît dans la pensée de l'enfant. L'érotisme est une force immense qui se manifeste dans les sentiments, les émotions, les impulsions des êtres. Il est le premier des dieux, la première force qui met en mouvement le mécanisme mental. »

« La peur naît de la différence et, là où il y a différence, pour détruire la peur, le désir de possession se manifeste. C'est ainsi que s'établissent les dualités attraction-répulsion, attachement-détachement, amour-haine, désir-crainte, qui sont les manifestations de l'Illusion créatrice (*Maya*). »

« L'homme est comme l'équinoxe. Il a comme l'équinoxe, une moitié droite et une moitié gauche. Il a un côté nord supérieur (*uttara*) comme l'équinoxe a un côté nord. C'est le côté supérieur qui parle, qui est le siège de la parole. La tête de l'homme forme un tout comme l'équinoxe. C'est à l'intérieur que se trouvent les caractéristiques individuelles. (*Aitareya Brâhmana*). Ce texte implique que l'homme n'est qu'une moitié de son être. Étant incomplet, il cherche à être entier, à s'unir à sa moitié. Seul, l'homme ne trouve pas le plaisir. "Parce qu'il n'avait pas de plaisir, il voulut être deux." Pour jouer, on désire un second. C'est la loi de la vie. Les textes sacrés disent que tant que l'homme n'est pas accouplé il n'est pas complet. Tant que l'homme n'est pas uni à la reproductrice (*jâyâ*) la transmission de la vie n'est pas possible. »

(Devadatta Shâstrî.)

« La durée de la vie étant incertaine, il faut savoir profiter de toutes les occasions » (Vâtsyâyana).

« L'érotisme (*kâma*) est la pierre de touche de la vertu » (Devadatta Shâstrî).

« La vertu et la prospérité sont le fruit de l'amour. Pour être heureux il faut rechercher vertu et richesse. Les deux étant liés ne donnent de résultats qu'au prix de grands efforts. Il est dit que, étant la source de la vertu, la femme est le meilleur moyen d'atteindre le ciel » (Yashodara).

« Le bonheur que l'on donne et celui que l'on reçoit sont une jouissance mutuelle. Pour ce bonheur et ce plaisir partagé, un homme est prêt à se donner tout entier. Pour l'homme comme pour la femme le don total de soi est une source de merveilleux bonheur et de chance. L'union sexuelle n'est pas seulement un plaisir des sens, le plus important est le sacrifice de soi-même, le don de soi » (Devadatta Shâstrî).

Le corps divinisé

« La connaissance des différentes parties du corps fait partie de la connaissance du plan divin. Celui qui l'approfondit parvient à la connaissance de dieu (*brahmavid*), à travers la perception du plan divin dans l'humain. »

« Selon l'Atharva Veda, l'homme qui a réalisé que son corps est l'image de la cité céleste (*Brahma nâgarî*), qui flotte dans l'éternité, perçoit le créateur à travers l'œuvre divine, c'est-à-dire dans les facultés corporelles telles que la vision, la vie, la procréation. L'homme qui réalise qu'il ne fait que résider dans la cité divine qu'est son corps est appelé « citadin » (*purusha*). Il conservera jusqu'à sa vieillesse la vue, ses autres sens ainsi que son souffle vital. On l'appelle « Invincible » (*Ayodhyâ*) cette cité des dieux aux neufs centres (*chakra*) et neuf portes sur laquelle règne la lumière de l'intelligence et où, dans une enveloppe dorée (*hiranyamaya kosha*), se trouve le paradis (*svarga*) fait de félicité et de jouissance. Cette enveloppe dorée, image du paradis, est fixée à l'âme en trois points et dans trois régions où réside le principe divin (*Brahma deva*), c'est-à-dire l'intelligence. Il en résulte que celui qui connaît les secrets du corps et les comportements qui conviennent à la cité céleste devient invincible (*ayodhyâ*) et réalisera tous ses désirs. »

« Le corps est le produit de la semence mâle et de la semence femelle issus du père et de la mère ; c'est d'eux que l'enfant hérite son apparence, ses tendances, ses faiblesses. Ce corps transmissible héréditairement dure éternellement. C'est pourquoi on l'appelle la cité immortelle (*amarâvatî*). Il faut la préserver avec soin. »

(Devadatta Shâstrî.)

La nature des plaisirs

« Ni l'homme ni la femme ne peuvent avoir connaissance de l'expérience du plaisir éprouvé l'un par l'autre. On ne peut pas percevoir les sentiments d'un homme. Comment pourrait-on décrire sa jouissance ? »

« L'homme, quand il a joui, quand il a pris son plaisir, se calme. Il ne désire plus la femme, même s'il l'aime. La femme n'est pas de même. Si elle jouissait comme un homme elle se séparerait volontiers de l'instrument pour se reposer mais il n'en n'est pas ainsi.

Même si l'homme n'en n'a plus envie elle veut qu'il reste en elle. Parfois, si l'occasion se présente, elle continue avec un autre : "Le feu, s'il manque de bois, ne se répand pas dans l'eau. La mort ne distingue pas parmi les êtres qui est homme ou femme." Le désir de la femme ne se calme pas après qu'elle a été satisfaite comme celui de l'homme après une éjaculation. »

« Ceux qui ont l'habitude d'en finir vite sont mal vus. C'est de cela que dépend l'attachement ou le mépris des femmes et d'après quoi elles décident de ceux qui doivent être utilisés ou non. [...] La femme apprécie la virilité de celui qui pratique la plus longue copulation. Elle désire difficilement coucher avec quelqu'un qui jouit vite. La délectation de l'amour n'est possible que si elle jouit en même temps que l'homme dont elle est amoureuse. »

(Yashodara.)

« C'est par une stimulation continue que la femme prend goût à la chose. Au début elle est moyennement intéressée, elle n'est pas disposée à supporter grand chose, puis, peu à peu, prenant goût à l'union, elle ne défend plus son corps. A la fin, s'il désire le repos, elle ne le lui permet pas. »

« Au commencement de l'acte, l'ardeur de l'homme est si forte qu'il cherche à terminer au plus vite, mais il en est autrement ultérieurement. Le comportement de la femme, pour parvenir à la jouissance, est exactement le contraire. »
(Vâtsyâyana.)

« De nature la femme est soumise mais, même si elle n'est pas soumise, elle apprend vite l'art des baisers, des caresses, des jeux de mains pour attirer l'affection. Seule la passivité est de naissance, le reste est artifice. Elle semble passionnée alors qu'elle l'est fort peu. L'homme lui aussi est souvent tendre de nature, le reste est fabriqué. C'est l'opinion des maîtres anciens et là-dessus tous sont d'accord » (Yashodara).

Les secrets des attraits

« Ceux qui connaissent les mécanismes (*tantra*) des rapports disent que l'attrait (*prîti*) naît de quatre façons : de la pratique (*abhyâsa*), de l'imagination (*vichâra = abhimâna*), de la substitution (*sampratya-pâda*) ou de l'objet (*vishaya*). »

*L'amour né de la pratique (*abhyâsa*)*

« Toutes les activités des sens, à commencer par la parole, exigent une pratique continue pour pouvoir s'extérioriser. L'amour naît d'une longue pratique, comme l'amour de la chasse pour le chasseur. »

*L'amour imaginaire ou intellectuel (*abhimâniki*)*

« Quelqu'un qui n'a aucune expérience antérieure d'une forme d'action peut développer à son propos une attirance née de l'imagination (*samkalpa*) qui est appelée imaginaire (*abhimaniki* – ce que nous appelons les phantasmes). [...] coït buccal, coups ou caresses... sont souvent recherchés par une forme d'érotisme intellectuel lié à un désir qui n'a pas de nature physique » (Yashodara).

*L'amour de substitution (*sampratyaya*)*

« Faute de quelqu'un, on s'attache à un autre. Ce genre de lien est appelé attachement de substitution » (Vâtsyâyana).

Les cinq flèches d'Eros

« Les cinq flèches d'Eros sont représentées par les lettres A, I, U, E et O. Cinq parties du corps de la femme sont les buts de ces flèches. Le but de la première, A, est le cœur ; celui de la seconde, I, est le sein ; la troisième, U, vise les yeux, la quatrième, E, le front et la cinquième, O, le sexe. Le citadin doit enlacer la femme en tenant compte de ces endroits car le désir de la femme est alors éveillé » (Yashodara).

« Lorsque dans un âge tendre survient la première expérience, que le dieu de l'amour agite le plus profond du cœur et que les troubles de l'amour se manifestent par des indices, des signes et des indications, cela est appelé le sentiment amoureux (*bhâva*).

[...]

C'est en les comprenant que l'homme doit pratiquer les enlacements, les baisers, etc. qui sont les préludes à la copulation (*maïthuna*). L'homme qui ne perçoit pas l'état émotif de la femme et, quand il brûle d'ardeur, commence des effusions sans s'inquiéter des réactions de la femme, sera toujours en échec. Ni la femme ni lui n'éprouvent de réelle satisfaction » (Yashodara).

« Dans le Ujjvala Nilamani, le trouble et le désir de séduire (*hâva*) et les gestes de tendresse (*hela*) sont les charmes d'une jeune fille. La beauté, le courage, l'éclat, le rayonnement, la clarté, la douceur et la ruse sont les qualités qui font l'attrait de la femme auxquels s'ajoutent dix comportements ou états d'esprit (*svabhâva*) qui sont les suivants :

Le sentiment (*bhâva*) :

Quand on est saisi par le goût de l'amour (*shringara rasa*) et lorsque s'éveille le désir (*rati*), le premier trouble que le dieu de l'amour fait naître dans le cœur est appelé le sentiment amoureux (*bhâva*). La réalisation des sentiments établis dans la conscience est appelée expérience (*anubhâva*).

La tendresse (*hela*) :
Lorsqu'une femme embrasse un homme avec force, en l'attirant à elle, commence à l'enlacer et chargeant ses cuisses tremblantes sur celles de l'homme étendu, montre que son état d'esprit est disposé aux actes érotiques, cela s'appelle la tendresse.

Le refus (*vihchhitti*) :
Lorsque la femme en colère contre son amant, jette ses ornements et refuse l'amour, c'est le refus.

Le mépris (*bimboka*) :
Même si l'amant apporte des présents qui plaisent à la femme celle-ci les rejette avec mépris.

L'excitation (*kilalinchita*) :
Voyant arriver son amant de voyage, la femme est dans la joie et pleure sans verser de larmes ou se met à rire.

La perplexité (*vibhrama*) :
Lorsqu'une femme parfois sourit, parfois se fâche, jette des fleurs qu'elle avait demandées, puis s'en ressaisit, va se coucher près d'une compagne alors que son amant la cherche, ou se promène ça et là.

L'amusement (*lîlâ*) :
Imitant toutes les paroles de l'amant et faisant des grimaces.

La coquetterie (*vilâsa*) :
S'approcher de l'amant puis repartir, se fâcher quand il appelle puis lui sourire, se détourner avec

une grimace quand l'amant approche, le montrer du doigt, se mouvoir de travers.

La séduction (*hâva*) :

Battre des cils, faire danser les yeux, rire, parler en s'interrompant, ressentir un amour profond pour l'amant et se comporter en conséquence.

L'innoportunité (*vikshepa*) :

Quand l'amant n'en n'a pas envie, s'approcher de lui et montrer tous les signes en rapport avec le désir.

L'ennui (*mottâyita*) :

Lorsqu'en parlant, la femme bâille à plusieurs reprises ou s'étire.

Les gémissements (*kuttamiti*) :

La femme feint la douleur.

La sottise (*mugdhata*) :

Lorsque les difficultés dans la vie sexuelle sont dues à l'ignorance.

L'anxiété (*tapana*) :

Lorsque l'amant tarde à venir, disputer ses compagnes et pleurer.

Le charme (*lalita*) :

Mouvoir avec art ses cils, ses yeux, ses mains, ses pieds est appelé *lalita bhâva*.

De tels comportements sont fréquents chez la femme pour exciter l'homme. L'homme ne doit pas se laisser entraîner par son propre désir mais tenir compte de l'humeur de la femme. En voyant les comportements décrits, on peut aisément comprendre l'état d'esprit des femmes et y faire face. Pour comprendre ces états d'esprit, il faut savoir interpréter les moindres signes.

[...]

Selon Padmashrî, un homme, si expert qu'il soit dans les arts et les sciences, si fameux et important qu'il soit, s'il est méprisé par les femmes dans l'art d'aimer est un homme mort. »

(Yashodara.)

Chapitre II
Le Tao de la communion

Nos ancêtres n'ont pas attendu Masters et Johnson pour savoir que « le bonheur et le bien être humains ne sont pas accessibles en l'absence de contacts tendres et sensuels réguliers ».

Depuis que nous avons été chassés du Paradis et que les temples de nos déesses ont été saccagés, nous avons perdu, en Occident, les recettes du bonheur. Et si nous sommes si souvent las, comme l'empereur Houang-Ti, si souvent en défaut d'harmonie ; si notre cœur, comme le sien, « est triste et plein d'appréhensions », c'est que nous avons oublié les grandes lois de l'harmonie qui président à l'équilibre universel.

Le cœur lourd, l'empereur demande à l'une de ses préceptrices ce qu'il convient de faire :

« Tout affaiblissement de l'homme, lui répond Sou-Nu, doit être attribué à sa façon défectueuse de faire l'amour [222]. »

Car tout ce qui est vivant dans notre univers, explique Hsan-Nu, une autre préceptrice du même empereur, a été créé à partir de l'harmonie du Yin et du Yang : les principes féminin et masculin.

« Quand le Yang a l'harmonie du Yin, tous ses problèmes sont résolus et, quand le Yin a l'harmonie du Yang, tous les obstacles [...] disparaissent. Un Yin et un Yang doivent sans cesse se prêter une assistance mutuelle. De sorte que l'homme se sentira ferme et vigoureux. La femme sera alors prête à le recevoir en elle. Tous deux se trouveront ainsi en communion et ils se nourriront de leurs sécrétions mutuelles... »

La maîtrise de l'éjaculation

L'homme n'a pas besoin d'éjaculer chaque fois qu'il fait l'amour. C'est une triste habitude. *Post coïtum, animal triste*, constatait saint Augustin. C'est vrai. Et l'homme a raison d'être triste s'il ne s'est livré qu'à la petite excitation d'un plaisir vite bâclé, parce que l'éjaculation est loin de constituer le sommet du plaisir à deux.

Sexologues européens et américains le découvrent. Médecins chinois et maîtres du Tao l'ont toujours enseigné.

Dialogue extrait des *Prescriptions secrètes pour la Chambre à Coucher* [223] :

« Tsai-Nu, autre préceptrice de l'empereur Houang-Ti, interroge P'eng-Tsu :

– On croit, en général, que l'homme tire un grand plaisir de l'éjaculation. Mais lorsqu'il apprendra le Tao, il éjaculera de moins en moins. Son plaisir n'en diminuera-t-il pas ?

– Absolument pas, la rassure P'eng-Tsu. Après l'éjaculation, l'homme est fatigué, ses oreilles bourdonnent, ses yeux sont alourdis. Il aspire au sommeil. Il a soif, et ses membres sont inertes et ankylosés. Pendant l'éjaculation, il éprouve un bref instant de joie, mais il en résulte ensuite de longues heures de lassitude. Ce n'est pas vraiment de la volupté.

Si l'homme, au contraire, contrôle son éjaculation, son corps en sera fortifié, son esprit s'en trouvera ragaillardi, son ouïe plus fine et sa vue plus perçante. Même s'il a réprimé la sensation que lui procure l'éjaculation, l'amour qu'il éprouve pour la femme grandit. C'est comme si il ne pouvait jamais la posséder en suffisance. Comment peut-on dire que ceci ne constitue pas une infinie volupté ?... »

Les cinq signes

Pourquoi l'éjaculation est-elle si néfaste ?

Parce que, en ne la contrôlant pas ou en la contrôlant mal, l'homme imagine qu'il jouit, sans satisfaire sa partenaire.

La satisfaction de la femme peut exiger plusieurs cycles complets de stimuli et de réponses. Elle requiert « un partenaire en érection sur une longue durée224 ».

Médecins et taoïstes l'expliquaient bien avant les premiers siècles de notre ère. Ils sont unanimes et formels.

Li Tong-hsuan :

« Un homme doit cultiver l'art de retarder son éjaculation jusqu'à ce que sa partenaire amoureuse ait éprouvé l'orgasme...

« Un homme doit trouver quelle est sa fréquence idéale d'éjaculation et la maîtriser. Il ne doit émettre sa semence que deux ou trois fois sur dix. »

Soen Sse-mo :

« Si l'homme gaspille sa semence, il sera malade et s'il l'épuise inconsidérément, il mourra. C'est là le point le plus important qu'un homme doit garder en mémoire. »

A l'adepte du Tao de la communion, il n'est donc

permis de laisser échapper son Fleuve Jaune (*king* : le sperme) que lorsque sa partenaire est satisfaite.

Comment savoir si elle l'est ?

En étant attentif à ses réactions.

Car il y a cinq signes, cinq désirs et dix indices [225].

L'homme doit les observer et n'agir qu'en fonction de ces signes.

Quels sont-ils ?

Le visage de la femme rougit et ses oreilles se réchauffent : c'est le premier signe. Il indique que son esprit s'agite à l'idée du contact amoureux. L'homme peut alors commencer l'acte avec douceur, comme en jouant. Il pénétrera peu profondément et restera attentif aux réactions de sa partenaire.

Deuxième signe : « Le nez de la femme devient humide de transpiration et les bouts de ses seins durcissent. » On sait alors que le feu de son désir s'est intensifié. Le Pic de Jade peut s'introduire jusqu'au Val Profond [226] mais pas plus avant. Attendre que « le désir de la femme soit plus ardent avant de la pénétrer davantage ».

Lorsque la voix de la partenaire devient rauque, sa gorge sèche, ses yeux clos et qu'on entend sa respiration, c'est le troisième signe : son désir c'est accru. « A ce moment, la Tige de Jade peut se mouvoir librement. » La communion des amants « s'oriente vers l'extase ».

« Sa Perle Rouge [227] devient glissante et le feu de son désir approche de son zénith. A chaque mouvement de l'homme ruissellent ses fluides. La tige de Jade touche légèrement la Vallée de la Dent de la Châtaigne d'eau. [228] » « L'homme peut alors porter ses coups « en alternance, un à droite et un à gauche, un lent et un rapide, ou librement comme bon lui semble ».

Quand, enfin, « les Lotus Dorés (les pieds de la femme) se soulèvent bien haut de façon à enserrer l'homme », c'est que « l'embrasement de son désir a atteint son degré le plus fort. Elle lui entoure la taille de ses jambes, et, de ses deux mains le tient par les épaules et le dos... ».

Les dix indices

Outre les cinq signes, l'homme doit observer et réagir aux dix indices suivants :

« 1. La femme entoure l'homme de ses deux bras tandis que la partie inférieure de son corps s'anime. Elle le lèche de sa langue et essaie de l'exciter. Par là, elle lui montre que son désir est ardent.

2. Son corps parfumé est couché, ses membres tendus et immobiles, elle respire fort par les narines. Par là, elle indique son désir qu'il recommence à mouvoir son membre en elle.

3. Elle ouvre ses paumes et joue avec le Marteau de Jade endormi, le frottant contre elle. Par là, elle indique qu'elle est affamée de lui.

4. Ses yeux et ses sourcils sont mobiles, elle émet des sons gutturaux ou taquine l'homme de la voix. Par là, elle indique qu'elle est très excitée.

5. De ses deux mains elle écarte ses pieds et ouvre considérablement sa Porte de Jade. Par là, elle indique que son plaisir est considérable.

6. Sa langue pointe, comme dans un demi-sommeil ou une demi-ivresse. Par là, elle indique que sa vulve réclame des coups alternativement profonds et superficiels et qui soient vigoureusement portés.

7. Pieds et orteils tendus, elle essaie de retenir en elle le Marteau de Jade, mais elle ne sait pas exactement de quelle façon elle désire qu'il porte ses coups. Elle murmure à voix basse. Par là, elle indique que la marée du Yin monte.

8. Elle a soudain ce qu'elle désire et tourne un peu la tail-le. Elle transpire légèrement tout en souriant. Par là, elle indique qu'elle ne veut pas que l'homme s'arrête car elle en réclame davantage.

9. Le doux sentiment de volupté subsiste toujours, son plaisir grandit. La marée du Yin est là. Elle serre étroitement l'homme. Par là, elle indique qu'elle n'a pas encore atteint l'orgasme.

10. Tout son corps est brûlant et humide de transpiration. Ses mains et ses pieds se détendent. Par là, elle indique qu'elle est maintenant comblée [229]. »

Parvenir à la maîtrise

Sur la voie du Tao de la communion, dont la maîtrise de l'éjaculation est la clé, on recommande au novice de n'être ni trop excité ni trop passionné. Et, pour éviter ces deux pièges, le sage Wou-hien nous conseille de ne se livrer aux premiers essais qu'avec

« une femme qui ne soit pas trop séduisante et dont la Porte de Jade ne soit pas trop étroite ».

On se contrôle plus facilement avec une partenaire dont on n'est pas trop épris :

« Si elle n'est pas trop belle, (le novice) gardera la tête froide ; et si sa Porte de Jade n'est pas trop resserrée, il sera modérément excité. »

Wou-hien conseille aussi d'apprendre à pénétrer une femme en douceur et à en ressortir rapidement. Pour s'entraîner à battre en retraite avant la fatidique éjaculation.

Si le novice sent qu'il est trop excité, « il doit cesser immédiatement ses pénétrations et retirer son Pic de Jade de façon à ne rester engagé dans la Porte de Jade que de deux à trois centimètres environ. Il attendra d'avoir retrouvé son calme, puis il recommencera à porter ses coups ».

Alternance recommandée : trois coups superficiels, un coup profond.

D'une manière générale, « celui qui apprend à contrôler son éjaculation doit se garder de toute impatience ».

Notre auteur reconnaît volontiers que l'on ne peut « connaître le bonheur le plus exquis » qu'avec une femme dont on soit amoureux. Mais le Tao de la communion est une ascèse [230] et celui qui apprend à contrôler son éjaculation et à mettre cet art en pratique doit s'efforcer d'être indifférent aux qualités de la partenaire « afin de garder la tête froide ».

« Il doit porter doucement et avec lenteur une première série de coups, puis deux, puis trois. Et s'arrêter un moment pour reprendre son calme. S'il veut combler sa partenaire, il se montrera doux et tendre afin qu'elle atteigne rapidement l'orgasme. »

Si le novice sent qu'il est sur le point de ne plus se maîtriser, il doit procéder au « blocage ».

Le blocage a pour but d'empêcher le Fleuve jaune ou le Précieux Trésor, le *king*, de couler. On peut le pratiquer de deux façons. En se retirant complètement, on inhibe l'éjaculation par une pression de la main sur la couronne du gland pendant deux ou trois secondes.

C'est la méthode moderne de blocage.

Traditionnellement, Wou-hien propose une méthode moins fruste et davantage prometteuse de progrès dans le sens où, en exigeant de l'homme une concentration de plus en plus attentive, elle le conduit plus rapidement à la véritable décontraction qui signe la maîtrise.

Cette méthode est basée sur le contrôle du souffle. A l'homme impatient, notre maître donne plus de vingt jours pour l'apprendre. « Un homme moins impétueux apprendra en dix jours. »

« L'avantage de cette méthode, assure le maître, est sa facilité d'utilisation. Par exemple, tandis qu'il porte une série de « trois coups superficiels un coup profond », l'homme peut fermer les yeux et la bouche et respirer profondément, sans forcer, par le nez (de façon à ne pas haleter). Dès le premier signe lui donnant à penser qu'il est sur le point de ne plus se contrôler, il se soulève d'un mouvement rapide et retire son Pic de Jade de deux à deux centimètres et demi et demeure dans cette position sans bouger. Il respire ensuite profondément en élevant le diaphragme en même temps qu'il contracte le bas-ventre « comme s'il se retenait tout en cherchant un endroit ou se soulager ». Si, tandis qu'il respire ainsi, il fixe ses pensées sur l'importance qu'il y a à conserver le *king* et sur la nécessité de ne pas le gaspiller inconsidérément, il retrouvera vite son calme et pourra reprendre ses coups, après cette pose.

« Un point important et qu'il ne doit pas oublier est qu'il lui faut battre en retraite au moment précis où son excitation grandit. S'il se retire alors que son désir est déjà profondément embrasé et qu'il essaie de faire rebrousser chemin à son *king*, celui-ci ne retournera pas en arrière. »

Tous les stratèges en conviendront : mieux vaut battre en retraite trop tôt que trop tard.

« L'homme qui applique cette méthode pourra contrôler son éjaculation sans en éprouver de désagrément, et son Pic de Jade ne perdra rien de sa fermeté. Il peut ainsi économiser son énergie. Il en retirera une remarquable sérénité. Il ne doit pas émettre son *king* avant d'avoir porté cinq mille coups. En poursuivant de la sorte [...], il pourrait continuer presque indéfiniment et contenter sans difficultés dix femmes dans la même nuit [231]... »

Les fruits de la maîtrise

Par cette maîtrise, l'homme parvient à la Vision Béatifique dans la possession ininterrompue de la femme, de la même façon qu'elle jouit de cette Vision par cette même possession sans fin.

« Leur extase mutuelle, explique John Cowper Powys, dans son *Apologie des sens*, les isole de tout le reste de l'univers. Ils finissent par ressembler à cette étrange créature à la double nature qu'évoque Platon dans *Le Banquet* [232].

« Avant d'avoir rencontré l'autre, chacun allait de part le monde, infirme, avorté, incomplet, désabusé, quasi moribond. Mais maintenant que la rencontre a eu lieu, ils sont devenus deux êtres en un seul. On dirait, de fait, qu'ainsi contenus tous deux au creux d'une même coquille opalescente d'isolement extatique, le mâle maintient la femelle en état de transe perpétuelle, cependant qu'elle, répondant à l'acte de possession du mâle par un rêve éternel d'auto-immolation sans réserves, préférerait périr plutôt que de s'éveiller de cette transe !... »

On ne peut suivre Powys sur les termes « isolement » et « rêve ». Ce rêve supposé de la femme est un acte. Et la profonde étreinte métaphysique qui s'empare des véritables amoureux pratiquant le Tao de la communion, loin de les isoler ou de les exclure, les immerge au contraire dans le vivant.

Au cœur vivant des mondes.

Le Serpent ne nous avait-il pas promis, dans le jardin d'Éden : « Vous deviendrez comme des dieux. » ?

Le Tao du Ying et du Yang tient la promesse du Serpent.

Sou-Nu :

« Si un homme se livre une fois à l'acte sexuel sans perdre de semence, il fortifiera son corps. S'il le fait deux fois, son ouïe sera fine et sa vue perçante. S'il le fait trois fois, toutes les maladies disparaîtront. Quatre fois, il jouira de la paix de l'âme. Cinq fois, et son cœur et la circulation de son sang seront améliorés. Six fois, et ses reins deviendront robustes. Sept fois, ses fesses et ses cuisses gagneront en puissance. Huit fois, son corps deviendra lisse. Neuf fois, il atteindra la longévité. Dix fois, il sera comme un Immortel [233]. »

Les bases de l'ascèse

La satisfaction de la femme est le but des traités. Elle sous-entend que les deux partenaires s'efforceront de retirer du même acte une sérénité partagée.

L'acte d'amour n'est pas une gymnastique.

C'est une expérience totale.

« Un pianiste parviendra, écrit Jolan Chang, à acquérir un doigté remarquable, mais il ne sera rien de plus qu'un technicien. C'est en faisant appel à son imagination et à tous ses sens qu'il devient un artiste authentique. L'amour sensuel conduisant à l'extase ressemble beaucoup à cela. »

Le Tao est une voie pour laquelle l'harmonie physique est indissociable de l'harmonie spirituelle.

Comme le yoga, l'ascèse taoïste repose sur la maîtrise du souffle.

« S'il veut recevoir tous les bienfaits du Tao, le couple doit d'abord apprendre à respirer longuement et profondément afin d'être bien détendu [234]. »

Jolan Chang :

« La respiration est essentielle à notre bonne santé et joue un rôle capital dans presque toutes les techniques de méditation. »

Pour bien respirer, ses conseils rejoignent ceux de toutes les traditions :

1. Se tenir droit, la poitrine détendue.

2. Inspirer et expirer uniquement avec le diaphragme et par le nez. Ne pas utiliser la bouche.

3. Expirer lentement l'air des poumons puis les vider complètement en finissant par une contraction forcée du diaphragme.

4. Inspirer doucement en dilatant au maximum le diaphragme. Expirer de nouveau lentement et recommencer.

Le souffle maîtrisé et la détente acquise, « l'homme et la femme doivent se sentir en sécurité pour que leurs cœurs soient sereins. Ils doivent enfin accorder leurs volontés afin qu'il n'y ait pas de conflit. Une fois qu'ils auront appris ces trois points essentiels, le Tao sera entièrement à leur service. Il leur faut aussi veiller à des détails pratiques tels que la température, pour qu'il ne fasse ni trop chaud ni trop froid ; de même, leurs estomacs ne seront ni trop pleins ni trop vides. Ils se livreront à l'acte sexuel avec mesure, de sorte que les pénétrations ne soient ni trop rapides ni trop profondes. Ils sauront qu'ils ont correctement appliqué le Tao si la femme éprouve l'orgasme sans que l'homme soit épuisé [235] ».

Quelques recettes

Les précieux sages taoïstes ont méticuleusement observé les comportements amoureux et défini avec une rigueur très scientifique les modes de pénétration et leurs profondeurs, les variations et les rythmes des poussées pelviennes.

Les pénétrations

Li Tong-hsuan définit six modes de pénétration :

« 1. Avancer le Pic de Jade et pousser vers le bas en le faisant aller et venir à la manière d'une scie sur le Jade Précieux, comme si l'on ouvrait une huître afin d'en extraire la perle brillante.

2. Frapper le Jade précieux et découvrir le Couteau Doré (le clitoris), comme si l'on fendait une pierre pour en découvrir le noyau de Jade.

3. Frapper fort avec le Pic de Jade aux abords du clitoris, comme un pilon de fer descendant dans le bol à médecine.

4. Faire entrer et sortir le Pic de Jade et frapper à droite et à gauche de la Salle des examens (les deux côtés de la vulve), comme le forgeron façonne le fer avec cinq marteaux.

5. Faire aller et venir le Pic de Jade avec de petites poussées lentes à l'intérieur de la Porte de Jade,

comme un fermier préparant son champ pour une plantation tardive.

6. Le Pic de Jade et la Porte de Jade se rencontrent tumultueusement comme deux avalanches se mélangent [236]. »

La profondeur des pénétrations

Le mythique Empereur jaune demanda à Sou-Nu comment régler correctement la profondeur de la pénétration pour « moissonner le maximum de bienfaits ».

Sou-Nu lui expliqua alors qu'il fallait que l'homme observe les réactions de sa compagne et, en fonction de celles-ci, utiliser la méthode la plus appropriée. Celle dite de « la neuvaine peu profonde » suivie d'une poussée profonde constitue sans doute l'une des meilleures. Plus longuement les coups sont portés, plus les partenaires savourent le plaisir.

Les mouvements ne doivent être ni trop rapides ni trop lents. On doit aussi veiller à ne pas pousser trop profondément pour ne pas blesser ses partenaires.

Le vocabulaire technique est un enchantement. Ainsi les sages recommandent-ils, par exemple, « plusieurs poussées sur la Corde du Luth, puis quelques coups vigoureux contre les Dents de la Châtaigne d'eau »...

Que signifient ces noms ?

Ils désignent les différentes profondeurs du vagin.

On distingue ainsi huit Vallées :

1. La Corde du Luth, profonde de deux centimètres et demi.

2. Les Dents de la Châtaigne d'eau (cinq centimètres).

3. Le Ruisselet (sept centimètres et demi).

4. La Perle Noire (dix centimètres).

5. Le Propre de la Vallée (douze centimètres et demi).

6. La Chambre Profonde (quinze centimètres).

7. La Porte Intérieure (dix-sept centimètres et demi).

8. Le Pôle Nord (vingt centimètres) [237].

Les poussées

Qu'est-ce que la méthode de la « neuvaine » peu profonde suivie d'une poussée profonde ?

Chang explique que cela veut simplement dire que l'on porte neuf coups en surface suivis d'un coup profond. Chaque coup doit être coordonné avec la respiration. On parle de coups superficiels quand leur profondeur se situe entre la Corde du Luth et la Perle Noire (de deux centimètres et demi à dix centimètres), et de coups profonds lorsqu'ils vont du Ruisselet au Propre de la Vallée (de sept centimètres et demi à douze et demi).

Une des bibles du Tao de la communion, le *Tong-hsuan-tze*, distingue neuf styles de poussée [238] :

« 1. Frapper à gauche et à droite comme un guerrier courageux qui tenterait de disperser les rangs de ses ennemis.

2. Mouvoir la Tige de Jade de haut en bas comme un cheval sauvage fait le saut de mouton pour passer une rivière.

3. Se retirer et s'enfoncer comme une bande de mouettes jouant dans les vagues.

4. Alterner rapidement poussées profondes et superficielles comme un moineau becquetant les grains de riz laissés dans le mortier.

5. Enchaîner d'une façon régulière coups profonds et peu profonds comme de grosses pierres s'enfonçant dans la mer.

6. Entrer avec lenteur comme un serpent se glisse dans son trou pour hiverner.

7. Donner de petits coups rapides à la manière d'un rat effrayé qui se précipite dans son trou.

8. S'élever lentement, puis foncer comme l'aigle attrapant une proie fuyante.

9. S'élever puis piquer du nez comme un grand voilier bravant le coup de vent. »

L'intérêt de la classification consiste principalement à avoir défini les poussées pour en varier à loisir les styles et les enchaînements.

Profondes ou superficielles, lentes ou rapides, directes ou obliques, les poussées ne doivent pas rester uniformes. Chacune possède ses propres effets et caractéristiques.

Une poussée lente, explique l'auteur du Tong-hsuan-tze, « doit ressembler au mouvement d'une carpe jouant avec l'hameçon ». Une poussée rapide doit imiter « le vol des oiseaux contre le vent ».

« Introduisant et retirant, remuant de bas en haut, de gauche à droite, marquant des pauses ou bien en une succession rapide, tous ces mouvements doivent se correspondre. Il faut appliquer chacun d'eux au mouvement voulu et ne pas s'en tenir toujours à un seul et même style parce qu'on y trouve son bon plaisir [239]. »

La variation des rythmes et des postures est essentielle pour renouveller l'appétit et approfondir la passion.

Positions et variations

Le docteur Li Tong-hsuan dénombre quatre positions fondamentales et vingt-six variantes.

Les quatre positions fondamentales sont les suivantes :

« 1. *L'Union étroite* (position supérieure de l'homme).

2. *La Corne de la Licorne* (position supérieure de la femme).

3. *L'Attachement intime* (position latérale de l'homme et de la femme face à face).

4. *Le Poisson se dorant au soleil* (la femme tourne le dos à l'homme ; l'homme et la femme peuvent être allongés sur le côté droit ou le côté gauche, ou l'homme simplement allongé sur la femme). »

Les quelques variations proposées par Li Tong-hsuan ne sont indiquées ici que pour la beauté de leurs noms chinois. En réalité, le nombre des variations est infini et ne dépend que de l'imagination créatrice des couples et de leurs conformations [240].

– Variations sur *l'Union étroite* :

« 1. *Le Vers à soie tissant son cocon.* La femme enserre le cou de l'homme avec ses bras et croise ses jambes derrière son dos.

2. *Le Dragon qui s'enroule.* De sa main gauche l'homme relève les pieds de la femme en les amenant au-dessus des seins. De la main droite, il enfonce sa Tige de Jade dans la Porte de Jade.

3. *Les Hirondelles amoureuses.* L'homme allongé sur la femme lui étreint le cou tandis qu'elle enlace sa taille.

4. *L'Union des Martins-pêcheurs.* La femme est sur le dos, les jambes détendues. L'homme s'agenouille et la tient par la taille.

5. *Le Pin nain.* La femme croise les jambes autour de l'homme. Tous deux se tiennent par la taille.

6. *La Danse des deux Phénix.* Variante de la première position qui peut, en se tournant, devenir une variante de la deuxième position. La Danse des deux Phénix indique surtout que le couple change de position.

7. *Le Vol des Mouettes.* L'homme, debout devant le lit, soulève les jambes de la femme tandis qu'il la pénètre.

8. *La Gambade des Chevaux sauvages.* Les pieds de la femme sont sur les épaules de l'homme qui peut ainsi la pénétrer profondément.

9. *Le Coursier lancé au galop.* La femme est couchée sur le dos tandis que l'homme est accroupi. De sa main gauche il lui tient le cou ; de la main droite, il agrippe ses pieds.

10. *Les Sabots du Cheval.* La femme est couchée sur le dos et pose l'un de ses pieds sur l'épaule de l'homme, tandis que l'autre pend librement.

11. *Les Oiseaux sauvages.* [Li Tong-hsuan ne commente pas.]

12. *Le Phénix jouant dans la Grotte de Corail.* La femme est sur le dos et lève ses jambes en se tenant les pieds.

13. *L'oiseau géant planant sur la mer obscure.* L'homme supporte les jambes de la femme sur le haut de ses bras tout en la tenant par la taille. »

– Variations sur *la Corne de la Licorne* :

« 1. *Les Papillons voltigeants* [Li Tong-hsuan ne commente pas].

2. *Le Couple de Canards volants.* L'homme est couché sur le dos, la femme assise sur lui, le visage tourné vers ses pieds.

3. *Phénix tenant son poussin.* [Sans commentaires non plus. Il paraît que cette position convient particulièrement à un couple où la femme est grande et dotée d'avantages généreux, tandis que l'homme est plus petit.]

4. *Le Singe chanteur embrassant l'arbre.* L'homme est assis. La femme s'assied sur lui à califourchon face à lui et le tient de ses deux mains. Il pose une main sous ses fesses et de l'autre s'appuie sur le lit.

5. *Le Chat et la Souris dans le même trou.* L'homme est couché sur le dos, jambes détendues. La femme se couche étroitement sur lui. Il enfonce profondément sa Tige de Jade. »

– Variation sur *l'Attachement intime* :

Les Deux Poissons côte à côte. Face à face et baisant profondément la bouche de la femme, l'homme soulève d'une main les pieds de celle-ci.

– Variations sur le Poisson se dorant au Soleil :

« 1. Les Canards mandarins. Couchée sur le côté, la femme replie les jambes de façon à ce que l'homme puisse la pénétrer par-derrière.

« 2. Le Tigre blanc qui bondit. La femme est à genoux, la tête sur le lit. L'homme s'agenouille derrière elle et la prend par la taille.

« 3. La Cigale brune collée à une Branche. La femme couchée sur le ventre, écarte les jambes. Il la tient par les épaules et la pénètre par-derrière.

« 4. La Chèvre devant un Arbre. L'homme s'assied sur une chaise. La femme s'assied sur lui, lui tournant le dos, tandis qu'il la tient par la taille.

« 5. Les Singes à la dernière Lune de printemps.

La femme prend appui sur ses mains et ses pieds et se penche en avant. L'homme est debout derrière elle et la tient par la taille. »

– Fantaisies hors concours :

« 1. Les Bambous près de l'Autel. L'homme et la femme sont debout face à face, enlacés, s'embrassant.

2. Les Chiens courants à l'Automne. L'homme et la femme sont dos à dos, s'appuyant sur leurs mains et leurs pieds et se soutenant de leurs fesses. L'homme baisse la tête et, s'aidant de la main, enfonce la Tige de Jade dans la Porte de Jade [241]. »

L'étreinte rend immortel

Qu'on ne s'y trompe pas ! En dépit des anodines et douces métaphores dont ils ont baptisé leurs « préceptes », les bons maîtres taoïstes de l'art amoureux ne nous ont pas seulement légué d'agréables recettes de gymnastique. Leurs conseils sont nés d'une expérimentation plusieurs fois millénaire et sont fondés sur une métaphysique qui s'est donnée pour but de restaurer l'harmonie du monde par une communion profonde aux énergies primordiales.

Le Tao est le principe régulateur de l'univers, le système absolu de la perfection de toutes choses. Liberté, immortalité et salut s'obtiennent en épousant entièrement le grand mouvement naturel de l'univers.

Le *Tao-tö kin* [242] du vénérable Laozi [243] n'enseigne-t-il pas que le Tao doit être considéré comme une « matrice », « la Mère de Tout-sous-le-Ciel » ?

« Il y avait quelque chose dans un état de fusion avant la formation du Ciel et de la Terre. Tranquille ! Ineffable ! Elle existe seule et ne change pas ; elle circule et ne se lasse pas. On peut la considérer comme la Mère de Tout-sous-le-Ciel, mais j'ignore son nom ; je l'appellerai Tao et, s'il faut lui donner un nom, ce sera "grand" [244]. »

Le Tao est immortel : « L'esprit de la Vallée ne meurt pas. C'est la femelle mystérieuse, c'est la racine du Ciel et de la Terre [245]. »

« Le Tao donna naissance à l'Un. L'Un donna naissance aux Deux. Les Deux donnèrent naissance aux dix mille êtres [246]. »

Qu'est-ce que le taoïsme ?

« Le retour est le mouvement du Tao [247]. »

Ce retour est un retour mystique à la matrice primordiale, « à la Mère des dix mille êtres ».

Remontant le cours des alternances du Yin et du Yang (les Deux issus de l'Un) et contemplant leur incessant va-et-vient (actif-passif, vie-mort, plein-vide), l'adepte obtient en lui leur union :

« Là sont la beauté et la joie suprême. S'ébattre dans ce ravissement est le lot du surhomme [248]. »

Le saint et le sage redeviennent, doivent redevenir comme le nouveau-né, si proche encore du chaos utérin qu'il en conserve toutes les forces vitales.

« Et pourtant ses os sont faibles, observe Laozi, et ses muscles mous, mais il serre fortement. Il ne sait rien encore de l'Union sexuelle, mais sa verge se redresse. Il crie toute la journée et ne s'enroue pas. Cela vient du fait que son essence séminale est parfaitement intacte [249]. »

Pour ressembler au nouveau-né, le saint rejette le savoir et les préoccupations humaines. Il veille à ne pas troubler l'harmonie naturelle par des inventions de son esprit que la « culture » dérègle.

« Moi seul, je diffère des autres en ce que je prise de me nourrir de la Mère [250]... »

En cela les « Libations des trois Pics » nous sont indispensables : elles produisent les essences nécessaires à l'harmonie surnaturelle du Yin et du Yang.

Quels sont ces trois Pics ?

Ce sont les lèvres, les seins et la vulve.

« Le plus élevé des trois Pics, explique Wou-hien, s'appelle le Pic du Lotus Rouge. Son fluide, la Source de Jade, jaillit de deux orifices situés sous la langue de la femme. Quand l'homme le caresse de sa langue, le liquide coule en abondance. Il est transparent et hautement bénéfique à l'homme.

Viennent ensuite les Pics jumeaux. Leur fluide, la Blanche Neige, jaillit des seins de la femme. Il est de couleur blanche et de goût sucré. Bénéfique à l'homme, il profite aussi à la femme. Il améliore chez elle la circulation du sang et règle les menstrues. Il détend son corps et son âme ; elle y trouve bonheur et volupté. Les fluides de la Pièce d'Eau Fleurie (la bouche) et de la Porte Obscure (la vulve) en seront plus abondants. Des trois libations, celle-ci est de beaucoup la meilleure. Si la femme n'a jamais encore porté d'enfant et n'a pas de lait, l'effet sera encore plus bénéfique.

Plus bas se nomme le Pic de l'Agaric Pourpre ou la Grotte du Tigre Blanc ou encore la Porte Obscure (la vulve). Son fluide, la Fleur de Lune, est soigneusement gardé dans le Palais du Yin (l'utérus). Il est très lubrifiant. Mais la porte du Palais du Yin est presque toujours close. Elle ne s'ouvre que lorsque la femme éprouve un plaisir extrême qui fait monter le rouge à ses pommettes et adoucit sa voix jusqu'au murmure. Alors le fluide s'épanche librement. L'homme doit retirer son Pic de Jade de deux centimètres et demi environ mais poursuivre ses coups en même temps qu'il baise sa bouche ou boit à ses seins. »

Celui qui connaît le Tao « observe la passion » mais ne se laisse pas emporter par elle.

Le couple peut se perdre dans son extase. Mais cette perte et cette extase, en dépit des apparences, ne sont pas terrestres. La fusion des contraires en quoi consiste cette union a pour objet de *nourrir l'embryon d'immortel que nous portons en nous*. L'homme réel, c'est le Cinabre du Nadir [251].

Celui qui réunit le Yin et le Yang.

Ainsi l'empereur Houang-Ti, « créateur de la civilisation, des vêtements et des noms de famille », devint-il immortel : il coucha avec mille deux cents femmes en une nuit « et devint immortel ». Les gens du commun ont une seule femme et détruisent leur vie. Comment « savoir et ne pas savoir » ne produiraient-ils pas des résultats opposés [252] ? »

Lao-Tseu le confirme :

« Le vrai sage vit mille ans, après quoi, las de ce monde, il le quitte et s'en va vers les Immortels. Monté sur un nuage blanc, il arrive dans la région des dieux. »

Chapitre III
Le yoga de la sexualité

« Ô Kalika, il est certain qu'aucune voie sauf celle du Kula ne peut assurer le bonheur en ce monde et dans les autres. Un adepte du Kula mérite l'enfer s'il garde cachée cette voie dans l'ère de Kâli. »
MAHANÎRVANA TANTRA (VII, 202)

Dans l'esprit crépusculaire et embrumé de la majorité de nos contemporains, le mot « tantrisme » évoque des pratiques sexuelles vaguement magiques au terme desquelles des niveaux de conscience élevés seraient atteints. Il suffirait de s'appliquer consciencieusement aux postures suggérées par l'iconographie (musulmane !) d'une édition quelconque du Kâma Sûtra, et, comme par enchantement, la compréhension des mondes subtils serait acquise. Et les pouvoirs des siddhis accordés par surcroît. L'expérimentation serait peu risquée : si aucun changement de niveau de conscience n'advient, si les « pouvoirs » ne sont pas accordés, on aura toujours tiré un coup...

Ce point de vue, schématiquement vulgarisé, repose évidemment sur une perception erronée de l'initiation. On se leurre ici à la fois sur le but et sur les moyens.

« L'altitude » n'est pas le but visé. Il n'y a pas de parachutisme à l'envers. Et la plupart des états supposés mystiques ou élevés ne relèvent le plus souvent de rien d'autre, hélas, que de l'auto-hypnose ou d'une dramatique évasion hors de la réalité. Plus ancienne que l'ascenseur, l'initiation est aussi plus terre-à-terre.

C'est au niveau même où nous prenons appui pour marcher, au niveau où nous reposons, que nous accomplissons, chaque jour, notre chemin. Les portes s'ouvrent au ras du sol. Les seuils ne sont pas suspendus aux linteaux.

Incompréhension du but, inadéquation des moyens.

Si la gymnastique suffisait à l'initiation, les gymnasiums seraient des temples et les gymnastes nos grands-prêtres !... Nous ne nions pas que certains traumatismes liés à l'expérimentation strictement sexuelle puissent produire, dans l'ordre de l'évolution psychologique d'un individu, certains effets assimilables aux procédures de l'initiation proprement dite ; mais les potions de Circé, inverses dans leurs effets au philtre de Tristan, ne transforment jamais que des porcs en cochons ou des cochons en porcs. Elles ne produisent ni hommes ni héros. Car des abîmes infranchissables séparent aussi sûrement les royaumes de la quantité et de la qualité que la voie de Don Juan de celle de Tristan.

Souvenons-nous aussi, avant d'explorer si peu que ce soit l'univers tantrique, que toute tentative d'adaptation d'une science sacrée, quelle qu'elle soit, d'une civilisation à une autre, d'une langue à une autre, est inévitablement absurde et ridicule. Et qu'il ne peut s'agir, au sens exact – péjoratif – du mot, que d'une vulgarisation.

Souvenons-nous enfin qu'aux Indes mêmes les enseignements et rituels tantriques sont considérés ne pouvoir être « poursuivis que par un très petit nombre d'individus exceptionnellement qualifiés et prédisposés ».

Reste que, si éloignés soient-ils de nos paysages intérieurs occidentaux, la philosophie, les exercices et les rites du tantrisme, si nous savons en user à bon escient, constituent des outils propres à éclairer et conforter les « leçons de choses initiatiques » qui nous sont proposées dans l'amoureuse passion religieusement vécue.

L'hindouisme tantrique

Le tantrisme est une forme d'hindouisme qui s'exprime dans des ouvrages médiévaux qu'on appelle les tantra, dont les racines (*tan* : étendre, propager ; et *tra* : protéger, sauver) suggèrent une idée de « propagation du salut. »

L'ensemble des Tantra est considéré comme un cinquième Véda, une actualisation de la tradition védique primordiale pour l'âge de fer dans lequel nous vivons. De la même façon que le Véda convenait à l'âge d'or, la 'Smriti à l'âge d'argent et les Purânas à l'âge d'airain les Tantra sont nos « viatiques » dans l'âge de Kâli. La préparation et la réalisation de cette adaptation fut l'œuvre des derniers auteurs des Upanishads.

Les ouvrages tantriques, souvent volumineux, présentent une cosmologie, une description des rites à accomplir et ce que Jean Varenne appelle « tout un ensemble de recettes spirituelles destinées à permettre à l'adepte de dépasser sa condition humaine [253] ».

Ces recettes concernent la discipline individuelle (le yoga), l'alchimie, la confection de représentations de la divinité aussi bien que diverses formes de magie.

Il s'agit ici de « la mise en œuvre d'une énergie ('sakti) secrètement présente en toute manifestation cosmique, y compris dans l'être humain. Les tantras expliquent que la 'sakti est un aspect féminin de l'Absolu et l'identifient à la Déesse suprême (Mahâ-Devî) à laquelle ils donnent divers noms empruntés à la mythologie hindoue, tels que Dûrga, Pârvati, Lakshmi, Umâ, Kâlî. »

« Sur le plan humain, le tantrisme invite d'abord à reconnaître en chaque individu la présence d'un élément mâle, « l'âme » (âtman) et un élément femelle la 'sakti. Chez l'homme ordinaire, la 'sakti sommeille, et c'est ce qui explique le destin misérable de l'âtman, condamné à subir passivement les conséquences des actes de l'individu et donc à renaître indéfiniment. L'adepte apprend à éveiller la 'sakti, que l'on compare à un serpent femelle (la Kundalinî, « l'enroulée ») lové à la base du corps. Tirée de son sommeil, la déesse se dresse comme une flamme ranimée et monte jusqu'au cerveau où elle réalise son union (représentée comme un mariage) avec l'âtman. Dès lors l'individu est « délivré », c'est-à-dire qu'il n'aura plus à subir la loi de la transmigration. »

« L'éveil de la Kundalinî s'opère soit par des pratiques relevant du yoga, soit par des opérations à caractère magique utilisant des diagrammes (yantra), des formules secrètes (mantra), des rites particuliers. Ceux-ci ont fait la célébrité du tantrisme, mais les pratiques sexuelles, les sacrifices sanglants, la consommation d'alcool ou de drogues n'ont d'autre but que la réalisation spirituelle la plus haute, obtenue par le dépassement de la condition humaine [254]. »

Il serait vain de penser pouvoir exposer en une vingtaine de pages en quoi consistent les pratiques officielles et les pratiques secrètes des *kaula*. Le lecteur trouvera, dans la bibliographie de ce livre, une liste des ouvrages les mieux documentés et les plus sûrs, sur le sujet. Nous en avons néanmoins extraits quelques indications et recommandations propres à lui donner une idée des œuvres et travaux auxquels l'adepte se consacre « pour se délivrer des liens de l'existence phénoménale » par la transformation radicale de son être.

Qualités de l'adepte, qualification des partenaires

Les qualités requises

Les qualités requises de l'adepte ne sont pas différentes de celles que le yoga exige. Elles sont au nombre de trois :

- le détachement,
- la foi,
- la force.

Le détachement, l'indifférence et le mépris – *Vairâgya* – doivent concerner tout ce qui est lié à une vie médiocre, conditionnée, impulsive et dispersée. Elle pose une distance et renvoie au sentiment de royauté intérieure.

Shraddhâ est la foi, dans son acception positive. Une certitude inébranlable. « Car, ce qui doit s'établir, explique aussi Paracelse, dans un tout autre contexte, (mais le but est absolument identique...) c'est une foi solide comme un roc et lumineuse comme au commencement. »

Vîrya est la force, fille du renoncement et de la foi. La force exclut la peur, le désir et l'espoir. Elle est indépendance, elle est intégrité. Tout renoncement met un pouvoir à la disposition de l'homme. Ce pouvoir s'appelle *ojas*. C'est la condition fondamentale pour posséder un objet ou en jouir sans y être enchaîné [255].

Les partenaires

> *« La femme crée l'univers, elle est le corps même de cet univers.*
> *La femme est le support des trois mondes, elle est l'essence de notre corps. Il n'existe pas d'autre bonheur que celui procuré par la Femme.*
> *Il n'est d'autre voie que celle que la Femme peut nous ouvrir.*
> *Il n'y a jamais eu et il n'y aura jamais ni hier, ni maintenant, ni demain, d'autre fortune que la Femme, ni de royaume ni de pèlerinage, ni de Yoga ni de prière, ni de formule magique, ni d'ascèse, ni de plénitude autre que celle procurée par la Femme. »*
> SHAKTISANGAMA-TANTRA (II, 52.)

La yoginî, précise le Yonitantra, doit être lascive, libre (*pramadâ*), aimée (*kântâ*) et au-delà de toute pudeur. Comprenons bien ce point. « Au-delà de toute pudeur » signifie que la femme est tout simplement femme, que les conditionnements de son milieu et de son éducation ont été vaincus, et qu'elle a réintégré l'esprit de la Déesse.

On se souvient que nous avons vu comment, de gré ou de force, l'esprit occidental s'était éloigné de la déesse-mère. Cette véritable amputation, en plaçant l'accent sur le développement du pôle masculin de la psyché, a défiguré la femme. A un tel point que Jung a pu affirmer, sans plaisanter, que, dans notre civilisation judéo-chrétienne, c'est-à-dire dans une tradition strictement patriarcale, l'image archétypique de la femme *ne figurait pas*, n'avait pas de représentant au « Parlement d'en Haut ». Il en résulte que, non seulement l'anima de l'homme est négligée, mais que, d'autre part, « la femme est incertaine quant à sa propre essence ; elle ne sait ni ce qu'elle est, ni ce qu'elle pourrait être [256]... »

C'est donc une femme « qui sait ce qu'elle est », une femme indemne ou délivrée des conditionnements culturels patriarcaux, indemne ou délivrée aussi des mythes incapacitants du féminisme, une femme rescapée de *Marie-Claire* et de *Cosmo*, une femme originelle, primordiale, simple et sainte comme Saragitis, Isis ou Yseult, l'Hélène ou la Marie-Madeleine gnostiques, que l'adepte rencontrera... Si les dieux consentent à leur rencontre. Elle peut être encore conditionnée, mais son Amour la libérera, comme Tristan libéra l'Irlande des démons et dragons « qui l'infestaient... »

Jamais affirmation n'a été aussi vraie que celle-ci : « Quand le disciple est prêt le maître paraît. » C'est une loi du genre. Ainsi André Van Lysebeth (*Tantra. Le Culte de la féminité*) qualifie-t-il cette rencontre, imprévisible, « d'événement marquant de [la] vie, aussi indélébile qu'un tatouage... Ni le disciple ni le guru ne partent à la recherche l'un de l'autre : ils attendent que "cela" se produise. Cet improgrammable "cela" échappe au hasard qui règle la plupart des rencontres humaines. A bien des égards, leur rencontre ressemble au coup de foudre, en ce sens qu'ils se reconnaissent d'emblée. A quoi ? Question sans réponse : c'est ainsi, et cela suffit. *Eux* savent. Leur rencontre, mystérieusement, ressemble plus à des retrouvailles qu'à une découverte. Elle crée d'emblée entre eux un lien inéluctable, définitif et chargé d'émotion : "après" plus rien n'est comme "avant". »

Les facultés à développer

Comme dans tout yoga, les facultés qu'il convient de développer, pour la perfection des exercices, sont essentiellement : la maîtrise du souffle, la méditation, la visualisation active et la concentration active.

La maîtrise du souffle

L'efficacité du contrôle du souffle dépend d'une prise de conscience de son caractère subtil. C'est le *prâna*, la respiration-force-de-vie et non la respiration sous sa forme grossière (*sthûla*) dont il s'agit dans la pratique yogique.

Le lecteur désireux de pratiquer se reportera avec profit au texte complet du Shiva-Svarodaya [257], dont nous donnons un aperçu et des extraits ci-dessous, en guise d'introduction au monde subtil du souffle.

Car les trois techniques de l'acte respiratoire, aspirer (*pûraka*), retenir l'air (*kumbhaka*) et expirer (*réchaka*) doivent être bien connues du pratiquant.

Elles sont la base de toutes les réalisations.

« Le remplissage, l'aspiration de l'air (*pûraka*) donne au corps la vigueur et égalise les différents éléments qui le composent. La retenue de l'air (*kumbhaka*) protège et développe le corps. L'expiration de l'air (*réchaka*) délivre de ce qui brûle (des erreurs commises) et permet d'atteindre le stade de réalisation du Yoga. »

« Ayant aspiré normalement l'air, il faut le maintenir le plus longtemps possible et le rejeter par la voie lunaire (la narine gauche). Pour aspirer il faut utiliser la voie solaire (la narine droite). Celui qui sait faire passer le souffle solaire par la voie lunaire et le souffle lunaire par la voie solaire, chacun entrant dans le rythme de l'autre, vit aussi longtemps que la Lune et les étoiles [258]. »

Il s'agit, pour acquérir l'acuité, de se mettre en harmonie avec les énergies élémentaires qui régissent aussi bien les « mouvements » des atomes que ceux des astres.

« En fermant avec les doigts la bouche, les narines, les yeux, les oreilles, on produit la « montée des principes » (*tattvaudaya*) qui permet la vision (de la réalité transcendante). Celui qui a réalisé la forme, le mouvement, le goût, les groupements des « principes des éléments », connaît aussi dans le domaine des activités humaines, les secrets de l'union sexuelle. »

A qui connaît les secrets du souffle sont révélées, ici-bas, les joies de la fortune et de la volupté :

« Celui qui connaît la science du souffle (*svarajnâna*) tient la Déesse de la Fortune Lakshmî, dans la paume de sa main. La volupté réside dans toutes les parties de son corps [399]. »

« Les joies de celui qui connaît le plan secret des circuits du corps et possède la connaissance des « principe des éléments » (*tattvas*) n'ont point d'égal parmi celles accessibles aux millions d'êtres vivants. [401] »

Par la maîtrise du souffle, le yogin acquiert « le pouvoir de voir de ses yeux toutes les régions du monde ». « Là où se fixe son esprit, il se transporte lui-même. »

Ainsi parvient-on à se « libérer des désirs particuliers ». L'être libéré de tous les attachements conquiert le temps et la mort comme en se jouant.

Le lecteur aura soupçonné, compte tenu des références faites aux souffles et voies solaires et lunaires, que les choses sont un peu plus compliquées – et autrement réelles – qu'il n'y paraît dans les « *Yoga sans peine* » des librairies de gares.

En réalité, notre corps subtil se manifeste également par trois artères :

- l'artère gauche ou lunaire Idâ,
- l'artère droite ou solaire Pingalâ,
- l'artère centrale Sushumnâ.

Idâ est de couleur pâle et éthérée, à peine ombrée de rose ; Pingalâ, rouge grenat éclatant ; Sushumnâ « rayonne de la splendeur de la syllabe sacrée qui suscite la connaissance pure [259]. »

Leur point d'ancrage est le mûlâdhâra, situé à la base de la colonne vertébrale. Idâ et Pingalâ se déroulent en sens contraire et s'entrelaçent comme les serpents du caducée, autour de la colonne vertébrale, de façon à se croiser cinq fois sur l'axe de cette colonne, le dernier point se situant au niveau des sourcils, qu'on trouve dans beaucoup d'effigies des dieux (le troisième œil). Idâ et Pingalâ sont particulièrement connectées avec les deux hémisphères du cerveau et correspondent donc aux deux êtres distincts qui habitent en tout homme [260].

L'influence des artères subtiles liées aux côtés droits et gauche du corps est facilement observable car, selon leur prédominence, la respiration a tendance à utiliser la narine droite ou gauche. Selon que l'hémisphère droit ou gauche de notre cerveau prend les commandes, nos actions ont un autre caractère, d'autres conséquences. Alain Danièlou affirme que nous pouvons prédire les résultats des actes d'autrui et la réponse aux questions qui nous sont posées d'après les moments où nous en prenons connaissance.

C'est le travail d'une vie entière.

D'une manière qui semblera plus rapidement opérationnelle, Julius Evola recommande au néophyte, pour commencer à prendre conscience des pouvoirs du souffle, de se détendre, se relaxer, de rester immobile en attendant que la respiration, laissée complètement à elle-même, prenne un rythme régulier « comme celle d'un enfant qui dort ».

A ce moment on procède sur elle à une concentration mentale progressive. Suivant la qualité de la concentration, l'air inspiré révélera ou ne révélera pas sa nature spirituelle énergisante et lumineuse. Une sensation de chaleur lui est liée qui ne se laisse pas aisément décrire. Dès cet instant, la conscience a déjà changé de plan. Rares sont ceux qui n'en n'ont pas fait l'expérience.

La Chândogya-upanishad est formelle :

« Comme celui qui n'en connaît pas l'emplacement ne trouve pas le trésor caché alors même qu'il passe tout-à-côté, de même tous les êtres ne trouvent pas le royaume de Brahman, bien qu'ils y entrent tous les jours (dans l'état de sommeil profond). C'est le non-savoir qui les en tient éloignés. »

Plutarque, et l'évêque Synésius ne disaient pas autre chose :

« Il n'a pas parlé sans inspiration divine celui qui a dit que le sommeil représentait les Petits Mystères de la mort, car le sommeil est vraiment une initiation préliminaire (par rapport à celle qui correspond à la mort). »

Et Synésius : « Le sommeil ouvre la voie à l'accomplissement le plus parfait des êtres. »

Silence et impassibilité

C'est dans le silence d'un recueillement monacal et avec le souffle fondamentalement énergisant et apaisé du sommeil le plus profond que s'accomplit l'union « tantrique. »

La méditation

La méditation doit accompagner la prise de conscience du souffle.

Certaines formes de méditation sont proposées pour commencer.

En voici une rapportée par Julius Evola dans *Le Yoga tantrique*. Nous la donnons telle qu'il la livre, en souhaitant de tout cœur qu'elle soit plus profitable au lecteur qu'à nous-même : nous ne l'avons jamais expérimentée sans provoquer de fantastiques insomnies.

« Le soir avant de s'endormir, il faut visualiser un soleil qui peu à peu se lève jusqu'à parvenir au zénith d'un ciel diurne totalement pur. L'image doit être vive, animée d'un sentiment d'élévation, d'ouverture et d'illumination de tout l'être. Il faut en outre penser que cette image correspond à ce qui arrivera au plus profond de la nuit, quand brillera dans toute sa puissance ce « soleil de minuit » dont parlaient les Mystères de l'Antiquité occidentale. Il faut entendre par zénith du soleil nocturne le point où l'identification avec la lumière, liée à un sentiment de libération, devient parfaite. Il faut alors tenter de s'endormir rapidement avant qu'aucune autre image ou pensée ne surgisse.

Le matin, lorsque l'on est complètement réveillé, on imagine le soleil qu'on a déjà visualisé la veille et on l'accompagne dans sa descente depuis son zénith jusqu'à son coucher (qui, dans cette inversion, correspond au point du jour), avec le sentiment que cette lumière qui se couche quand se répand la lumière physique du jour monte en soi-même et se maintient dans notre vie éveillée. On fait naître ainsi le sentiment d'une lumière opposée à celle qui éclaire la nature et qui permet aux yeux charnels de voir.

Cette pratique favoriserait aussi la perception subtile du corps et de la vie, ainsi que la première intégration de la conscience dans l'état qui correspond au sûkshma-sharîra. On approche du moment où la condition « épaisse » du corps est dépassée, ce qu'atteste une sensation de fraîcheur et de légèreté. L'élément tamasique (matériel, lourd) commence à être remplacé par le « tejasique » (*tejas* = énergie rayonnante) [261]. »

La visualisation exacte

Il s'agit de l'imagination, en tant que faculté de voir avec les yeux de l'esprit une forme donnée dans tous ses détails, aussi nettement et avec la même vivacité que s'il s'agissait d'une réalité concrète. A son degré le plus élevé, c'est la capacité de s'immerger complètement dans la forme ou dans l'image jusqu'à ce qu'elle vive seule dans l'espace intérieur. C'est une imagination vivante. Elle donne à l'homme la possibilité de devenir subtil, c'est-à-dire de s'isoler des perceptions physiques et du sentiment de son corps.

La concentration active

Patañjali décrit cinq états d'esprit :

1. L'esprit instable, changeant, fluctuant.
2. Distrait, confus.
3. Occasionnellement concentré.
4. Recueilli en un seul point.
5. Complètement maîtrisé.

Les deux premiers états sont ceux du singe qui saute de branche en branche et ne se laisse pas attraper. Ce n'est qu'avec le quatrième état (*ekâgrya*) que l'esprit commence à devenir un instrument utilisable pour le yoga. On ne l'obtient qu'au prix d'une d'une application et d'une persévérence à toute épreuve. La discipline consiste à « réduire au minimum la part qu'ont les états mentaux du premier ou du second type dans la vie ordinaire afin de réaliser une ferme et continue présence à soi-même dans une désidentification méthodique des impressions (*vritti*) [262] ».

C'est l'exercice dit « du berger ». Le but est atteint lorsque les états passifs et dispersés sont écartés. L'attitude intérieure est semblable à celle d'un berger qui laisse paître, marcher et folâtrer ses moutons, sans pourtant les perdre du regard.

Phases du sâdhana

Le mot sanskrit *sâdhana* désigne dans toutes les langues de l'Inde l'ascèse à laquelle on se soumet pour progresser dans la voie de la réalisation spirituelle.

Sauf exceptions rarissimes, la maîtrise des quatre phases du sâdhana est requise pour le parfait accomplissement des unions (*maïthuna*).

Le sâdhana comporte quatre phases :
– le *pratyâhâra*,
– le *dhâranâ*,
– le *dhyâna*,
– le s*amâdhi* ou *bhava*.

La première étape sur le chemin de la réalisation est l'étape du « silence » : le *pratyâhâra.* Il s'agit de « ramasser l'esprit en lui-même, dans sa propre substance, et d'acquérir le pouvoir d'exclure à volonté les impressions sensorielles et les modifications mentales involontaires [263]. » C'est le silence intérieur de l'esprit.

Deuxième étape : fixation de l'esprit sur un seul objet. Vyâsa indique comme pouvant servir de base à cette concentration certains points comme le sommet de la tête, le nombril, la pointe du nez, la racine du palais. On peut aussi utiliser un objet extérieur ou un son.

Troisième étape : le *dhyâna.* L'objet de la méditation doit être pénétré dans tous ses aspects ou sous toutes ses faces, de sorte qu'il *dise* « ce qu'il est en lui-même », pour qu'ensuite on le saisisse en son unité, « en une synthèse qui représente son essence [264] ».

Quatrième étape : le *samâdhi* ou *bhava.* « C'est le point de fusion où l'altérité (l'aspect *idam*) de l'objet est écarté, où l'acte cognitif et l'objet de la contemplation cessent d'être distinct, de même qu'entre l'image de la chose et son essence il cesse d'y avoir une différence. »

Postures et Yonipûjâ

Les postures

Nous avons le pénible sentiment de manquer au contrat qui nous lie au lecteur en ne lui révélant pas ici les deux cent soixante trois mille positions dont la pratique quotidienne et assidue assure automatiquement le salut et la libération... mais ce serait mentir que d'en inventer pour lui complaire quand trois ou quatre suffisent au premier éveil de l'Endormie.

Quatre positions suffisent donc. Ce sont :
– Purushâyita,
– Tiryakâsana,
– Upavishta,
– et Janugmâsa.

La première des positions est celle qui remet d'abord les esprits et ensuite les corps à l'endroit. Le principe féminin doit dominer : c'est la position du missionnaire inversée, ou Purushâyita (« celle de l'être parfait »). Dans cette position, la femme est accroupie sur l'homme, ses mains prenant appui sur le sol de part et d'autre de la tête de celui-ci.

Peu pratiquée en Inde, Tiryakâsana est la posture latérale la mieux connue des occidentaux, mais peut-être pas dans une de ses variantes où les têtes étant éloignées l'une de l'autre, les jambes s'entrecroisent.

Upavishta représente la posture en lotus ou assise. Plutôt inhabituelle pour les occidentaux. Son avantage : l'homme étant assis, jambes ouvertes est chevauché par sa compagne et ses mouvements sont très limités.

Janujugmâsana est la suite presque mécanique de la variante Sukhâsana (« la posture heureuse ») de la série upavishta. Cette posture de très haute origine est attestée par une poterie peinte de la civilisation de Mohenjo-Daro (contemporaine de notre ère chalcolithique). Les corps sont couchés sur le dos, têtes opposées, sexes réunis.

*La vénération du Yoni (*yonipûjâ*)*

Aucune de ces positions n'a de réels effets sans une profonde révolution spirituelle préalable ou simultanée. Chacun des méandres de ce livre en éclaire les bases. S'il en a tiré profit, le lecteur saura ce que peut représenter la vénération du Yoni (rasé de préférence : *sakuntalâ*).

Aux Indes, le *kaula* l'oint de pâte de santal.

Pour prendre conscience des forces lunaires présentes dans la shakti, il peint une demi-lune (*ardha-chandra*) sur le front de la yoginî.

Puis il pose les mains sur ses seins pour s'imprégner de son aspect maternel, en prononçant cent huit fois le mantra (son-racine : *bhagabîjâ*) de la Déesse : Hrîm.

Puis la yoginî vénère, à son tour, le lingam et l'oint d'une pâte de santal colorée au safran.

Alors seulement l'Epoux et l'Epouse s'unissent, suivant la position qui convient au guru, présent pendant tout le rituel.

L'union accomplie, le *sadhak* rend un hommage respectueux au Yoni, que la yoginî, couchée sur le dos, les jambes écartées, offre à sa vue et à son adoration. Le disciple prélève alors du doigt un peu de liquide vaginal et en fait un *tilaka* – ce point que les femmes indiennes portent au milieu du front –, à sa partenaire de rite, ainsi que sur son propre front.

Le guru accomplit les mêmes gestes, puis le couple lui fait révérence et adoration, car, par sa présence, il les a aidés à se contrôler pendant tout le rituel et à en préserver le caractère sacré [265].

Le Yonitantra prescrit que la yonipûjâ doit être exécutée chaque jour. Et le Kulârnarva Tantra précise que « les adeptes entrent dans le rituel quand ils accèdent à l'état de conscience où ils perçoivent la divinité. Ils sont vraiment en rapport avec le divin, s'offrent au divin et se confondent avec lui (VI, 56). »

Les mantras

Le lecteur un peu au fait des spiritualités orientales aura remarqué que nous sommes resté peu disert au sujet de l'épineux problème des mantras.

Et pourtant le mantra est un instrument essentiel de la transformation de l'adepte.

Chacun connaît la syllabe sacrée OM que les hindous appellent le pranava.

Le Shiva-purâna assure que le *pranava* est « un excellent bateau pour traverser l'océan de l'existence phénoménale ». Parce que *Pra* désigne « ce qui relève de Prakriti » (« la Nature »), et *Navam* viendrait de *nâvâm varam* : « l'excellent bateau [266]. »

« Le *pranava* subtil OM est présent dans le cœur des yogin sous la forme des cinq constituants qui sont la lettre A, la lettre U, la lettre M, le Bindu et le Nâda [267]. »

Le *pranava* développé, « Namah Shivâya » signifie : « Salutation à Shiva », « Louange à Shiva », « Prosternation devant Shiva ». Ce mantra doit être précédé de OM [268]. « Le mantra de Siva rend le dieu présent dans le corps du fidèle. » La femme se concentrera sur le symbole de la Déesse.

Au sens propre, un mantra (instrument de pensée, support de méditation) est une formule sacrée telle que celles que l'on trouve dans le Veda, ou tout vocable utilisable dans la liturgie [269]. Ils peuvent consister en des strophes poétiques, en des vers isolés ; quelques-uns sont de simples invocations dévotes comme : « Hommage à Durgâ ! », « A la Déesse, hommage ! »

Mais le tantrisme, explique Jean Varenne, « affectionne particulièrement les mantras réduits à de simples monosyllabes sans signification autre que symbolique : « Hrîm ! », « Phât », « Hûm ! », etc. Les tantra, poussant jusqu'à leurs limites les implications de la doctrine, professent que, lorsque le guru murmure à l'oreille du disciple le mantra initiatique, les vibrations sonores se propagent dans le corps de l'adepte et leur écho [...] réveille la Kundalini. A ce moment, l'énergie divine devient disponible ; sous la direction éclairée de son maître, l'impétrant va pouvoir s'engager sur le chemin qui mène à la réalisation parfaite. »

Car les vibrations rythmiques des sons « régularisent et harmonisent entre elles les vibrations instables et divergentes des différents corps, des différentes enveloppes (*kosha*) du pratiquant », affirme René Guénon.

Du mantra lui-même surgissent le Dieu ou la Déesse (*devatâ*)... car le mantra *est* le dieu ou la Devatâ.

Si donc nous ne nous sommes pas risqué à travailler longuement un sujet si important, c'est parce qu'il est parfaitement vain d'imaginer que, sans une patiente étude et une longue familiarisation avec les sonorités propres à la langue sanskrite, nous autres occidentaux, puissions parvenir à la prononciation correcte d'un mantra quelconque [270]. Les meilleures transcriptions en révèlent l'impossibilité : le *bîja* (mot-principe, mot-germe, mot-racine) de Kâli, ce *bîja* qui est cosmologiquement à son maximum d'intensité active dans le kâli-yuga, se lit aussi bien, en fonction des transcripteurs : KRIM que HRÎM. Or, la prononciation défectueuse d'un mantra peut avoir des conséquences d'une invraisemblable nocivité sur qui le prononce mal, sur ses proches ou sur l'environnement. La plus élémentaire prudence exige qu'on s'en abstienne.

Le lecteur soucieux d'éclaicir le point particulier des mantra proprement tantriques devra se reporter aux ouvrages d'Arthur Avalon : *La Doctrine des mantras. La Guirlande des lettres* [271], et d'André Padoux : *L'Energie de la Parole* [272].

ETERNITE ? ETERNITE !

> « *Elle est retrouvée !*
> *Quoi ? L'éternité.* »
> RIMBAUD

De grand matin – il fait noir encore –, Marie de Magdala se rend au tombeau où le Christ a été enterré. La pierre du sépulcre a été roulée.

Le tombeau est vide.

Elle court aussitôt chez Simon-Pierre et Jean pour leur dire : « On a enlevé le Seigneur du tombeau et nous ne savons pas où on l'a mis [273] ! »

Pierre et Jean se rendent au sépulcre en courant. Jean court plus vite que Pierre. Il arrive le premier. Il se penche, aperçoit les linges à terre, sans oser entrer. Simon-Pierre, qui le suit en s'essouflant, arrive à son tour. Il entre dans le tombeau, voit les linges posés à terre et le suaire roulé à part. Jean entre à son tour. « Il vit, nous dit l'évangéliste, et il crut [274]. »

Car jusqu'à ce moment, les disciples n'avaient pas compris que, conformément à l'Écriture, Jésus devait ressusciter.

Les disciples s'en retournèrent chez eux, tandis que Marie de Magdala restait dehors, près du sépulcre et pleurait.

« Tout en pleurant, elle se pencha pour regarder dans le tombeau ; et elle aperçut deux anges vêtus de blanc, assis, l'un à la tête l'autre aux pieds, à l'endroit où avait reposé le corps de Jésus [275].

Les anges lui dirent :

– Madame, pourquoi pleurez-vous ? Qui cherchez-vous ?

– On a enlevé mon Seigneur, répondit-elle, et je ne sais où on l'a mis [276]. »

Elle se retourne alors, comme lorsque l'on sent une présence derrière soi, et aperçoit quelqu'un qu'elle prend pour le gardien du jardin [277].

L'homme l'interroge :

– Madame, pourquoi pleurez-vous ?

– Monsieur, si c'est vous qui l'avez enlevé, dites-moi où vous l'avez mis et j'irai le prendre.

L'Inconnu ne répond pas à la question. Il l'appelle seulement par son nom :

– Marie.

Elle reconnaît la voix. Elle se retourne et l'appelle :

– *Rabbouni.*

Une affection bouleversante est ici marquée par le possessif. Elle ne le nomme ni « Seigneur » ni « Maître » (*rabbi*), mais mon maître : *rabbouni.*

Et sans doute se précipite-t-elle pour l'embrasser car, à peine l'a-t-elle reconnu, Jésus lui intime : « Ne me touche pas, car je ne suis pas encore monté vers le Père ; va plutôt près de mes frères et dis-leur : Je monte vers mon Père et votre Père, vers mon Dieu et votre Dieu. »

A qui le Christ fait-il, prioritairement, offrande de l'évidence de sa résurrection ?

A une femme.

A cette même femme que Simon-Pierre, le moins rapide à la course vers le sépulcre, avait voulu chasser de l'assemblée des disciples.

« Que Marie sorte de parmi nous
parce que les femmes
ne sont pas dignes de la Vie », avait-il dit...

Mais Jésus lui avait répondu :

« Voici que je la guiderai
afin de la faire Homme.
Elle deviendra, elle aussi,
un souffle vivant *semblable à vous, Hommes.*
Toute femme qui se fera Homme
entrera dans le Royaume de Dieu [278]. »

C'est donc à cette femme qui l'aime et qu'Il aime que le Christ donne de témoigner à tous qu'Il est ressucité.

Souffle et feu vivants

« [...] à celui qui frappe de l'intérieur on ouvrira. »
ÉVANGILE DE THOMAS, LOG. 94

Comment cette femme était-elle devenue « souffle-vivant » ? Le Christ l'avait guidé, nous dit Thomas. C'est le miracle des nuits d'amour-prière et de l'Amour divin, sans doute, de faire que la Femme devienne Homme et l'Homme, Femme.

Nous avons évoqué, dans l'introduction, cette fusion des âmes et des corps, « au confluent de deux lumières » qui actualise l'Androgyne des cosmogénèses orphique ou platonique.

« L'épouse est la déesse. L'époux est le dieu. Dans l'âme de l'époux, l'épouse jouit de l'époux. Dans l'âme de l'épouse, l'époux jouit de l'épouse... »

« Étendue et durée s'abolissent. L'instant est conscience-Un. L'univers conscience-Une. Une et Un font Un. »

C'est un peu vague. Mais nous ne pouvons témoigner de ces expériences extrêmes, avec les béquilles rafistolées de nos langues supposées vivantes, que par approximations lointaines, analogies brumeuses et paradoxes cotonneux.

« Au milieu de la Nuit – nos corps sont toute la nuit –, naissent des vibrations qui ne sont pas des vibrations, naît une chaleur sans chaleur, une lumière incolore et variable, une énergie lumineuse et vivante, un feu qui n'est pas un feu. »

C'est un feu vivant.

Est-il ce « feu » dont Jésus disait qu'il l'avait « semé dans le monde [280] ? » Peut-être. Christ disait aussi : « Qui est près de moi est près du feu [281] ! »

Il appellait ce « phénomène » : « Cela », affirmant que « Cela » qui est en même temps « un mouvement et un repos » conditionnait notre salut et notre immortalité :

« Quand *Cela* sera engendré en vous,
Cela vous sauvera.
Si vous n'avez pas *Cela*,
l'absence de *Cela* vous tuera [282]. »

« Cela » semble une braise d'abord et ressemble à « la magie de Vishnu » à « l'Ombre-et-Lumière », à « la Puissance cosmique », à « l'Agitation », de la *deva*, la grande Déesse, « présente en tous les êtres [283]. »

C'est « le feu secret » de l'alchimie spéculative. Le « feu inné » de la « pierre » qui est « l'Arkhè » (le commencement des commencements), « fils et vicaire du Soleil ».

Ce feu intérieur qui « meut, digère et accomplit tout » les amants l'activent dans la nuit de leur corps.

Précisons : ce feu ne peut être confondu avec aucune des illusions mystico-poétiques auxquels poètes et mystiques nous ont habitué avec un abus certain d'images « lumineuses ».

Ce feu n'est pas une métaphore.

Il ne se confond avec aucune expérience « enthousiastique » qu'elle soit religieuse, poétique, prophétique, ou d'érotique profane. *Il est.*

Quand il survient, les amants ne sont plus qu'énergie rayonnante. Et, de l'autre côté du monde, au-delà des apparences et de l'entropie, ils deviennent contemporains de la Création.

L'origine se livre à eux. Ils participent à la Génèse.

Chacun y a goûté. Tout le monde n'en tire pas profit. Parce que la vérité, aujourd'hui, non seulement n'est plus connue, mais « elle n'est pas même soupçonnée ». Parce qu'il faudrait admettre que l'on puisse percevoir, au cœur de la réalité sensible, « bien des choses qui passent pour n'exister pas [284]. »

Mais qui existent pourtant. Et que chacun peut découvrir.

Il suffit d'un rien d'attention pour que l'univers invisible, à l'intérieur de l'homme (en tous points symétrique à l'univers caché des cosmologues contemporains), se manifeste à nous.

Dans le chapitre consacré au Yoga tantrique, on aura sommairement aperçu cette physiologie subtile des artères Ida et Pingala, insoupçonnées des scalpels et des rayons x, qui véhiculent *prâna*, le souffle vivant.

Elles existent pourtant, ces artères subtiles, et se manifestent à qui veut bien méditer, par exemple, sur les serpents du Caducée ! Elles se dévoilent vite...

Hors le temps. Dans un présent sans durée.

Elles se révèlent à qui se risque à laisser vivre, en elle ou en lui, les images et les mythes par lesquels sont et demeurent les mondes permanents, « réellement Réels », des atomistes pré-socratiques ou brahmaniques, des mystes d'Éleusis, des frères de Pythagore ou de saint François, des adorateurs d'Ishtar et des fidèles d'Isis, des émules de Tristan et d'Yseult et des saints du Tao.

Le corps de gloire

Sic itur ad astra [285].
VIRGILE

Nous avons entendu l'Empereur jaune interroger très techniquement ses préceptrices au sujet du Tao de la communion. Quand il fut au fait de toutes les questions d'anatomie subtile, il rédigea un traité de médecine qui porte son nom, le *Hangdi nei-jing*, dans lequel il explique, dans le même esprit que l'anonyme auteur du Shiva Svarodaya, que le corps est un assemblage de souffles dont nous devons maîtriser l'efficacité spirituelle (*ling*). Le corps humain est un monde sacré et parfait. Il suffit, pour en prendre conscience, de retourner le regard (c'est-à-dire la lumière, car un œil est soleil et l'autre lune), vers l'intérieur pour y ordonner les esprits divins qui l'habitent.

Ainsi se prépare le sage à son labeur d'éternité.

Le Livre de la Cour Jaune enseigne que l'art de la respiration consiste essentiellement à diriger les souffles, à travers la Hutte (le thorax), vers le Champ de cinabre (*diatan*) où ils s'unissent. De leur hiérogamie naît un « embryon d'Immortel » qui se nourrira des énergies auxquelles nous communions dans l'amour. La femme le nourrit des énergies viriles (ainsi devient-elle homme), et l'homme, des énergies Yin. Et les deux deviennent Un.

Dans la tradition de l'alchimie occidentale, cet embryon, n'est autre que le Rebis androgyne, le « fœtus spagyrique », l'homonculus de Paracelse, le « Fils du Roi », le futur Adam de Böhme. C'est le germe du corps de gloire promis par le Christ. Le manteau de lumière des mages gnostiques.

En Islam, ce sera le corps de résurrection de Sohravardî.

Car l'éternité et la résurrection promise à ceux qui aiment sont tout ce qu'on voudra sauf une légende ou une lubie.

Les vrais enfants d'Adam et d'Ève savent que le fruit de l'arbre ou le philtre d'Yseult transposent corps et âmes dans la durée sans instants.

Pélerins d'amour et amoureux de science reconnaissent dans « le feu des sages », dans le feu du Christ, dans « la magie de Vishnu », l'unique outil et le véritable instrument de notre éternisation.

Cette énergie limpide et cette fraîche fournaise font bouillonner des sources insoupçonnées et de torrides *solfatare*. A ces sources chaudes, sur ces vapeurs « sulfuriques », se lavent les scories et « le mercure » (l'être) se purifie.

Sa part immortelle se fortifie.

Et se prépare à reçevoir, avec la régénération, non pas une nouvelle âme, précise Gichtel, « mais bien un nouveau corps... Ce corps est tiré du Verbe de Dieu, la Sophia céleste qui apparaît sortant du Feu sacré et intérieur de l'amour... Il est spirituel, plus subtil que l'Air, semblable aux rayons du Soleil qui pénètrent tous les corps, aussi différent de l'ancien corps que le Soleil resplendissant l'est de la terre [286] ».

Comme les dieux se donnent

L'amour sublime n'est pas une mystique de l'ivresse sentimentale. C'est d'abord une voie vers la connaissance suprême. Mais plus encore qu'un chemin de sagesse, c'est une ascèse de transmutation.

Elle impose une maîtrise absolue de soi-même, et une générosité sans limites. Elle exige qu'on s'abolisse dans le don, que chacun se donne comme les dieux se donnent : jusqu'à la mort, jusqu'au martyre.

Et, dans le don total, le don sacré, le *sac*rifice où prennent sens les démembrements de Dionysos et d'Osiris, les mortelles blessures de Tristan et la croix du Christ, s'enracinent la vigne et le rosier de notre immortalité.

Notes

1. *Les religions de l'Europe du Nord*, de Régis Boyer et E. Lotfalck. © Librairie Arthème Fayard, Paris, 1974.

2. Jean Deshayes, *Les Civilisations de l'Orient ancien* (Paris, Arthaud, 1969)

3. Viviane Pâques, *L'Arbre cosmique dans la pensée populaire et dans la vie quotidienne du Nord-Ouest africain*, Institut d'ethnologie, Paris, 1964.

4. *Ibid.*

5. Jean Libis, *Le mythe de l'Androgyne*, Berg International, Paris, 1980.

6. *Corpus Hermeticum*, Texte établi par A. D. Nock. Traduction Festugière. (Paris, Les Belles Lettres, 1972-1978). La collection des dialogues du *Corpus Hermeticum* a été constituée entre le Ier et le IIIe siècle de notre ère. Elle paraît indemne de toute influence néo-platonicienne et chrétienne, mais non d'influences judaïques et iraniennes (ou pseudo-zoroastriennes).

7. Recensées dans les *Orphicorum fragmenta* (*Les Fragments des orphiques*). Les extraits du *Commentaire* de Proclus *sur le Timée de Platon* sont traduits par A. G. Festugière sur le texte de l'édition Diehl. Pour les autres extraits nous avons suivi la traduction Van Daele.

8. Luc Brisson, *Neutrum utrumque. La bisexualité dans l'antiquité gréco-romaine*, dans *L'Androgyne*, Cahiers de l'Hermétisme. Albin Michel, Paris, 1986.

9. Luc Brisson, *op. cit.*

10. *Orphicorum fragmenta*, 80.

11. *Orphicorum fragmenta*, 81 et 98, d'après Proclus, *Commentaire sur le Timée de Platon*, I, 450.22-26 Diehl, trad. de l'auteur.

12. *Orphicorum fragmenta*, 168, d'après Proclus.

13. D'après Macrobe, *Saturnales*, III, 8, 2-3.

14. Le *Zohar* est le plus important des ouvrages kabbalistiques. Interprète la Torah comme une encyclopédie de symboles illustrant la vie cachée de Dieu. Probablement rédigé au XIIIe siècle. « Sa théosophie est dominée par la mystique du Dieu vivant dont l'être se révèle, dans et par la création, à travers les dix Séphiroth. »

15. *Zohar*, I, 17 a. Trad. J. de Pauly, Maisonneuve et Larose, Paris, rééd. 1970).

16. *Hypostase* est un terme de la théologie catholique. Il y a en Dieu trois hypostases et une seule nature. Union hypostatique : celle des natures divine et humaine dans la personne du Christ.

17. G. G. Scholem, *La Kabbale et sa symbolique*, Payot, Paris, Payot, 1966.

18 *Zohar*, 10a - 10b.

19 *Ibid.*

20. Henri Dontenville, *Histoire et géographie mythiques de la France*, Maisonneuve et Larose, Paris, 1973.

21 Marie Delcourt, *Hermaphrodite. Mythes et rites de la bisexualité dans l'antiquité classique*, PUF, Paris, 1958.

22 *Ibid.*

23. *Évangile de Thomas*, Log. 22. Trad. Jean-Yves Leloup, Albin Michel, Paris, 1986.

24. *Évangile de Thomas*, Log. 114.

25. Marcel Griaule, *Dieu d'eau*, Éditions du Chêne, Paris, 1948.

26. *Ibid.*

27. *Ibid.*

28. Jean Libis, *op. cit.*

29. Bible de Jérusalem. © Éditions du Cerf, Paris, 1973.

30. Citées par Mircea Eliade, *Traité d'histoire des religionss*, Payot, Paris, 1974).

31. Jean Libis, *op. cit.*

32. *Zohar,* 55 b.

33. *Zohar,* 22 b.

34. G. G. Scholem, *op. cit.*

35. Jean Libis, *op. cit.*

36. A. Koyré, *La Philosophie de Jacob Böhme,* Vrin, Paris, 1929.

37. Fruit de l'alizier (arbre de la famille des rosacées) que l'on coupait en deux pour le déguster. L'Académie écrit *alize,* les botanistes *alise.*

38. La tessère d'hospitalité était un signe de reconnaissance. Ce pouvait être un osselet ou une monnaie coupée en deux. Le rapprochement des deux moitiés permettait de reconnaître infailliblement les amis de l'hôte.

39 Du grec *tribein* (τριβειν), frotter. « Terme qu'on évite d'employer. Femme qui abuse de son sexe avec une autre femme » (*Littré*).

40. *Ibid.*, 207 d.

41. *Banquet,* 210 a-b-c.

42. *Ibid.*, 211a, trad. Chambry.

43 *Ibid.*, 211b, trad. Chambry.

44. Hérodote, *Histoires,* Clio, I, 177-183.

45. Jean Hani, *La Royauté sacrée. Du pharaon au roi très chrétien,* Guy Trédaniel éditeur, Paris, 1984.

46. Talmud, Yadaïm, III, 5.

47. *Zohar,* 143 b.

48. *Zohar,* 143 a.

49. A. D. Grad, *Le Véritable Cantique des Cantiques.* © Éditions du Rocher, Paris, 1984. A. D. Grad est un kabbaliste fidèle à la tradition de l'école de Gérone. Nous avons ici suivi sa traduction.

50. Jean Libis, *op. cit.*

51 Talmud, 1-13 b.

52. *Zohar* I : 10 a.

53 A. D. Grad, *op. cit.*

54. I Rois, X, 4-5.

55 I Rois, XI, 1.

56. *Zohar* III, 41, a.

57. *Zohar*, III - 17 a. Les valeurs guématriques des mots cités sont données par A. D. Grad, *op. cit.*

58. *Zohar*, II : 244 a.

59. Jean Herbert, *La Mythologie hindoue et son message*, Albin Michel, Paris, 1953, 1980.

60 *La Légende immémoriale du Dieu Shiva*, traduit du sanskrit, présenté et annoté par Tara Michaël, « Connaissance de l'Orient », Gallimard, © Unesco, Paris, 1991.

61. Tara Michael, *op. cit.*, p. 26.

62. *Taittirîya Brâhmana*, II, ii, 9 1-8. Trad. Jean Herbert, *op. cit.*

63. Tara Michaël, *op. cit.*

64. *Satapatha-brâhmana*, XI, 4, 3, 1. Trad. Jean Varenne, *Cosmogonies védiques*, Les Belles Lettres, Paris, 1982.

65. *Satapatha-brâhmana*, I, 7,4, 1. Trad. Jean Varenne, *op. cit.*

66. *Brihad-Aranyaka Upanishad*, I, 4, 1-3. Trad. Tara Michaël, *op. cit.*

67 *Brihad-Aranyaka Upanishad*, I, 4, 4-5. Trad. Tara Michaël, *op. cit.*

68. Tara Michaël, Introduction, *op. cit.*, p. 29.

69. On appelle aussi ce Purâna le *Srimad-Bagavatam*. Rédigé au VIe siècle de notre ère, c'est le plus célèbre de tous les Purânas. La traduction que nous avons suivie est celle dite de Burnouf, mais qui fut poursuivie par Roussel et Hauvette-Besnault (Paris, Imprimerie Nationale, 1884-1898).

70. Jean Herbert, *Le Yoga de l'Amour. La geste de Krishna*, Albin Michel, Paris, 1992.

71. Jean Herbert, *op. cit.*

72. Autre nom de Durgâ, la puissance de manifestation de Shiva, destructeur des fausses personnalités.

73. Jean Herbert, *op. cit.*

74. Dans la *parâ-bhakti*, on considère la vie comme merveilleuse et digne d'être vécue uniquement à cause de l'amour divin (Vivekânanda, *op. cit.*).

75. Jean Herbert, *op. cit.*

76. Athénée de Naucratis : *Le Banquet des savants*, L. XIII.

77. Saint Augustin, *La Cité de Dieu*, VII, 21.

78. Hérodote, *Histoires*, Livre II.

79. Max-Pol Fouchet, *L'Art amoureux des Indes*, La Guilde du livre et Éditions Clairefontaine, Lausanne, 1957.

80. *Ibid.*

81. *La Légende immémoriale du dieu Shiva*, traduit du sanskrit, présenté et annoté par Tara Michaël, « Connaissance de l'Orient », Gallimard, © Unesco, Paris, 1991.

82. *Ibid.*, Introduction, p. 61.

83. *Ibid.*, chap. I, 12-37, p. 79.

84. Tara Michaël, *op. cit.*, chap. III, 8-12, p. 82.

85. *Ibid.*

86. *Ibid.*, chap. IV, 4, p. 84.

87. Tara Michaël, *op. cit.*, chap. IV, 4, p. 84.

88. *Ibid.*, chap. IV, 3, p. 84.

89. *Ibid.*, chap. IV, 2, p. 84.

90. Tara Michaël, *op. cit.*, chap. V, 1, p. 85.

91. *Ibid.*, chap. V, 1, p. 85.

92. *Ibid.*, chap. V, 1, p. 86.

93. Tara Michaël, *op. cit.*, chap. VI, 3-4, p. 88. Ce récit résume les chapitres VI et VII du *Shiva-Purâna*, p. 87-94.

94. Tara Michaël, *op. cit.*, chap. IX, p. 97-101.

95. *Ibid.*, chap. XVI, 4, p. 130.

96. *Ibid.*, chap. XVI, 85 , p. 131.

97. *Ibid.*, chap. XVI, 93-95, p. 132.

98. Voir : Tara Michaël, *Le Yoga de l'éveil dans la tradition hindoue* (Paris, Fayard, 1992).

99. Tara Michaël, *La Légende immémoriale du dieu Shiva*, *op. cit.*, chap. XXIV, 40, p. 153.

100. Les huit noms de Shiva sont :

– Hara (« Celui qui enlève, emporte », ou « Celui qui dépouille l'être humain », « Celui qui le ravit en extase. »),

– Mâheshvara (« Le Grand Seigneur »),

– Shambhu (« Celui qui engendre – ou fait naître – le bonheur »),

– Shulapâni (« Celui qui a le trident à la main »),

– Pinâkadhrik (« Celui qui tient l'arc Pinâka »),

– Shiva (« Le Bénéfique »),

– Pashupati (« Le Maître du bétail »),
– Mahâdeva (« Le Grand Dieu »). *Shiva-Purâna*, chap. XX, p. 47-48, et note 3 de la page 148, Tara Michaël, *op. cit.*

101. *Ibid.* I, 1-23.

102. Extrait de la Bible de Jérusalem, © Édition du Cerf, Paris, 1973.

103. Albert Champdor, *Le Livre des Morts*, Albin Michel, Paris, 1963.

104. *Cf.* Apollonios de Rhodes, *Argonautiques*, I. 496-505 ; et Graves, *Greek Myths*, London, 1958. Les amours d'Ophion et d'Eurynomè finissent mal. L'orgueilleux serpent se vante d'avoir créé seul l'univers. Eurynomè se fâ-che, lui écrase la tête d'un coup de talon et l'exile dans les sombres cavernes « de dessous la terre ».

105. René Guénon, *Symboles fondamentaux de la science sacrée*, Paris, 1962.

106. Jean Chevalier, *op. cit.*

107. Jacob Böhme, *Mysterium magnum*, trad. de Nicolas Berdiaeff, Paris, 1945.

108. E. O. James, *Mythes et rites dans le proche orient ancien*, Payot, Paris, 1960).

109. Gen. 4 : 1-2.

110. Gen. I : 28-31. Version des moines de l'abbaye de Maredsous (Namur, Braine-le-Comte, 1950).

111. Le livre de l'Exode (34 : 11-16) interdit de *manger* les sacrifices des peuples cananéens.

112. Timothée I, 2 : 11-14.

113. Exod. 34 : 11-16.

114. Deut. 3 : 3-7.

115. Jos. 6 : 24.

116. Jos. 6 : 24 et sq.

117. Anathème : personne exposée publiquement à la malédiction par l'autorité religieuse. Bossuet a fait le compte : Josué immola trente et un rois de Canaan.

118. Sous-entendu : en l'honneur d'Astoreth. Ces pieux commémoraient peut-être l'arbre paradisiaque de la connaissance..

119. Deut. 13 : 7-11.

120. La grand-mère d'Athalie était une prêtresse de la Déesse et son grand-père, originaire de Sidon (Saïda, aujourd'hui) grand-prêtre de Baal.

121. Jalal Addin al Suyûti, *Kitâb al durar al h'isân fil ba'thi wa na'â imil-jinân* (Tunis, s. d.) résumé d'après Abdelwahab Bouhdiba : *La Sexualité en Islam*, Paris, PUF, 1975.

122. Suyûti, cité d'après la traduction d'Abdelwahab Bouhdiba, *op. cit.*

123. *Ibid.*

124. D'après Suyûti, *op.cit.*

125. *Ibid.*

126. *Op. cit.* C'est nous qui soulignons.

127. Zaid Ibn Ali, *Recueil de la loi musulmane*, trad. Bousquet. *Apud* Bouhdiba, *op. cit.*

128. Cor., VII, I sq.

129. Gal., V, 16-26.

130. *Op. cit.*

131. Corpus de Nawawi, 25e hadith.

132. Abdelwahab Bouhdiba, *op. cit.*

133. A. Bouhdiba, *op. cit.*

134. Quastallâni. *Apud* Bouhdiba, *op. cit.*

135. Coran, « La lumière », XXIV, 32. Traduction R. Blachère, Paris, Maisonneuve, 1957.

136. Le cheikh Mouhammad al-Nafzâwî composa, en Tunisie, vers 1420, à la demande du vizir du sultan de Tunis Abd al-'Aziz Abou-Fâris, un traité d'érotologie demeuré fameux : *La Prairie parfumée où s'ébattent les plaisirs.* Nous citons ici al-Nafzâwî, d'après la traduction de René R. Khawam, Phébus, Paris, 1976.

137. Ibn 'Arabî, Kitâb al Futûhât al-Makkiyya : *Le Traité de l'Amour*, trad. Maurice Gloton (Paris, Albin Michel, 1986).

138. Coran, « Les appartements », XLIX, 13. Trad. A. Bouhdiba, *op. cit.*

139. Sans doute devons-nous lire : attraits...

140. Coran, « La lumière », XXIV, 27-31. Trad. R. Blachère, *op. cit.*

141. Fatna Ait Sabbah : *La Femme dans l'inconscient musulman. Désir et Pouvoir* (Paris, Le Sycomore, 1982).

142. Coran, sour. LIII, « L'étoile » v. 19-23. Trad. Fatna Ait Sabbah, *op. cit.*

143. Coran, sour. LII, « Le mont » v. 39.

144. Coran, sour. XVI, « Les abeilles » v. 57.

145. Donner des ailes était une expression figurée pour « exciter le désir ». Dans l'iconographie érotique, les *phalloi* sont fréquemment ornés d'ailes « angéliques... »

146. Platon, *Phèdre*, 251e-252c.

147. W. Guthrie, *Les Grecs et leurs dieux* (Paris, Payot, 1956).

148. To οργιον (plur. τα οργια) a le sens de cérémonie religieuse, avec ou sans mystères. Équivalent du latin *facere* (*sacra facere* : accomplir des sacrifices).'Orgios, le dieu des mystères, est l'un des noms de Dionysos. Il est amusant de constater que les mots grecs οργιον et *ergov* (εργον) ont probablement la même origine et que c'est de cette famille linguistique que proviennent l'anglais *work*, et notre *ergo*thérapie...

149. Jean Chevalier, *op. cit.*

150. Peau de cerf ou de faon que l'on donne à Bacchus comme attribut de la même façon que la peau du lion est attribuée à Hercule.

151. Les fidèles du dieu, honoré aussi sous le nom de Bacchos (Βακχος).

152. Javelot décoré de pampre et de lierre, terminé par une énorme pomme de pin.

153. Un véritable miracle philologique nous en a conservé la signification en français : ce fut le coup de foudre...

154. « De la cuisse de Jupiter... »

155. Confrérie bachique.

156. Nous avons suivi ici le texte grec des *Bacchantes* d'Euripide, que nous résumons.

157. Montagne proche de la ville de Platée.

158. Littéralement : Les Femmes Possédées (du dieu). Bacchantes divines qui personnifient les esprits orgiaques de la nature.

159. *Histoire romaine*, Livre XXXIX. Les événements rapportés eurent lieu en l'an 186 avant J.-C.

160. Jamblique, *Sur les mystères*, III, 4.

161. *Enthousiazeiv* (ενθουσιαζειν) : être inspiré par la divinité (pour le poète); être saisi d'un transport divin. Étymologiquement : recevoir le dieu, s'endieuser. L'enthousiasme est un endieusement.

162. Pausanias, VII, 17, 9 et sq. Arnobe, Adv. Nat., V, 5.

163. Ovide, *Les Fastes*, IV, 223 et sq. Voir aussi Henri Graillot, *Le Culte de Cybèle, mère des dieux*, Paris, 1912.

164. Lucrèce, *De natura rerum*, II, v ; 600 - 630.

165. *Ibid.*

166. Graillot, *op. cit.*

167. Né en Syrie, vers 125 après Jésus-Christ. Samosate était alors la capitale de la province de Commagène, dans le royaume hellénistique de Syrie.

168. Pour les fêtes d'Adonis, il s'agissait de pins. Lucien, ici, ne précise pas.

169. Lucien de Samosate, *La Déesse syrienne* (De Dea syria), XLIX.

170. *Ibid.*, LI.

171. En dépit des interdictions, des eunuques se vouaient à Astarté, à Atargatis, à Hécate, à l'Artémis d'Ephèse et même à Yahvé... (*Cf.* dans *L'Érotisme et le sacré*, le paragraphe consacré à la prostitution masculine aux abords du temple de Salomon.)

172. E. O. James : *Le Culte de la Déesse-Mère dans l'histoire des religions*. Traduction de S. M. Guillemin. Payot, Paris, 1960.

173. Franz Cumont, *Les Religions orientales dans le paganisme romain*, Paris, 1911.

174. Dans ses commentaires à sa traduction de Lucien de Samosate, Guy Trédaniel / Éditions de la Maisnie, Paris, 1980.

175. Du sanskrit *çudh* et du grec *katharos*, net, pur. A perdu sa signification métaphysique avec Littré chez qui il devient un terme de pharmacie.

176. Un myste est un initié aux Mystères, ces cultes secrets de l'antiquité où l'on était admis après des initiations successives.

177. Origène, *Philosophoumena*, V, 7.

178. D'après Jean Hani, *La Royauté sacrée. Du pharaon au roi très chrétien*, Guy Trédaniel, Paris, 1984.

179. Qualité de l'être qui se présente sous plusieurs formes.

180. Athyr, le troisième mois de l'année égyptienne, correspond à la fin du mois d'octobre et à la plus grande partie de novembre.

181. C'est d'un cèdre qu'il s'agit.

182. Cette complaisance de la déesse Isis pour le Serpent peut-elle être expliquée en dehors du contexte que nous avons suggéré ici ?

183. Nous sommes au jour anniversaire de la naissance de Jean-le-Baptiste, le 24 juin. Le soleil est au zénith. A la Saint-Jean d'été, les amants se donnent le baptême de l'amour.

184. D'après *Le Roman de Tristan et Iseut*, traduit et restauré par Joseph Bédier ; préface de Gaston Paris (Paris, 1900). Nous avons seulement rétabli une graphie des noms propres plus conforme au manuscrit 2171 de la Nationale.

185. Suivant un usage celtique bien attesté, le fils de la sœur est dynaste.

186. Psycho-biologistes et tristaniens sont d'accord sur ce délai de trois ans. Voir Jean-Didier Vincent : *La Biologie des passions*, Odile Jacob, Paris, 1986 ; et Boris Cyrulnik, *Sous le signe du lien*, Hachette, Paris, 1990.

187. D'après la version de Joseph Bédier. *op. cit.*

188. Bédier, *op. cit.*

189. Συνπαθεϖ : je souffre avec.

190. Les morceaux choisis de Béroul et de Thomas sont traduits par l'auteur. Nous avons suivi les textes des éditions Muret : Béroul, *Le Roman de Tristan*, Champion, Paris, 1972 ; et Payen, Garnier, Paris, 1974.

191. L'avertissement tient dans l'intonation avec laquelle une actrice consommée peut prononcer l'expression « par Dieu le roi... » comme une exclamation : Par Dieu ! le Roi ! En complétant l'expression « par Dieu le roi du monde » Pierre Jonin commet un contre-sens. *Le Roman de Tristan*, traduit par Pierre Jonin, Champion, Paris, 1974.

192. « Si voient il Deu et son reigne ! »

193. « Ja nul verroient en la face. »

194. La planète Vénus.

195. Le roi craint « la laide reparlance ». Une tradition celtique attestée de longue date : le cocu fait toujours rire.

196. Contre Cornouaillais ou Saxon.

197. Par les amants aussi quand il leur convient que ce Dieu du Monde leur soit également favorable.

198. « quis garanti, si con li plot... »

199. Michel Cazenave. *Le Philtre et l'amour. La légende de Tristan et Iseut* (Paris, Éditions José Corti, 1969).

200. Par grant péchié lui donnez fuie...

201. Il s'agit évidemment de l'état christianisé du mythe des amants. Dans les récits celtiques non christianisés, le protecteur des amants est Mananann, dieu des amours et des enfers ! Le dieu des rois est le Dagda.

202. D'après Thomas. Chez Béroul, Tristan ne s'enfuit pas, il se cache à proximité d'Yseult et continue à la revoir. Chacun semble s'accomoder de la situation. Il n'y a rien dans le texte qui laisse prévoir une fin tragique.

203. Bédier, *op. cit.*

204. *Ibid.*

205. Eilhart von Oberg, *Tristrant*, Ed. von Kurt Wagner, Bonn et Leipzig, 1924.

206. « Voilà l'homme devenu comme l'un de nous (les dieux), pour la connaissance du bien et du mal. Attention, maintenant, qu'il n'étende la main et ne prenne aussi du fruit de l'arbre de vie et qu'après en avoir mangé il ne vive éternellement » (Genèse, III, 22. Traduction des moines de l'abbaye de Maredsous, *op. cit.*)

207. De la même racine γεν a donné : les *gen*s, le *gén*ie et la *gén*étique.

208. Proclus, *Commentaire sur le Timée de Platon*, *op. cit.*, 293 c.

209. Le blé.

210. Eschyle, Fragment 44 de l'édition Nauck, *apud* H. Leisegang, *La Gnose*, Trad. Jean Gouillard (Paris, Payot, 1951).

211. Philon, *De ebrietate*, *f* 30 *sq.*

212. Hippolyte, *Elenchion*, VI, 9.

213. *Ken. Papyrii*, CXXII, 3 *sq.*, *apud* Leisegang, *op. cit.*

214. Épiphane, *apud* Clément d'Alexandrie, *Strômata*, III, 2, 9, et 3, 9.

215. Les Barbeliotes ou Barbelognostiques. Le nom de Barbelo, cousine de Sophia, pourrait venir d'un jeu de mots, à notre avis très riche de sens, sur une expression hébraïque : Barbé Eloha : en quatre est Dieu.

216. *Panarion*, XXVI, 4-5.

217. Les travaux du gnostique Valentin fonderont en partie la théologie romaine de la Trinité.

218. « Ils ne parlent jamais de la vertu », leur reproche Plotin. « Or, sans la vertu, Dieu n'est qu'un nom. » Plotin, *Ennéades*, II, IX, 15-22.

219. Jean, III, 14.

220. D'après Hippolyte, *Elenchion*, V, 16, 6 *sq*.

221. Épiphane, *Panarion*, XXXVII, 5.

222. *Sou-nu-king*, cité par Jolan Chang, *Le Tao de l'art d'aimer*, traduction Marie-France de Paloméra (Paris, Calmann-Lévy, 1977).

223. *Yu-Fang-Pi-Kie*, cité par Jolan Chang, *op. cit.*

224. Shere Hite, *Le Rapport Hite*, Laffont, Paris, 1977.

225. Cité par Jolan Chang, *op. cit.*

226. Douze centimètres.

227. La vulve.

228. Cinq centimètres.

229. Jolan Chang, *Le Tao de l'Art d'aimer*, *op. cit.*

230. Au sens du grec *askésis* : un entraînement.

231. Jolan Chang, *op. cit.*

232. John Cowper Powys, *Apologie des sens*. Trad. Michelle Tran Van Khai, Jean-Jacques Pauvert Paris, 1975.

233. Jolan Chang, *op. cit.* C'est nous qui soulignons.

234. *Sou-Nu*, cité par Robert H. Van Gulik, *op. cit.*

235. *Sou-Nu*, Cité par jolan Chang, *op. cit.*

236. Jolan Chang, *op. cit.*

237. Chang donne des indications en « pouce » un rien moins précises. Il est vrai que le pouce anglais et le pouce chinois n'ont pas la même valeur. *Cf.* R. H. Van Gulik, *op. cit.*

238. Neuf est le chiffre du Yang.

239. Jolan Chang, *op. cit.*

240. Jolan Chang, *op. cit. Cf.* aussi Alain Daniélou, *Kâma*

Sûtra, déjà cité. Ahmad Ibn Souleiman, *Le Livre de Volupté (Pour que le vieillard retrouve sa jeunesse)*, Minerve, Paris, 1989. Pascal Beverly Randolph : *Magia sexualis, Sublimation de l'énergie sexuelle, force dynamique de la nature*, trad. française de Maria de Naglowska, Paris, 1931 (rééd. Dangles, Saint-Jean-de-Braye, 1991).

241. Jolan Chang, *op. cit.*

242. Nouvelle graphie : *Daode jing*.

243. Anciennement Lao-tseu.

244. *Daode jing*, chap. XXV. Trad. M. Keltenmark, *Lao Tseu et le taoïsme* (Paris, 1965).

245. *Ibid.*, chap. VI. Trad. J. J. L. Duyvendak, *Le Livre de la Voie et de la Vertu* (Paris, 1953).

246. *Ibid.*, chap. XII. Trad. M. Keltenmark, *op. cit.*

247. *Idem*, chap. XL. Trad. M. Keltenmark, *op. cit.*

248. *Idem*, chap. XXI. Trad. L. Wieger, *Les Pères du système taoïste*, Hien-hien, 1913 ; rééd. Paris, 1950.

249. *Daode jing*, chap. LV. Trad. M. Keltenmark, *op. cit.*

250. *Idem*, chap. XX. Trad. M. Keltenmark, *op. cit.*

251. Le cinabre est la matière première de l'alchimie chinoise.

252. *Yu-fang-tche-yao. Yufang zhiyao*, Trad. H. Maspero, *Le Taoïsme et les religions chinoises*, Paris, 1971.

253. Jean Varenne, « Tantrisme », in *Encyclopedia universalis*.

254. Jean Varenne, *op. cit.*

255. *Cf.* Julius Evola, *Le Yoga tantrique. Sa métaphysique, ses pratiques*, trad. de Gabrielle Robinet, Fayard, Paris, 1971.

256. Marie-Louise Von Franz, *La Femme dans les contes de fées*, Avant-propos et traduction de Francine Saint René Taillandier, La Fontaine de Pierre, Paris, 1979.

257. Le *Shiva-Svarodaya. La naissance du souffle de vie révélé par le dieu Shiva.* Ancien traité de Présages et Prémonitions d'après le souffle vital. Traduits du sanskrit par Alain Danièlou. Préface de Jean Varenne. Archè, Milano, 1982.

258. La durée de la vie du yogin s'allonge de la mesure de trois ghâtis chaque jour. Le *ghati* est une mesure de temps qui dure 24 mn. (Shiv. Sva. 396).

259. Introduction d'Alain Daniélou au *Shiva-Svarodaya*.

260. *Ibid.*

261. Julius Evola, *Le Yoga Tantrique*, *op. cit.*

262. Julius Evola, *op. cit.*

263. *Ibidem.*

264. *Ibidem.*

265. D'après André Van Lysebeth : *Tantra. Le culte de la Féminité*, Flammarion, Paris, 1988.

266. *Shiva-purâna*, XVII, 4. Trad. Tara Michaël, *op. cit.*, p. 133-134.

267. *Shiva-purâna*, XVII, 13. Le *Bindu* et le *Nâda* sont deux signes de l'écriture parfaite : *samskritam*, le sanskrit. « Le Bindu, "point" ou "goutte", symbolise le point en lequel se résorbe l'univers qui se fond dans l'énergie rassemblée sur elle-même. Le Nâda, la résonnance qui suit le Bindu, symbolise la résorption de la vibration dans l'énergie non manifestée », note Tara Michaël, *op. cit*, p. 133.

268. *Shiva-purâna*, XVII, 33-34. Acquiescement sonore, formule d'assentiment, d'adhésion intérieure qui est devenu le suprême mantra, la syllabe par excellence. Elle est décomposée en trois éléments, la lettre A, la lettre U (A + U donne O par la jonction des voyelles) la lettre M, plus le *Bindu* et le *Nâda*. Tara Michaël, *op. cit*, p. 134.

269. En ce sens, *Ora pro nobis* (« Prie pour nous ») est un mantra ; *Non sum dignus* (« Je ne suis pas digne »), *Nil nobi Domine* (« Rien pour moi, Seigneur ! ») et l'*Ave Maria* latin (ou le *Kaïre Maria* grec – Χαιρε Μαρια – également.

270. Dans les méditations et expérimentations « occidentales », il est possible d'utiliser comme support de réflexion des mots-racine d'origine grecque, latine ou hébraïque. *Ven*, par exemple est le « germe » de Vénus, vénérer, vénération ; EVE, AWWAH, la « Vivante ». La femme peut méditer le latin *vir*, homme, héros (spirituel) qui a donné les mots français *viril* et *virilité* ; ou *fas*, racine de *Fascinus*, le Priape des jardins latins, fascination et fascisme (!) mais aussi de faste et de *facere*, faire, accomplir au sens religieux (accomplir des sacrifices ou des rites – *sacra facere* –). Parmi les racines hébraïques : *Don*, le *don* d'A*don*is et d'A*don*aï, qui signifie Seigneur, comme le *Dom*inus latin qui ouvre aussi sur le *don* de soi. Sitôt que l'on s'inquiète

de leurs valeurs réelles et de leurs étymologies les mots redeviennent vivants et éclairants comme des symboles, agissants comme des mythes.

271. Éditions Orientales, Paris, 1979. Première édition : *Garlands of Letters*, Madras, 1922.

272. *L'Énergie de la Parole. Cosmogonies de la Parole Tantrique*, Le Soleil Noir, Paris, 1980.

273. Jean, XX, 2. Trad. des moines de l'abbaye de Maredsous.

274. Jean, XX, 8. Trad. cit.

275. Jean, XX, 12. Trad. cit.

276. Jean, XX, 13. Trad. cit.

277. C'est en effet dans un jardin et dans un tombeau « où personne n'avait été enterré » que Joseph d'Arimathie avait fait déposer le corps du Christ. (Jean, XIX, 41).

278. *Évangile de Thomas.* Log 114. Trad. de Jean-Yves Leloup, Paris, Albin Michel, 1989.

279. D'après Jean, XX, 1-18. Trad. des moines de l'abbaye de Maredsous, *op. cit.*

280. *Évangile de Thomas*, Log. 10, *op. cit.*

281. Log. 82.

282. Log. 70.

283. *Devî-Mâhâtmya* : *Célébration de la Grande Déesse.* Trad. Jean Varenne, Paris, Les Belles Lettres, 1975.

284. Jean Biès, *Empédocle d'Agrigente*, Editions traditionnelles, Paris, 1969.

285. Ainsi rejoint-on les étoiles... Ainsi, s'immortalise-t-on. *Enéide*, XI, 641.

286. D'après Serge Hutin, *Les Disciples anglais de Jacob Böhme*, Paris, Denoël, 1954.

Bibliographie

Auteurs et anonymes anciens

AL BAGHDÂDÎ (Ali) : *Les Fleurs éclatantes dans les baisers et l'accolement.* Traduction intégrale sur les manuscrits arabes par René R. Khawam. Paris, Phébus, 1989.

AL NAFZÂWÎ (Abou-Abdallah Mouhammad) : *La Prairie parfumée où s'ébattent les plaisirs.* Trad. intégrale sur les manuscrits originaux par René R. Khawam, Phébus, Paris, 1987. D'origine algérienne, le cheikh Nafzâwî vivait en Tunisie vers 1420. C'est à la demande du vizir du Sultan de Tunis Abd al-'Aziz Abou-Fâris qu'il composa son traité d'érotologie.

Bible de Jérusalem : trad. de l'École biblique de Jérusalem, sous la direction de R. De Vaux. Éd. du Cerf, Paris, 1975.

Brahmanas : *Mythes et légendes extraits des Brâhmanas* traduits du sanskrit et annotés par Jean Varenne. Connaissance de l'Orient, Gallimard/Unesco. Paris, 1967.

Corpus Hermeticum : texte établi par A. D. Nock. Traduction A.-G. Festugière, Les Belles Lettres, Paris, 1972-1978.

Devî-Mâhâtmya : *Célébration de la grande Déesse.* Traduction de Jean Varenne. Les Belles Lettres, Paris, 1975.

DIODORE DE SICILE : Historien grec. Voyageur, il consacre sa vie à visiter l'Europe, l'Asie, l'Égypte , l'Inde, l'Arabie et l'Éthiopie. Auteur d'une *Histoire universelle* dont peu de livres subsubsistent (Ier siècle ap. J.-C.).

EURIPIDE : Né à Salamine vers 480, Euripide occupe la scène athénienne en même temps que Sophocle de 455 jusqu'à sa mort en 406, à la cour d'Archelaos roi de Macédoine. Il écrivit plus de cent pièces dont une trentaine seulement ont été conservées. Il a composé les Bacchantes dans sa soixante et onzième année.

HÉRODOTE D'HALICARNASSE : né en asie mineure à l'époque des guerres contre les Mèdes. Il visita l'Asie, l'Afrique et l'Europe. Ami de Sophocle, il connut l'Athènes de Périclès. Son œuvre, qui comporte neufs livres, avait pour titre, en grec, 'Ιστοριη (Histoires) avait davantage le sens d'Enquêtes. Les Anciens en faisaient le père de la science historique. Il est aussi l'inventeur de l'ethnographie (484-425 av. J.-C.).

IBN 'ARABI, *Traité de l'amour*, traduction de Maurice Gloton, Albin Michel, Paris, 1986.

LI TONG-HSUAN : Médecin chinois du VIIe siècle. Il dirigea l'École de médecine de la capitale impériale d'alors, Tchang-ngan. On lui doit le traité Tong-hsuan-tze.

LUCIEN DE SAMOSATE : Écrivain satyrique d'origine syrienne. Apprend très tôt le grec (dialecte ionien) et parcourt le monde romain de l'Asie Mineure à la Gaule. En 164, il s'éta blit à Athènes pour enseigner la rhétorique. Meurt en Égypte, vers la fin du règne de Commode, après y avoir occupé une haute fonction administrative (125-190). Ses *Œuvres complètes* ont été traduites par L. Humbert, Paris, 1933-1935.

Mutus Liber: *L'Alchimie et son Livre muet.* Réimpression de l'édition de 1677. Introduction et commentaires par Eugène Canseliet, Suger, Paris, 1986.

Mythologie mésopotamienne : *Lorsque les dieux faisaient l'homme.* Par Jean Bottéro et Samuel Noah Kramer. Gallimard, Paris, 1989. Le recueil le plus vaste et le plus vivant de la littérature mythologique mésopotamienne.

Le Mariage sacré à Sumer et à Babylone. Samuel Noah Kramer. Traduction et adaptation par Jean Bottéro. Berg International, Paris, 1983.

PLATON, *Le Banquet*, trad. E. Chambry, Garnier, Paris, 1964.

PLUTARQUE : Historien et moraliste. On lui doit les *Morales* et *La Vie des hommes illustres.* Traduction Jean Amyot, 1575.

PORPHYRE : Né à Tyr, en Phénicie. Disciple du néo-platonicien Plotin, il établit une édition des oeuvres de son maître. De son œuvre immense, en grande partie disparu, subsistent notamment une introduction à la logique d'Aristote (*Isagogè*) et un traité *Contre les chrétiens* (234-310 ap. J.-C.).

SOEN-SSE-MO : Médecin chinois de la dynastie T'ang (618-906). Auteur de *Les Recettes inestimables*, rééd. par R. H. van Gulik.

SOULEIMAN (Ahmad Ibn S.) : *Pour que le vieillard retrouve sa jeunesse.* Cet ouvrage du XVIe siècle fut traduit du turc par Abdul-Haqq Effendi, en 1878, et parut en Belgique sous le titre : *Le Livre de Volupté.* Réédition, avec une préface de Yasser Ali, Minerve, 1989.

Purânas : *Bhâgavata-Purâna.* On l'appelle, en Inde le *`Srimad-Bagavatam.* Rédigé au VIe siècle de notre ère, c'est le plus célèbre de tous les purânas. La traduction que nous avons suivie est celle d'Hauvette-Besnault, Imprimerie Nationale, Paris, 1884.

Shiva-Purâna. Traduction de Tara Michaël, Gallimard/ Unesco, Paris, 1991.

Shiva Svarodaya : La naissance du souffle de vie révélé par le dieu Shiva. Ancien traité de Présages et Prémonitions d'après le souffle vital. Traduit du sanskrit par Alain Daniélou. Préface de Jean Varenne, Archè, Milano, 1982.

Upanishads : Composées du VIe siècle jusqu'au XVIIe. Leur enseignement majeur est celui de l'identité entre *âtman* (le Soi) et *brahman* (le Tout). « Parce qu'il est identique au Tout, l'être vivant est libre par nature ; seule l'erreur le lie au monde transitoire. » Tous les grands courants de pensée post-védique (*bhakti, yoga, védânta*) se recommandent des *Upanishads.*

Upanishads du Yoga. Traduction de Jean Varenne. Gallimard/ Unesco, Paris, 1971.

Sept Upanishads. Traduction de Jean Varenne, Le Seuil, Paris, 1981.

Vâtsyâyana : *Kâma Sûtra. Le bréviaire de l'amour.* Commentaire (*Jayamangalâ*) de Yashodhara. Extraits d'un commentaire en hindi de Devatta Shâstrî. Traduction d'Alain Daniélou, Le Rocher, Paris, 1992.

Veda : C'est le grand texte sacré de l'Inde, rédigé entre le XVIIIe et le VIIIe siècles av. J.-C. (mais certaines parties pourraient remonter à la fin du troisième millénaire). Son nom signifie en sanskrit : Savoir, Science ou encore, d'après Jean Varenne : « La somme des connaissances essentielles ». Le védisme n'institue ni ne prône le système des castes, la doctrine de la transmigration, ou le yoga qui apparaîtront beaucoup plus tard avec l'indhouisme. Les compilateurs ont distingués quatre *Veda* : Samitas (« Collections »), Brâhmanas (« textes concernant le Brahman »), Kalpasûtras (« prescriptions rituelles »), Upanishads (« enseignements spéculatifs »). *Hymnes spéculatifs du Veda*. Traduction de Louis Renou, Gallimard/Unesco. Paris, 1985.

Vijñana-bhairava : *Cent douze méditations tantriques*. Traduction et commentaire de Pierre Feuga, L'Originel, Paris, 1988.

Zohar : trad. J. de Pauly, Maisonneuve et Larose, Paris, rééd. 1985.

Wou-Hien : Médecin chinois de la période Han. Auteur du *Hieou-tchen-yen-yi*.

Auteurs modernes

ABELLIO (Raymond), *La Structure Absolue*. Essai de phénoménologie génétique, Gallimard, Paris, 1965.

Approches de la nouvelle gnose. Textes choisis et préfacés par Philippe Camby, Paris, Gallimard, Paris, 1982.

AVALON (Arthur), *La Doctrine du Mantra*. La guirlande des lettres, Editions Orientales, Paris, 1979. Première édition : Garlands of Letters, Madras, 1922.

La puissance du serpent. Introduction au tantrisme. Traduction de Charles Vachot, Dervy-Livres, Paris, 1990.

Shakti and Shakta, éditions Ganesh, Madras, 1919. Deux annexes, le premier et les deux derniers chapitres, ont été publiés en français sous le titre : *Introduction à l'hindouisme tantrique. Concepts et pratiques*. Traduction de M. Shibata. Dervy-Livres/Trismégiste, Paris, 1983.

BIBLIOGRAPHIE

BADINTER (Élizabeth), *XY, De l'identité masculine*, Odile Jacob, Paris, 1992.

BÉROUL, *Le Roman de Tristan*, traduction de Pierre Jonin, Paris, Honoré Champion, 1974.

BIÈS (Jean), *Littérature française et pensée hindoue*, C. Klinsieck, 1973.

Retour à l'essentiel, Dervy-Livres, Paris, 1986.

BAYLE DE JESSÉ (Bruno), *Initiation tantrique*, Fayard. Paris, 1991.

BOUHDIBA (Abdelwahad), *La Sexualité en Islam.* P.U.F. Paris, 1975.

BOYER (Régis), LOTFALK (Evelyne), *Les Religions de l'Europe du Nord*, Fayard, 1974.

BRISSON (Luc), *Neutrum utrumque.* La bisexualité dans l'antiquité gréco-romaine. *in* L'Androgyne, Cahiers de l'Hermétisme, Albin Michel, Paris, 1986.

CAMBY (Philippe), *L'Érotisme et le Sacré*, Albin Michel, Paris, 1989. Première édition sous le titre : *Le Sexe et le Plaisir avant le christianisme, l'Erotique sacré*, sous le pseudonyme d'Alexandre Maupertuis, Retz, Paris, 1977.

CANSELIET (Eugène), *L'Alchimie expliquée sur ses textes classiques*, Jean-Jacques Pauvert Paris, 1972.

Alchimie. Études diverses de Symbolisme hermétique et de pratique philosophale. Paris, Pauvert, 1978.

CARLSON (Catherine), *L'amour, ça fait pas grossir.* Lettre aux femmes ou à ce qu'il en reste, Desforges, Paris, 1991.

CAROUTCH (Francesca Y.), *La Fête Hermétique*, Éditions Saint-Germain-des-Prés, Paris, s.d.

La Licorne Alchimique, Le Point d'Or, Paris, 1981.

CAZENAVE (Michel), *Le Philtre et l'Amour. La légende de Tristan et Iseut*, José Corti, Paris, 1969.

La subversion de l'âme. Mythanalyse de l'histoire de Tristan et Iseut, coll. « L'esprit jungien », Seghers, Paris, 1981.

CHANG (Jolan), *Le Tao de l'art d'aimer*, Calmann-Lévy, Paris, 1977. Titre original : *The Tao of Love and Sex.* Traduction de Marie-France de Paloméra.

CHARRIÈRE (Christian), *Le Baptême de l'Ombre*, Jean-Claude Lattès, Paris, 1982, La Table Ronde, Paris, 1989.

COOMARASWAMY (Ananda), *La Danse de Shiva*. Awac, Rennes, 1979.
CORBIN (Henri), *Terre céleste et corps de résurrection. De l'Iran mazdéen à l'Iran shî'ite*, Buchet/Chastel - Corrêa, Paris, 1960.
DANIÉLOU (Alain), *La Sculpture érotique hindoue*, publié originellement sous le titre *L'Erotisme divinisé*. Photographies de Raymond Burnier, Buschet-Chastel, Paris, 1977. Le Rocher, 1991.
Le chemin du Labyrinthe. Souvenirs d'Orient et d'Occident, Laffont-Opera Mundi, Paris, 1981.
Le Mystère du culte du Linga. Voir Karpâtri.
Le Shiva-Svarodaya. Archè, Milano, 1982.
Mythes et Dieux de l'Inde. Le polythéisme hindou. Éditions du Rocher, Paris, 1992.
Shiva et Dionysos. La religion de la Nature et de l'Eros. De la préhistoire à l'avenir, Fayard, Paris, 1979.
DE SMEDT (Marc), *L'Erotisme chinois*, Fribourg-Genève, 1981.
DELCOURT (Marie), *Hermaphrodite. Mythes et rites de la bisexualité dans l'Antiquité classique*, PUF, Paris, 1958.
ELIADE (Mircea), *Forgerons et Alchimistes*, Flammarion, Paris, 1976.
EMMANUELLI (Jean), *Propos sur le Tantra*, Archè, Milano, 1983.
EVOLA (Julius), *Métaphysique du sexe*, Traduction de Yvonne J. Tortat, Payot, Paris, 1976.
Le yoga tantrique. Sa métaphysique, ses pratiques, traduction de Gabrielle Robinet, Fayard, Paris, 1971.
La tradition hermétique. Les symboles et la doctrine de l' « Art Royal » hermétique, Éditions traditionnelles, Paris, 1979.
FATNA AIT SABBAH, *La Femme dans l'inconscient musulman. Désir et pouvoir*, Le Sycomore Paris, 1982.
FEUGA (Pierre) : voir *Vijnâna-Bhairava.*
FLACELIERE (Robert), *L'Amour en Grèce*, Hachette, Paris, 1971.
FLAMAND (Elie-Charles), *Erotique de l'alchimie*, Le Courrier du Livre, Paris, 1989.
FOUCHET (Max-Pol), *L'Art amoureux des indes*, Gallimard, Paris, 1967). Première édition : La Guilde du livre et Editions Clairefontaine, Lausanne, 1957.
FRANZ (Marie-Louise von), *La Femme dans les contes de fées*, trad. Francine Saint René Taillandier, La Fontaine de Pierre Paris, 1979.

FROMAGET (Michel), *Le Symbolisme des quatre Vivants. Ezéchiel, Saint Jean et la tradition*, Le Félin, Paris, 1992.

GERMAIN-THOMAS (Olivier), *La Tentation des Indes*, Plon, Paris, 1981.

GRAD (A.-D.), *Le véritable Cantique des Cantiques*, Le Rocher, Monaco, 1984.

GRAILLOT (Henri), *Le Culte de Cybèle, Mère des dieux*, Paris, 1912.

GRAVES (Robert), *Les Mythes grecs*, traduit de l'anglais par Mounir Hafez, Fayard, Paris, 1967.

GRIMAL (Pierre), *Dictionnaire de la Mythologie grecque et romaine*, PUF, Paris, 1951.

GUERNE (Armel) : *Les Jours de l'Apocalypse*, Zodiaque, La Pierre qui Vire, 1967.

HANI (Jean), *La Royauté sacrée. Du pharaon au roi très chrétien*, Guy Trédaniel éditeur, Paris, 1984.

HERBERT (Jean), *Le Yoga de l'amour. La geste de Krishna*, Albin Michel, Paris, 1972, 1991.

JAMES (E. O), *Le Culte de la Déesse-Mère dans l'histoire des religions*, traduction de S. M. Guillemin, Payot, Paris, 1960.

JUNG (Carl Gustav), *Psychologie et alchimie*, traduction d'Henry Pernet et Roland Cahen, Buschet/Chastel. Paris, 1970.

Mysterium conjuctionis. Études sur la séparation et la réunion des opposés psychiques dans l'alchimie, traduit de l'allemand par Etienne Perrot,. Albin Michel, Paris, 1980-1982.

KELEN (Jacqueline), *Un amour infini. Marie-Madeleine, prostituée sacrée*. Paris, Albin Michel, 1990.

KARPÂTRI (Swamî), *Le Mystère du culte du Linga*. Textes fondamentaux de Swami Karpâtri. Mythologie, théologie et philosophie, comprenant Le Mystère du culte du Linga, La signification de la Grande Déesse, l'Âme et le Moi. Traduits du hindi et commentés par Alain Danièlou, Le Relié, Gordes, 1993.

LELOUP (Jean-Yves), *L'Évangile de Jean*, traduction et commentaires, Albin Michel, Paris, 1989.

L'Évangile de Thomas, Albin Michel, Paris, 1989.

LIBIS (Jean), *Le Mythe de l'Androgyne*, L'île verte, Berg International. Paris, 1980.

MICHAEL (Tara), *Hatha-Yoga-Pradîpikâ. Un traité sanscrit de Hatha-yoga.* Fayard, Paris, 1974.

Koundalini, l'Énergie évolutrice en l'homme, traduction du témoignage du Pandit Gopi Krishna, Le Courrier du livre, Paris, 1978.

Le Yoga de l'Éveil, Paris, Fayard, 1992.

NOTHOMB (Paul), *L'Homme immortel. Nouveau regard sur l'Eden*, « Bibliothèque de l'Hermétisme », Albin Michel, Paris, 1984.

OTTO (Walter), *Dionysos*, Gallimard, Paris, 1991.

PADOUX (André), *Recherches sur la symbolique et l'énergie de la Parole dans certains textes tantriques*, Institut de civilisation indienne, Paris, 1964-1975.

L'Energie de la parole. Cosmogonies de la Parole Tantrique. Le Soleil Noir, Paris, 1980.

PÂQUES (Viviane), *L'Arbre cosmique dans la pensée populaire et dans la vie quotidienne du Nord-Ouest africain.* Institut d'ethnologie, Paris, 1964.

PELADAN (Joséphin), *De l'Androgyne. Théorie plastique*, Paris, 1910. Réédition : Pardès. Collection Rebis, 1988.

PICHON (Jean-Charles), *La Vie des dieux.* 3 t. : *Les dieux phénoménaux ; Les dieux humains ; Les dieux étrangers.* Payot, Paris,1972.

Le Jeu de la Réalité. La machine de l'Éternité. Éditions Cohérence, Strasbourg, 1982.

La Terrasse du Dôme. Éditions Philippe Camby, Paris, 1982.

RANDOLPH (Pascal Beverly), *Magia sexualis. Sublimation de l'énergie sexuelle, force dynamique de la nature.* Traduction française de Maria de Naglowska. Paris, 1931. Réédition : Dangles, Saint-Jean-de-Braye, 1991.

RIVIERE (Jean Marquès), *Le Yoga tantrique hindou et tibétain*, Archè, Milano, 1976, Quatrième édition, 1979.

SHAKESPEARE (William), *Poèmes et sonnets*, trad. d'Armel Guerne, Desclée de Brouwer, Paris, 1964.

SCHOLEM (G. G.), *La Kabbale et sa symbolique*, Payot, Paris, 1966.

SCHUON (Frithjof), *Racines de la condition humaine*, La Table Ronde, Paris, 1990.

Castes et races. Archè, Milano, 1979.

STONE (Merlin), *Quand Dieu était femme*. L'Etincelle, Montréal-Paris, 1989. Titre original : The Paradise Papers, 1976.

TEETER-DOBBS (Betty J.), *Les Fondements de l'Alchimie de Newton* ou « La chasse au lion vert. » Traduction de Sylvie Girard. Introduction de Séverin Batfroy. Editions de La Maisnie, Paris, 1981.

TOUFIC (Fadh), *Le Panthéon de l'Arabie centrale à la veille de l'Hégire*. Geuthner, Paris, 1968.

VAN GULIK (R.H.) : *La Vie sexuelle dans la chine ancienne*, Gallimard, Paris, 1971.

VAN LYSEBETH (André) : *Tantra. Le culte de la Féminité*. Flammarion, Paris, 1988.

VARENNE (Jean), *Mythes et légendes extraits des Brâhmanas*. Traduits du sanskrit et annotés par Jean Varenne, « connaissance de l'Orient », Gallimard/Unesco, Paris, 1967.

VIVEKÂNANDA, *Les Yogas pratiques. Karma, Bhakti, Râja*. Traduction française de Lizelle Reymond et Jean Herbert. Préface de Jean Herbert, Albin Michel, Paris, 1970.

WALDSTEIN (Arnold), *L'Alchimie*, Artefact, Paris, 1986.

WALTER (Jean-Jacques), *Psychanalyse des rites. La face cachée de l'histoire des hommes*, Denoël/Gonthier, Paris, 1977.

YAHIA (O.), *Histoire et classification de l'œuvre d'Ibn 'Arabi*. Damas, 1964.

ZOLLA (Elemire), *The Androgyne Reconciliation of Male and Female*, Thames and Hudson Ltd, Londres, 1981.

Table des matières

D'AMOUR ET D'ÉTERNITÉ

RETROUVER L'UNITÉ PERDUE

L'AMOUR EST DIVIN

LA LOI DU MONDE

Impression réalisée sur CAMERON par

BUSSIÈRE CAMEDAN IMPRIMERIES

GROUPE CPI

à Saint-Amand-Montrond (Cher)
en mars 2001

Édition exclusivement réservée
aux adhérents du Club
Le Grand Livre du Mois
15, rue des Sablons
75116 Paris
réalisée avec l'autorisation des éditions Du Relié

ISBN : 2-7028-4617-3

N° d'impression : 011221/1.
Dépôt légal : mars 2001.

Imprimé en France